海天译丛

猫语者

Bernard Werber

［法］贝纳尔·韦尔贝 / 著

黄　荭 / 译

DEMAIN
LES
CHATS

海天出版社
·深圳·

图书在版编目（CIP）数据

猫语者 / (法) 贝纳尔·韦尔贝著；黄荭译. — 深圳 : 海天出版社, 2019.9
（海天译丛）
ISBN 978-7-5507-2686-4

Ⅰ . ①猫… Ⅱ . ①贝… ②黄… Ⅲ . ①长篇小说—法国—现代 Ⅳ . ①I565.45

中国版本图书馆CIP数据核字(2019)第141183号

版权登记号　图字：19-2018-005号
Demain, les chats,
Bernard Werber
© Éditions Albin Michel et Bernard Werber -Paris 2016

猫 语 者
MAO YU ZHE

出 品 人　聂雄前
责 任 编 辑　岑诗楠　胡小跃
责 任 校 对　万妮霞
责 任 技 编　梁立新
封 面 设 计　知行格致

出 版 发 行　海天出版社
地　　　址　深圳市彩田南路海天综合大厦（518033）
网　　　址　www.htph.com.cn
订 购 电 话　0755-83460239（邮购）　83460397（批发）
设 计 制 作　深圳市龙瀚文化传播有限公司 0755-33133493
印　　　刷　深圳市希望印务有限公司
开　　　本　889mm×1194mm　1/32
印　　　张　11.25
字　　　数　190千
版　　　次　2019年9月第1版
印　　　次　2019年9月第1次
定　　　价　48.00元

献给我的女友，小说家丝黛法妮·雅尼科，是她把母猫多米诺送给了我。那只猫只要看到我飞快地在电脑键盘上码字——我竟敢对除她以外的东西感兴趣——就必定飞奔过来在键盘上左蹭右蹭。

一条狗能学会并记住人类的一百二十个单词和行为举止的意义；一条狗数数能数到十并做简单的加减运算。所以，一条狗的智力相当于一个五岁的小孩。

如果你想教一只猫数数，或者让它听从你的指令，或叫它模仿人类的动作，那么它很快就会让你明白，它没有时间浪费在这类愚蠢的事情上。因此，一只猫的智力相当于……一个五十岁的成年人。

——埃德蒙·威尔斯（科学家，猫奴）

目　录

1
我的寻觅

我终于弄懂人类了。我是怎么做到的呢？

从我很小很小的时候起，他们在我眼里就一直神秘又有趣。

因为总是看到他们瞎忙活，比画一些我看不明白，甚至可笑的动作，我心里慢慢充满了好奇。我不停地问自己：

为什么他们的行为举止都这么古怪？

有没有可能和他们交流对话？

后来，我运气很好，遇见了"他"。

在"他"的帮助下，我得以领会人类的生活方式、风俗习惯，以及能解释他们怪异行为的内在原因。

相遇总是能让我们改变。

没有"他"，我可能就是一只普普通通的母猫，和其他猫没什么区别。也可能，没有"他"，我永远不会有那些美妙的奇遇。甚至还可能，没有"他"，我多半会和那些不可思议的发现擦肩而过。

现在，如果我要试着回忆一切开始的那一刻，那我大概得先回想回想自己当时的心情。那阵子我觉得自己很无聊，屋子里只有我，当时我就有种直觉：和周围的生灵交谈是明智之举。

当时我就由衷地相信：

活着的一切都有灵魂。

有灵魂的万物都能沟通。

能沟通的万物都能和我直接对话。

所以在我看来，沟通似乎能解决所有问题，而且，能否和其他生灵成功交流，这取决于我。幸亏我有这个想和他者沟通的愿望，否则我的存在还有什么意义？吃饭？睡觉？看着日夜交替，周围的世界闪烁不定，而我除了吃和睡，成天无所事事？

然而，光寻寻觅觅还不够，必须得有达到目标的策略才行。

如何接近其他生灵？

一切就是这样开始的……

2
初次尝试

我任由眼皮慢慢耷拉下来，深深吸了口气。我感受我的身体，感受脑海中我的思绪。

它就像一小团球状的、软绵绵的、银白色的云朵，在我的脑中飘浮。它可以变大。因为它很柔软，可以摊平，铺开，变成一个圆盘。而且它铺得越开，我就越了解周遭的一切。我的思绪就像一张轻若薄雾的大桌布，那么薄，就像一层敏感的薄膜。

我探测从远方传来、汇集到我身上的波。数十个大小、形状不一的生灵在战栗、在呼吸、在思考，说着各自的语言。他们让我感到震颤，就像远处苍蝇的嗡嗡声引起了蜘蛛网的共振。

我保持闭眼的状态，全身心地去聆听。

喏，比如在那边，我就感到了一道波。

毋庸置疑，那边肯定有个生灵在我能感知的区域范围内思考。

我察觉到了一丝不安。

我睁开眼睛，找寻它的源头，朝信号发出的地方走去。

心灵感知之后，我最终靠眼睛找到了这个智慧信号的源头。

我看到她了。她很漂亮。

我小心翼翼地继续靠近。

我的嗅觉和听觉系统正逐步完善我的分析。

她身上有股淡淡的体香。

她那双褐色的大眼睛正忐忑地环视四周。

她小口小口地品尝着一块奶油蛋糕。五官精致，牙齿洁白晶莹。她的手指留着长长的、黑色的指甲，不安地紧紧抓着蛋糕。

她真的很迷人。

过去，在类似的情形下，我会以为她是故意不朝我看，她是在嘲讽我，想试探我的反应。但因为我的意识有了新的打开方式，有了延展，我就只把她当作一个我可以与之交流、充满活力的生灵罢了。

只要找到恰当的波长。

再靠近一点。

我集中意念，朝她的方向发出了一条相当清晰的讯息：

你好呀，美女。

她并没有什么反应，于是我带着这个念头又往前迈了一步。木地板咯吱了一声。她回过头，看见我，吓了一跳。她惊慌失措，丢下蛋糕跑开了。

她撒开矫健的美腿奋力逃窜。

我追着她跑。

她是个运动健儿，大步流星地飞奔而去。

我努力不让自己落后，甚至还缩短了一点彼此的距离。这时我才注意到一个细节：她有一条粉红色、细细的长尾巴，为她毋庸置疑的魅力添色不少。

我又集中意念，向她发出新的讯息：

你好，小老鼠。

她跑得更快了。

哎！等等！我没有恶意，我才不管你是不是偷了蛋糕，我只想跟你说说话。

她跑得越来越快。

不！别走！

她粉红色的尾巴在身后摇来晃去，真是只优雅的小老鼠。我喜欢那些能完美协调身体运动的生灵。

好吧，看来要想跟她好好对话得先抓住她才行。于是我也加快速度，撞翻了厨房的板凳，从客厅的花瓶旁边插身而过，为了刹住脚步还抓破了地毯。

冲得太猛收不住，我勉强朝左转了个弯，又朝右转了个弯，尽量控制在打过蜡的地板上打滑的身子，在地板上抓出印子才勉强稳住。她已经跑远了，但是我还能看到她，那飘忽的身影从地下室微微打开的门那儿消失了。

她奔下通往地下室的楼梯。我紧随其后。

这会儿，我们在洗衣机、婴儿推车、行李箱、旧画和酒瓶中间穿梭。只有一点光线从气窗里漏进来，所以我尽量让瞳孔放大（从原先的细缝放大成圆圈），好在半明半暗的地方也可以行动自如。

我们，猫族，有这样的本事。

我甚至能分辨出她留在布满灰尘的地板上的痕迹。我循着痕迹找了一会儿，然后痕迹不见了。

我闭上眼睛，竖起耳朵，好靠极其灵敏的听觉确定老鼠在哪儿，然后再靠胡须末梢微微的震颤获知更精准的信息。

她在那个方向。

在稍远的地方，我确实找到一些痕迹，一直延续到柴火堆旁边的一道墙缝里。

我放轻脚步，悄悄上前。

你在那儿吗，小老鼠？

我听到她剧烈的心跳声。她的不安升级成了彻底的恐慌。

我俯下身，看到她藏在一个不比我爪子大的洞里。

她抖若筛糠，瞪大双眼，下颌半张，尾巴围绕在爪子前面。

我怎么能把她吓成这样？我只是一只小母猫而已。

我想，我们这两个物种积年的隔阂是无法让我们克服对彼此的猜忌的。我集中意念，以低频率的声波发出呼噜声，靠心灵感应向她发出讯息。

我不想杀你，只想彼此清醒地说说话聊聊天罢了。

她还在往后退缩，紧紧贴着洞底。她抖得厉害，我都听到她的牙在上下打战。

我过渡到不紧不慢的呼噜声。

别害怕呀。

她的呼吸越来越重，心跳也更快了，仿佛我这个念头已经被她觉察，反而起到了与我预期相反的效果。即便如此，我依然觉得我快得手了。

千万别以为……

就在这时，一声爆炸吓了我一跳。声音是从屋外的街上传来的。紧接着又传来几声爆裂的脆响，然后是尖叫声。

我回到二楼，来到卧室的阳台上，试图从这个角度俯瞰骚乱的起因。

我看到一个黑衣男子朝一群年轻人举起棍子一样的

东西，一头闪着光，啪啪作响。这群年轻人从一栋门上插着一面蓝白红三色旗的大楼里跑出来。

他们当中有几个倒下就再也不动了，其他几个号叫着，四散奔逃，与此同时黑衣男子还不停地让他的棍子啪啪作响。直到棍子好像不好使了，他才把它扔到那群尖叫着倒在人行道上的年轻人当中，然后拔腿就跑。

另一群人追着他跑上街，几乎就在我家门口逮住了他。他们拳打脚踢，扭打成一团。

这时，只见几辆车从四面八方冒出来，四周再次响起了尖叫声和呻吟声。

随即，黑衣男子被带上了一辆发出刺耳声音、车顶上旋转闪烁着一道蓝光的车。人群聚拢在我家和那栋有三色旗的房子周围。尖叫声终于消停了，但那些人在急促、大声地讲话。我觉察到一种情绪，仿佛一团看得见摸得着的阴云：痛苦。有些人两两组队，一人手里拿着球在讲话，另一人则拿着一个带灯的东西给他照明。手里拿球的人是用他们的语言在说话，独自面朝另一人手持的东西，然后灯熄灭了。

接着，轮到一辆车顶也装有蓝灯的白色卡车呼啸而来。地上躺着的年轻人被抬走，装进车厢。本能地，我吸入这一事件发出的黑暗、邪恶的波所营造的气息，浑身上下都感染了在场所有人类的好斗、痛苦以及遭遇不公的情绪。我用打呼噜的方式把眼前看到的这一切清零，我感到周围一切都在震颤，忍不住心烦意乱起来。

真是奇怪的行径啊！我之前从没见他们这么做过。究竟发生了什么才让他们有这样的举动？

我喜欢人类，但有时候还真看不透他们。

3
我的女仆

人类跟我们不一样。

从外表看，他们和我们不一样。他们用两条后腿直立行走，这种姿势并不是很稳，让我一直觉得好奇。他们比我们更高，体型更大，胳膊很长，因为胳膊上连着手，手上有一节节的手指，手指上有不能缩起来的扁平指甲。他们的肌肤上还裹着布，耳朵扁平而圆，长在左右两边；胡须很短，看上去没有尾巴。他们会从喉咙里发出声音，伴随舌头发出咂嘴声，而不像我们一样喵喵叫。他们身上会散发出真菌感染的味道。通常，他们很吵，看起来很笨，缺乏平衡感。

我妈总对我说："不要相信人类，他们太难以捉摸了。"

就在此时，从聚集在我家门前的一堆人中挤出一个人来，我的"专属人类"回来了。

我的女仆是个很漂亮的雌性，有一头浓密亮泽的毛发，用一根漂亮的红色皮筋扎起来。

她叫娜塔丽。她踏进门来，手里抱一个大纸箱，几乎抱不过来。为了让她知道如果可以的话我会帮她，我朝她奔去，在她双脚之间游走，牙齿轻叩，发出咔咔咔的声音。

她吃了一惊，一个跟跄差点儿要摔倒，但她及时稳住，嘴里发出一连串声音，其中似乎有我的名字"贝斯特"（我是通过她平时喊我的方式推断出这是我的名字）。她的语气让我以为她想跟我玩，于是我朝她身侧猛地一跃，她吓了一跳。这一次，她真的和她的大箱子一起结结实实摔在地上。老实说，只用后腿走路真是个馊主意。

我发出呼噜呼噜的声音靠近她，用身子蹭她，希望她能摸摸我，感谢我跟她开了一个能很好体现我们之间默契程度的玩笑。娜塔丽用她那门无法理解的语言说了几句话。从她的语气中，我感觉到刚刚在外面发生的事情也让她受了震动。因此我立刻提议我们应该稍微缓一缓，我开始玩起散落在地上的一只袜子，它早已被我咬得不成样子了。在这只袜子上我闻到一股人类有点酸酸的但很亲切的汗味。但娜塔丽并没有歇一歇，她爬起来，晃了晃纸箱，想检验一下里面的东西是否安好。

确定没事之后，她朝客厅走去。

盒子里头是什么新玩具？这么重又这么大？我已经浮想联翩：一个超大的毛绒玩具，一个带铃铛的娃娃，或是电线缠的逗猫球。我很喜欢电线缠的逗猫球。

当她打开纸箱，我失望地发现里面只是一大块有棱有角的黑板。她花了半小时把它固定在墙上。完成后，我跳到桌上来，靠近观察它。我碰了一下它。

这是一整块冰冷无聊的板。不会发出任何波。

我打着哈欠，表示我对这个礼物毫无兴趣。

相反，娜塔丽倒是对她刚得到的玩意儿十分着迷，她一向容易兴奋。

当她把它打开时，一些色块出现了，还有奇怪的声音响起来。她坐在扶手椅上，用一个小黑盒子来调试它的颜色和声音。

我更加肆无忌惮地打起哈欠，然后意识到自己肚子饿了。我可不喜欢饿肚子的感觉。

我的女仆却没有理会我，在墙上那块奇怪的发光板面前，她就像是一只飞蛾受到了火焰的吸引。

我凝神解读娜塔丽的想法，试着去了解她的感受。她看上去精神受了创伤。于是我看了看黑板上的色块，发现上面那些米色的圆点原来是人脸，人脸随着画面上出现的车和走动的人不断变换。等我再细看时，我认出那些画面正是白天早些时候我看到的场景：那栋有蓝白红三色旗的房子，甚至还能看见那个穿黑衣的男人，当时他正被抓住丢进呜呜乱叫、闪着蓝光的车里。从发光板里发出一连串人类飞快说话的声音。

有一个画面持续时间最久，那是一群年轻人躺在一摊红色的液体里。发光板里说话的声音越来越快，还夹杂着愤怒的语气。

因为我一直在努力解读我的女仆的想法，努力地听，努力地看，突然之间我明白了，娜塔丽在这块发光板里看到的那些人，他们不是躺在那里，而是的的确确死了。

我由此得出人类也并非不死之躯。

这是一条有趣的信息，而我以前没意识到。

娜塔丽找来这块发光板就是为了看她的同类是怎么死的？

我在她温热的膝盖上坐下，想更好地了解她的感受，的确，她受到了很大的震动。她的状态就像我刚才在地窖里追的那只小老鼠一样，直打哆嗦。她惊慌失措，情绪越来越激动，身上发出的电波变得十分混乱。就像我想和小老鼠说话时那样，我发出呼噜声告诉她：不要害怕。

然而，我的做法却收到了相反的效果：她把音量调高了，最糟的是，她还点了支香烟。

我厌恶香烟，这种挥之不去的烟雾会熏到我全身的毛，让它们有股苦涩的味道。

为了表示我的不满，我离开她的膝盖去了厨房，我打翻饭盆，发出喵叫，想提醒她还有比人类的事情更重要的任务，比如，给我喂食。

她没有搭理我，我叫得越来越大声。

娜塔丽最终站了起来，但她并没有过来照料我，而是把我关在厨房里，我躲进来原本是盼着有东西吃。我听到她又回去坐下了，把发光板的声音又调高了些。

这个我原以为会来伺候我的女人居然这样自私，我惊呆了！我讨厌我的专属人类有这样的举动。

我跳到门上，用爪子挠木头。白费力气。现在，在我看来，和我的人类女仆改善关系比以往任何时候都重要。

真不知道她的眼睛还要盯着那块发光板看多久。不得已，我只能打壁橱的主意，钻进去找那只放猫粮的袋子，用牙把它撕开。不幸的是，袋子太结实了，我试了好几次才找到正确撕开它的角度。

当然了，就在我终于把袋子撕开的时候，门开了，娜塔丽再次出现了，她有点慌乱，在我的饭盆里添了猫粮。

我美美地品尝着猫粮，后槽牙嚼得"咔咔"作响。

吃得心满意足后，我又回到了客厅。

　　我的专属人类还坐在那块发光板前，这块板继续在循环播放同样的画面。我注意到有透明的液体从她的眼睛里流淌出来。她的身体抖动得越来越厉害了。我从来没见过她这个样子。

　　我跳上她的膝盖，用粗糙的舌头舔了舔她的脸颊。从咸咸的味道里我察觉到了她的情绪。

　　最终，她的眼泪止住了：挂在墙上的发光板里的场景变了。现在，是一个俯瞰的视角，有一群人在玩一个球。他们一边互相追赶，一边用脚踢这个球，而不是用手去抓。我还听到后面好像有几百个观众在骂这群笨手笨脚的人。

　　开始，这一幕好像让娜塔丽非常生气，然后渐渐让她放松下来，她最后变得很开心。过了一会儿，她关掉这块发光板，里面的人声还有其他所有声音都被自动切断了。娜塔丽站起来，走到厨房，喝了一碗绿色的汤，吃了一些黄色的、白色的、粉色的食物，喝了一点红色的液体，然后把她的盘子放到洗碗池里，打了个电话，洗了个澡，用小镊子拔掉了她的唇毛（对于这种行为我一直十分不解，她的平衡感已经很不好了，如果再把唇毛拔掉的话，她会经常摔倒，而且也感觉不到外部的波了），在脸上涂了一层绿色的面膜，最后躺下来长长地舒了一口气。

就在这个时候，我走了进来，慢慢靠近，然后跳上床，趴在她的胸腔上。我能感觉到她心跳得很快，我喜欢这样直接感受到别人的心跳。我蜷成一团，发出"呼噜呼噜"的声音，这是我在专心地给她发送心灵感应。

凝神静气。

我的出现还有我的呼噜声，娜塔丽似乎感到很受用。她用抚摸和呢喃回应我。我听到，她用不同的调调念叨着我的名字——"贝斯特"。接着，她做了一个我很喜欢的动作：用手指挠我脖子下面的毛。我把下巴伸过去让她有更大的面积可以抚摸。

她突然停住了，凝视着我，眨了眨眼睛，透过那层绿色的面膜朝我微笑。

我终于明白，当人类的嘴角向上翘就表示他们很开心。当他们晃着手指，大声反复叫我的名字时就意味着不可以这样做。

我翻了个身，把肚皮露出来，但是她没有立刻明白我的用意，而是继续挠我的脖子。于是我一边不停地摇晃着脑袋发出"呼噜"声，一边把四只脚撑开。而娜塔丽的问题在于：她是一个"对摸我的毛有执念的人"，她逮到哪里就乱摸一气，从不考虑我当下的感受。

我的女仆终于了解到我的意图，用手来抚摸我的肚子，这让我感觉十分舒服，我舔了舔她的手和她摸过的地方，那里弥漫着她的香味。等她睡着，我抽身溜出来，躺在她的枕头上，挨着她的头发，试图给她传输我的想法。

娜塔丽，以后，我希望：

1. 和你聊天，这样你可以给我解释那个大喊大叫的黑衣男子在对面的大楼里做了些什么。

2. 给我解释这块发光板是什么，为什么在里面能看到死人，能听到各种声音。

3. 当我向你要吃的的时候，你能立刻给我，而不是让我等。

4. 你不要再抽烟，烟味会熏臭我的毛。

5. 当我向你露出肚皮的时候，你得抚摸它。

6. 还有就是你永远不要关门，因为门一关我总会被困在公寓里的某个地方，我讨厌被关。

这些话，我重复了好几次，为了提高被"听到"的概率。

现在，外面天已经黑了，入夜了。因为我是一个夜行者，我可不会像我的女仆一样躺在床上一动不动。所以，我再次登上了我的战略观察点，伫立在三楼阳台的栏杆上（通常这会让娜塔丽非常紧张，但是我喜欢让她担心，这能证明她很在乎我）。

这条街现在被这些闪着蓝灯的汽车封锁了。负能量的波正在慢慢消散。那些黄色的警戒线被用来阻止街道两旁的人群靠近。五个穿白色制服的人正在察看地面，搜集地上的各种小物件。其中一个在沥青上画出白色图样，另一个用米色粉末盖住红色的液体。

我抬起头，边观察，边嗅，边听。

风刮得厉害，树叶被吹得乱晃。在视线范围里，我注意到一个新鲜有趣的事情。隔壁房子几个月以来都没有人住，现在却亮着灯。我看到一个身影在三楼的窗帘背后移动，他穿过微开的落地窗，站在阳台栏杆旁，就在我对面。

蓝眼睛，尖耳，头上的毛是黑色的，身上的毛是浅灰色的。这是一只暹罗猫，也在观察街道和穿白衣的男人们。突然，他转向我，直勾勾地盯着我。

4
我的神秘邻居

我喜欢结交新朋友。

一只公猫这么盯着我看，显然是想吸引我的注意。他不是第一个，也不会是最后一个。我的魅力又一次起了作用，虽然我是无心的。

我朝他的方向喵喵叫了几声，让我震惊的是，那个无耻的家伙竟然没有回应我。我对暹罗猫情有独钟，尽管不得不承认，他们常常自命不凡。

我摆出友好的姿态：耳朵微微朝前，胡子朝两边舒展，尾巴竖起。

他完全无动于衷。

通常，如果别人这么不拿我当回事儿，我早开溜了。但我晚上也没别的事儿可做，而且我天生好奇，于是我按捺住我的骄傲，看好落脚点，准备跳到隔壁阳台上去。

　　我蹲下身，瞄准，纵身一跃，伸展，我张开爪子，在两栋房子间的空中掠过。我飞了半分钟。距离很重要，而我错误地估算了我的弹跳力。几厘米之差，我没有跳到我原本想落脚的栏杆上，而是在空中扑腾。

　　我的爪子划过金属，但抓不住。

　　暹罗猫一直看着我，一动不动。

　　简直是奇耻大辱。

　　幸好我抓住了常春藤，瞎蹿了几下，我上了阳台。

　　暹罗猫一直无动于衷。

　　我最终达到了目的，跳到栏杆上，一边叫一边朝他走去。

　　他完全不为所动。

　　凑近了，我看得更清楚了。这是一只暹罗猫，看他的体态应该有十岁的样子（对只有三岁的我而言，他是个大叔）。一个令人惊讶的细节：他头顶上有一块紫色的塑料牌。

　　我克制住内心的激动，开始攀谈，装作什么也没发生过。

　　"你是我的新邻居？"

　　没有回答，但我能感觉到他的波非常强烈。

　　"我们可以一起聊天吗？我住在隔壁，很高兴离我家最近的房子里有一只猫。"

他舔了舔爪子，然后把爪子伸到右耳后挠了一下，表示略作思索。我把这个动作当作他同意了。今天我跟谁交流都不顺畅，甚至是和一只跟我说同一种语言的猫。

"你头上这块紫色的牌子是什么？"

他盯着我看了看，终于愿意回答我的问题了：

"这是我的'第三只眼'。"

"'第三只眼'是什么鬼？"

"这是一个USB接口，我可以用它连上电脑跟人类交流。"

我没听错？

"一个……啥玩意儿？"

我丝毫不愿意承认，他说的我完全不懂，但他居然觉得没有重复的必要。

他用爪子打开紫色塑料接口的盖子，低下头，好让我自己看明白究竟是什么。

我俯下身，看到一个矩形的金属插口直接就嵌在他的脑袋上。

"这是一场意外后留下的伤口吧？肯定很痛。"

"不是，是特意装的，特别方便。"

"你用'第三只眼'跟人类说什么呢？"

他继续舔自己，把爪子伸到耳朵后面去挠。

"什么也不说。"

"那装这个玩意儿有啥用？"

"我什么也不跟他们说，但他们教会了我很多东西，我因此明白了人类社会是怎么运作的，并且通过人类，了解整个宇宙的运行。"

他说这句话的时候语气是那么超脱，我被他的自信和从容惊到了。但并不是因为他说的话本身，而是他说话的方式让我肃然起敬。他真的能明白人类的心思？可能吗？

"我呀，我试过跟他们说话，跟人类，他们只能听懂一点点。今晚，我的女仆忘了准点喂我，她把我关在一个我不能自己出去的房间里。就为了看固定在墙上的一块会发光、会发出声响的大黑板。我也仔细看了，终于发现在这个黑板里能看到其他人类……死人！"

暹罗猫吸了一口气，好像在找最适合对我说话的口吻。他伸出粉红色的舌头，润了润嘴唇。

"墙上的黑板用他们的话说，叫'电视机'。"

"好吧。在这台'电视机'里，有些画面就是在这里，在街上发生的事件。我看到了。今天下午，来了一个穿黑衣的男人，拿着一根会发出声响的棍子。"

"那叫'枪'，如果发出来的是连续的突突突声，很可能就是一挺'机关枪'。"

"一些年轻人从插了旗帜的大楼里冲出来，倒在地上。"

　　"插了旗帜的大楼是一所'学校'，年轻人是些孩子，是这所学校的学生。"

　　"然后黑衣男人把手上的东西丢了逃跑了，倒下的年轻人再也没站起来。"

　　"正常，他把他们打伤了或者打死了。他来就是为了这个目的。"

　　"然后另一些人抓住了黑衣男人，他被一辆闪着蓝光的汽车带走了。"

　　"是警车。"

　　"另一辆卡车出现了，白色，也有蓝色的灯。一些人从车上下来，把那些年轻人抬到推车上，他们把他们带走了。"

　　"是救护车。"

　　"然后另一些人到了，他们两两一组，把光打在脸上。"

　　"这些应该是记者。是他们提供的画面，就是你的女仆后来在电视上看到的。"

　　"这一幕意味着什么？"

　　"人类在经历一场危机。他们被卷进了越来越惊心动魄的暴力的旋涡，依我看，不会很快结束。一些像黑衣男子这样的人到这里来随心所欲地杀害其他人。这就是'恐怖主义'。"

"自相残杀对他们有什么好处？"

"引起情感巨大的震动，吸引他人关注他们为之奋斗的事业，尤其是通过电视播出的画面。这是一种沟通方式……人类恐惧了，就会更把它当一回事，更容易被操纵。"

"我不能理解。"

"依我看，正在酝酿的事态会更糟糕：战争。恐怖主义不过是个前奏，只波及十几个人，而战争会毁了成百上千，甚至数以百万计的生命。我想它很快就会爆发。"

他用爪子轻轻挠了挠耳朵。

我不能肯定自己能听明白他说的每一个单词，因为他并没有刻意使用通俗易懂的词汇，不过我领会了他的话的大意，于是我继续聊天，没有表现出他的话已经超出我的认知范围了。

"我所知道的，就是恐怖主义和战争让我的女仆眼里流下了泪水。"

"那叫'哭泣'，人类忧伤的时候就会哭泣。你以前尝过，是咸的，对吗？"

我得承认，他的自信和博学让我很吃惊。

"在电视上，不仅只有死去的人，还有一些人在踢球，好多人围着大喊大叫。你知道这是啥情况吗？"

"那是'足球'，是一项需要团队配合的体育运动。"

"为什么不给他们一人一个球呢？"

"故意的，这样才有竞争和输赢。"

"这么多人抢一个球，他们应该很压抑、很紧张，一门心思四处奔跑，不是吗？"

"事实上，场上只有一个球，就是要让他们想方设法把球踢进对方的球门。这样他们就会得分，通常支持进了球一方的人就会很高兴。你的女仆看到这一幕是不是就不哭了？"

"的确如此，看到进球她好像如释重负。"

"人类总是说他们厌恶战争，说他们热爱足球，不过依我看，二者他们都喜欢，否则电视新闻也不会总播，而且播新闻的时候还不会插播广告。"

暹罗猫说话的时候语气很平静，好像一切都显而易见。我仔细观察他，他的胡须又长又优雅。他浑身颤动的波一直是热情友好的。

"你说你知道这些事是因为你头上有'第三只眼'？"

"正是，这个新一代的USB接口可以让我连上一台电脑，接受信息。我好像已经跟你说过了。"

这种高高在上的口吻激怒我了。我咽了口唾沫，但我的好奇心战胜了我的骄傲。

"一台什么？"

"一台电脑，说白了，就是一台复杂的电子设备，有了它，我就可以详细地了解他们的世界还有我们的世界了。以前我就像你一样无知。我们猫族在时间和空间上都缺乏深远的眼光。对大多数猫而言，我们只能接触到非常有限的信息：我们看到的、听到的，我们的身体和心灵切切实实感受到的信息非常有限。这是一个非常小的认知场，通常仅限于一套公寓、几个屋顶、一个花园、一条街道。而人类，他们可以通过电视、广播、电脑、报纸、书籍，感受自身感官认知之外的事件。"

暹罗猫又开始舔爪子，漫不经心地挠耳朵后面。我以为他在嘲笑我，可能是因为我之前那一跃扑空了，落在常春藤上，弄得很狼狈。我烦躁地呼着气，努力恢复风度。

"我呢，我想跟他们建立直接的对话。人和猫之间思想的交流。而不仅仅只是单向接收信息，我要发出信息。"

"不可能。"

他拿腔拿调的样子让我很不爽，我试图让自己保持冷静。

"我已经开启了对话的最初尝试。"

"你没有'第三只眼'。就算你有，我敢担保，亲爱的邻居，它也只能接收信息，而不能发送。知识可以由人类传递给猫，相反就行不通。"

我深深地吸气，努力保持我的风度，坚持自己的看法：

"我通过发出呼噜声传递安抚的信号，我的女仆听到后就不哭了，嘴角也向上翘了。"

他继续舔他的右爪，然后把爪子绕到耳后，好像对我的存在完全无所谓。

突然楼下有个人类的声音在喊他："毕达哥拉斯！毕达哥拉斯！"

我的邻居漫不经心地把头转向声音发出来的方向，跳下栏杆，穿过窗户，应该是去找他的女仆了。

甚至没有道声再见。我气得不行。

我决定跳回自己家。我蹲下身，瞄准，弹跳的时候用尽全力，纵身一跃，舒展，从两栋房子中间掠过。我的飞行时间几乎不比前一次跳跃长。完美着陆，可惜没有人在场欣赏我的表演。这就是我一生的悲剧。每当我成功的时候，总没有人看见，在我失败的时候，却总有人在场。

我穿过没有关上的落地窗，去找鼾声雷动的娜塔丽。我一边捋胡须，一边打量着她。

我必须成功地跟她建立真正的交谈，不只接受她发出的信息，也要向她传递我的信息。这样，那个自命不凡的邻居（他叫什么来着？啊对……毕达哥拉斯……多奇怪的名字）就能好好看看不同物种之间也可以进行双向交流。

为了讨好未来的跨物种交谈伙伴，我觉得应该把地窖里的老鼠抓住献给她。我肯定她醒来的时候，看到老鼠在她脚边，一定会很开心。一只瑟瑟发抖的老鼠，应该是一只猫可以送给人类最好的礼物了。

5

分享自己的地盘很难

天亮了，我开始昏昏欲睡，这时，一声尖叫让我耳朵里长长的毛都卷起来了。

娜塔丽刚刚发现了我的礼物。

但那声尖叫不像是开心的尖叫。我听到我的名字被叫了好几次，是用责备的口吻。她好像并不喜欢我的礼物。我懒洋洋地走到她跟前，发现老鼠还在做临终的抽搐，无论谁见了应该都想跟她玩一会儿，但娜塔丽拿了一个簸箕和一把扫帚把老鼠弄到一个垃圾袋里，禁止我吃掉她了结她的余生。看着这么忘恩负义的举动，我恨得直哼哼。

我的女仆并没有完全失态，她烦躁地在我的食盆里倒了一些猫粮。我愿意相信这是我送她老鼠得到的奖赏。

我认为她模棱两可的举动或许是受了电视的影响，电视让她看到了恐怖主义和战争的画面，让她落泪了。

至于我，我很高兴从今往后能了解这些信息准确的含义，多亏了我的邻居毕达哥拉斯。

娜塔丽穿好衣服就出门了。我又独自留在家里，终于可以美美地睡上一觉了。怎么说睡觉都是我最大的爱好。

我做梦梦到我在吃东西。

像往常一样，我在午后醒来，一束阳光柔柔地拂在我右眼皮上。我使劲伸了伸懒腰，脊椎骨咔咔作响，我打了个哈欠。

我要好好伸展，以免日后永远永远都不要像昨天那样跳砸了。伸缩爪子来改善飞身一跃的速度。

我开始舔自己。我很喜欢舔自己（妈妈以前总跟我说"未来属于那些早早学会舔自己的猫"）。我趁舔自己的时候思考今天要做的事情。我们猫族做事一直喜欢心血来潮。当然，我很愿意继续和邻居暹罗猫聊天，但他似乎对我一点都不感兴趣，而我又太骄傲，绝不会乞求什么（尤其是向一只公猫……）。于是我决定继续我跨物种交流的探索，目标是一个更原始的物种：那条在厨房玻璃缸里的金鱼。

我去找他，透过把我们隔开的玻璃观察他。很可能是受了惊吓，他尽量退到离我最远的地方。

你好，小鱼。

我把脚上的肉垫搭在玻璃上，闭上眼睛，用心灵感应发送信息。我开始发出呼噜声。

娜塔丽叫他"波塞冬"。我心想这个名字他应该听过很多次了，如果我在心里默念他的名字，他应该更容易明白我是在跟他说话。

你好，波塞冬。

橘黄色的小金鱼有飘逸的大尾巴，他飞也似的沉到假山石下面躲了起来，我几乎看不见他了。谁说腼腆害羞不会坏事呢？

我又用我的呼噜声传递了一个信息。对他说什么好呢？"别怕"？这句话的潜台词好像这里面真有什么危险似的。应该说点别的。好了，我知道应该发什么了：

我已经准备好跟你平等对话了，哪怕你只是条鱼。

信息准确无误地发出了，但并没有什么反馈。

这次波塞冬潜得更深了，完全看不见他的一丝身影。看到我的努力白费了真让人沮丧。

我不想放弃，但意识到自己的计划实施起来很难，我便把爪子按在玻璃缸的沿儿上，把全身的重量压上去，直到玻璃缸微微倾斜，水流了出来，把我和金鱼分开的水。我认为如果直接接触，我们的对话肯定能进展得顺利些。

只是，我没正确估量玻璃缸的重量，它突然开始失去平衡，我几乎没有时间跳到一边，免得被弄湿。被水一冲，波塞冬终于从他的藏身之所和玻璃缸里跳出来了。

他终于躺在了桌布上，四处扭动，仿佛在舞蹈。看到这一幕，我对自己说，我可能迈出了一大步，我刚发现了鱼的表达方式。他的确不无优雅地蹦跶了几下，嘴巴一张一翕，但没有发出任何声音，鳃盖飞快地张合，露出鲜红的鳃。

我们终于可以谈话了，波塞冬。

我接收到他发出的波，但我无法破译它。

他扭来扭去，一直扭到桌边。因为我完全不明白他想跟我说什么，我直接把我的爪子按在他身上，免得他跳来跳去，他张口呼吸的频率更快了。

我进入最大的接收模式。

你饿了，是吧？

我很满意自己的发现，把娜塔丽喂他的装满小虫干的罐子打翻了。

他甚至都没有吃小虫干。

我等着，我在测试，我用脚上的肉垫去推他，然后伸出爪子用爪尖碰他，我打起了呼噜。

安静。

过了一会儿，他不再乱动。我以为他听从了我的指令，可惜不是，他的鳃盖张合得越来越快。他看上去一点都不好。又一次交流失败了，但我依然心存希望，可以找到一个别的活物跟我自如地交流。应该承认，到目前为止，接收我的信号最好的是我的人类女仆，我发出低频的呼噜声时，她会做出积极的反应。

就在这时，大门打开了，她回来了。这一次，她拎着一只宠物包，里面传出一声声尖叫。我在想她要送我什么礼物。

她飞快地打开包，让它出来……一只公猫！

我昨晚那么安慰她，打着呼噜让她放松，帮助她入睡，以至于她认为猫通常有助于她放松身心。

在地毯上我发现一只纯种安哥拉猫——丑八怪。娜塔丽冲我笑了笑，好像很高兴展示这团毛茸茸的球，一边重复一个单词，那应该是他的名字："菲利克斯。"

又是一个不讨喜的礼物。

毛球看上去有点傻乎乎的。他看到我时，不仅没有低下头走过来，意识到这是在我的领地上，而是用他黄色的眼睛直勾勾地看着我。

啊，我很讨厌纯种猫！尤其是他毛皮的颜色毫无特色。他是全白的。比如我，我也是白色的，但浑身有好几块漂亮的黑斑。

而他，那么平淡无奇。他的毛又长又厚又腻。娜塔丽怎么会品位那么差，给我选一只黄眼睛的安哥拉白猫？

我很快就表示没有兴趣，翘起尾巴，拿屁股对着他。但这个傻瓜误解了，他不仅没有领会我排斥他的信息，反而以为我想跟他交欢。

这就是纯种公猫的愚蠢！

我不得不推了他一把，爪子伸出三分之一，好让他明白这里一切都是我说了算。

就在这时，娜塔丽用热切的口吻跟我说话，我感觉她以为我很高兴跟这个不知道从哪儿冒出来的陌生猫分享一切。作为回答，我又用爪子抓了一下那只猫，很明确地警告他：

"喂，我不喜欢你。快滚。"

他马上摆出一副顺从的模样。不管怎么说，强塞一个伴儿给我，这种事门儿也没有。

就在这时，我的人类女仆发现了波塞冬的厄运，就在她要开口责备的时候（我讨厌别人试图让我产生罪恶感），我决定离开房间到楼上去。发生的一切不光是我的错，那条笨鱼也有一半的责任。如果他跟我对话，我们就不会走到这一步。

菲利克斯以为我要带他参观房子，欢快地跟着我，一路小跑，竖着尾巴。

当他再次尝试要跟我亲热的时候，我弓起身，劈头盖脸地凶他。我想他这会儿该明白跟他打交道的是一只怎样的母猫了。他摆出比刚才更温顺的样子，避开我的目光，耳朵向后耷拉，毛顺顺溜溜的，夹着尾巴蹲着，垂着头，发出不易觉察的喵叫。

啊！公猫，他们总是趾高气扬，但到头来都是些可怜虫，如果你是一只知道自己想要什么，尤其是自己不想要什么的母猫时，就很容易镇住他们。

我趁他摆的这个姿势在他头上撒尿，好让他明白在这里规矩是谁定的（而且这样一来，他的毛色和眼睛的颜色就搭了）。

他在跟我说话，但我几乎不听他说，不过我同意跟这只陌生的笨猫开始最初的交谈，让他明白他没有权力靠近我的食盆，他得在我吃完以后才可以吃。

同样，他也没有权力在我的窝里大小便。如果娜塔丽不给他准备一个窝，他就要憋着，出去大小便。

我把二楼房间可以观察街道的窗户指给他看，这时注意到学校一直关着。把街道封锁起来的黄色警戒线已经不见，也没有穿着白色连裤工作服的收集金属碎片的人，门口堆了好多束鲜花，还摆放着蜡烛和年轻人的照片。他们肯定是在我睡着的时候摆放了这些东西。

菲利克斯飞快地扫了一眼楼下的情形，问我怎么回事，但我根本就不想费这个力气去跟他解释恐怖主义这么复杂的现象。我没有毕达哥拉斯那样的才华。

我换了话题，告诉他三楼有个阳台通往邻居家的屋顶，但要小心，因为檐槽装得并不牢固。

然后我们到了娜塔丽的卧室门口，我又在他的下巴上挠了一爪子，让他明白他永远不能走进这个房间，也不要奢望跟我的女仆一起睡觉。为了让一切都明白无误，我在所有禁止他入内的区域都撒了几滴臊尿。他自己可以总结一下，如果纯种安哥拉猫有点脑子的话，他就应该明白他只能在我没有用尿画过的地盘活动。

我们又回到楼下，我指给菲利克斯看有红色天鹅绒靠垫的扶手椅上我的位置，那上面有我的味道；我指给他看我的猫篮，那里也有我的味道，摆在暖气片的一个支架上面。显然这些地方不管哪一个他都永远不能靠近。

晚上，我在大门口发现有动静，立马跑过去看发生了什么。一个男人来看我的女仆，她不停地重复"托马"，那应该是他的名字。他比她高大，金发碧眼，带着麝香的汗味。他的手很大，脚也很大，还带了一束花。远看我就已经不喜欢他了。

但娜塔丽面对这个人并没有跟我一样排斥他，而是把嘴唇凑到他的唇边，两人的嘴最终粘在了一起。我从来都不理解人类的习俗。之后，他抚摸她的胸和臀。她不仅没有推开他，还发出心满意足的呻吟，好像在鼓励他继续。

最终，他们平静下来，到客厅坐下，端着托盘吃东西，看墙上的平板电视，眼睛直勾勾地盯着屏幕，呼吸急促。娜塔丽和托马好像被电视画面震动了，画面上有些人被斩首，还有一些人在周围挥舞拳头，重复喊着同样的口号。现在我越来越能解读这些画面，我注意到人群总是用同样的语调欢呼，不管是战争还是足球，可能是为了鼓励最优秀的参与者。

娜塔丽颤抖了，最终哭了出来。还没等我跑过去舔她，她的男人就又把嘴贴在她的嘴上，然后拉着她的手，把她带到卧室，还在身后把门关上了。

从他们发出的声音和气味来看，我知道他们在造人。这应该是物种的一个条件反射：当人类大量死去，他们就用造新人来弥补损失。

有一刻，我有点后悔自己对菲利克斯太严苛了，于是把他叫到地窖。在这个半明半暗的所在，散发着老鼠屎和灰尘的味道，我告诉他我有一个人生大计，就是要建立跨物种之间的交流，在这个计划中，我希望有朝一日可以通过喵喵叫直接给人类下命令，不再有任何混淆和误解。

他黄色的目光很空洞，对我说，看不出理解人类有什么好处，还要跟他们说话。他真是坐井观天！

最糟糕的是，他对自己的处境还心满意足：没有抱负，也没有好奇心，窝在白色安哥拉猫可怜的小天地里，对周围的世界没有一点长远的眼光。

毕达哥拉斯是对的，我们当中很多猫满足于自己所居住的屋子，那个逼仄的小世界。无知让他们安心，他者的好奇心让他们不安。他们希望日复一日没有变化，明天是另一个昨天，所有发生过的一切都再次发生。

于是我放弃了教育菲利克斯，并让他参与我的计划。

我感到有些烦躁，便建议他做点有用的事，专心跟我的身体做爱。他求之不得。我感觉到他进入了我的身体，感到他尖尖的阴茎在我的阴道里变硬，挺痛的，但我咬紧牙关。菲利克斯扭来扭去、浑身颤抖：这显然是一个平庸的性伴侣，毫无激情，毫无想象力，他甚至都不咬我的脖子，而我很喜欢感觉到两颗犬牙在脖子上咬出印子。

当快感不断上升的时候，我想着毕达哥拉斯，为了多些幻想。

或许这就是人类性爱和猫的性爱的主要差别。我们需要感情去做爱，而他们，做爱不过是当太紧张或太担心物种的延续时用来放松身心的造人运动。

菲利克斯很快就兴奋起来，控制不住情欲。他还不知道怎么撩我，摩擦得我难受。我发出一声喵叫，安哥拉猫肯定以为那是性高潮的叫声。他退了出来。速战速决，最多几十秒。通常，做爱过后我很喜欢说说话，但这次，我宁可一个人待着，于是示意他走开。幸好他并没有坚持。

我又在思念暹罗猫，我真的很喜欢他，有一个问题整晚都萦绕在我的脑海里：他怎么知道那么多我不知道的东西？我上楼坐在三楼的栏杆上，观察旁边的阳台。因为他没有现身，我喵喵唤他出来。不久，我感觉在房间的窗帘背后有一个身影。是"他"吗？

然而，就算窗户半开着，他也始终没有现身。他肯定听到我叫他了，如果他一直藏在窗帘后面，那就意味着他不想继续跟我聊天。

他或许后悔跟我透露了那么多关于人类的知识。

要不就是我让他不好意思了。

我多想他能继续跟我解释什么是恐怖主义，以及很快就会蔓延到这里的战争，但目前我们只能在电视上看到。

我停止了叫唤，让菲利克斯回来继续给我温存，让我放松。至于你，毕达哥拉斯，有朝一日，我知道，我会占有你，因为什么都无法阻止一个主意已定的母猫。

我不喜欢别人冷落我。

6
在"他"家

　　每天，世界上都会发生一些事情；每天，我都感觉自己应该留意这些事情会给我带来的影响。

　　目睹了学校的袭击事件、电视的到来，品尝过娜塔丽眼泪的滋味，遇见毕达哥拉斯和菲利克斯进家门之后，我以为自己这一周经历的事情已经够多的了。然而，历史还在加速。或许，自从我下定决心要跟宇宙交流之后，它要用这些征兆来回应我？

　　今天，我睡到下午才起床，然后去阳台。一只鸟，跟麻雀差不多，飞到我身边叽叽喳喳，歌声悠扬，带着微微的颤音。

　　我心想，这只鸟或许希望交流，而我们作为两个不同物种当中最勇敢的代表，在我和老鼠、人类、鱼沟通失败之后，这次成功在望。

　　我朝他走过去，平稳地走在栏杆上。麻雀左瞧瞧，右瞅瞅，让我靠近（他的眼睛长在头的两边，所以不能正视）。

我发出几声呼噜声，你好，麻雀。

他没有动，回了我一阵更婉转的啁啾。

他听懂了我的回答？怎么可能！我继续走近。

令我大吃一惊的是，他的小爪子往后跳了几下。于是我又走近了一点。

我们可以一起聊天吗？

他没有回答，缩在阳台的拐角。我知道我很快就要走到一个很容易摔跤的区域。当然，我也可以稳住，但这个高度摔下去可不保险，毕竟我们猫的骨头都很细，所以也很脆弱。

他又往后退了退，发出一声长鸣，复杂而婉转：就像一个邀约。

我的脑海中突然闪过一个念头：这只麻雀是否想利用我探索跨物种对话的热忱给我布一个陷阱？我越听他的啁啾声越觉得他简直就没把我放在眼里。

我靠近了危险区域，但他突然飞走了，把我一个人留在不牢靠的阳台的边沿上。毫无疑问，这个坏东西就是想利用我对交流的热衷引我摔跤。幸好我及时稳住（甚至都没感到害怕，甚至都没弄疼自己），之后，我努力让自己想点别的，以免怒火中烧。

我瞄了瞄毕达哥拉斯家的阳台。那个地方吊足了我的胃口！

突然，楼下的大门打开了，一个浑身白毛的女人走了出来，朝街上走了几步，按响了我家的门铃。

我听到我的女仆跑到大厅去迎接她。两个女人说着我听不懂的话，在那里聊天。还没等我从角落里出来跑到楼下跳到她们的腿上，娜塔丽已经套上大衣，两人一起出去了，穿过她们住的两栋房子之间短短的距离。我也溜到街上，跟在她们身后。在学校门口，鲜花、蜡烛和照片比昨天更多。

我在她们脚边穿梭，大家一起走进了"她"家。那个地方很特别，我闻到房屋中央散发出异域的香味。

两个女人在扶手椅上坐下，浑身白毛的女人把泛黄的热水倒在小容器里给我女仆喝（我闻了一下，不是尿）。我利用这段时间分析这家的女主人——我的女仆叫她"索菲"。那是个满脸皱纹的老女人，但栗色的眼睛非常灵动，身上散发出玫瑰的香味。她喊了一声："毕达哥拉斯！"因为他没有露面，她便去找他，然后再次回到客厅，把他放在我的面前。

希望重燃。或许我们的女仆希望这两只比邻而居的猫能结下深厚的情谊？

我们互相闻了闻，装作是第一次见面，正当我准备开始聊天的时候，他溜走了。我跟他去了厨房，在他的盆里吃东西来激怒他（我啊，我可不是好惹的，我就是这副德性），但他根本不屑于阻拦我，甚至都懒得瞧我一眼。

尽管他的猫粮没有我的好吃，我还是装作吃得津津有味，然后跑到他的窝里尿尿。这一次，他依然不理不睬，没拦我，反而走开了，好像根本没看见我一样。我去找他，在楼上的一个房间里，忽然碰到一只同类，躲在一个带玻璃门的家具后面。那是一只跟我毛色相仿的母猫。

还是一只跟我年纪相仿的母猫。

我立刻明白为什么毕达哥拉斯对我不感兴趣了：他已经金屋藏娇了。

我走过去，凑近了，清晰地看见她一双绿眼睛，嘴上有一块小小的心形黑斑。尽管她的毛色和我相仿，但她的样子让我讨厌。她俗气、倨傲。我盯着她，朝她走过去；她也一样。我摆出凶巴巴的样子，弓起背，竖起毛，让自己显得更大；她也照做不误。

看来得给她点颜色看看。我挑衅地举起爪子挠了两下；她也照做。

我走过去，朝她吐唾沫；她也照做。

我们互相挠，但隔着玻璃我们并不能真的伤到对方。

幸好有玻璃挡着，否则我肯定会把她的胡子揪下来。

我转过身，舔了舔尾巴，让她知道我根本不拿她当回事。显然她又学我样了。

我不再羞辱她，回到客厅，两个女仆还在闲聊。毕达哥拉斯一直不现身，这种情形开始让我感到自己受到了羞辱。他为什么这样对我？因为楼上那只母猫？因为他头上有一个紫色的塑料盖子，可以让他知道人类的一些事情？

我气呼呼地在我女仆的腿上安顿下来，让她抚摸我没有"第三只眼"的漂亮脑袋，然后翻个身，露出肚皮也让她抚摸。就这样，我向所有人展示我已经把我的人类女仆调教好如何满足我了。

我们回到家，我又让菲利克斯跟我做爱，并趁机叫得震天响，好让毕达哥拉斯听到我很享受，让他明白他不把我放在眼里到底错过了什么（我肯定他的母猫做爱水平不如我）。可能是我叫得太响了，因为第二天菲利克斯就被装在带隔栏的包里带走了。他几小时后回来时，下体上绑了绷带。一个广口瓶里浮着两颗东西，一开始我以为是樱桃核……

好吧，我承认这对菲利克斯来说有点不公平，但我宁可受到惩罚的是他。

况且我对菲利克斯毫无感情。让我痴迷的只有毕达哥拉斯。他让我神魂颠倒。他是如何把人类的习俗了解得这么清楚的？

一阵寒战传遍了我的全身。我之于他是不是就像菲利克斯之于我？一个傻瓜？一个蠢货？

这个念头让我对他楼上那只母猫越发嫉妒。

那个贱货，下次要是让我看到她，我绝不放过她。

7
俯　瞰

菲利克斯漂浮在广口瓶里的蛋蛋，似乎把他催眠了。

雄性动物对这两个米色小球的迷恋是从何而来的？他看着它们，好像那是两条鱼，不过它们并不会游，只是在近处暖气片热气的作用下慢慢旋转。

手术后，菲利克斯不停地吃东西。他长胖了，目光空洞，我感觉他的淡漠又多了一层，对周遭的世界完全没有兴趣。

我呢，相反，我对近期发生的种种事件越来越好奇，我从栏杆的一端窥探邻居家和对面有旗帜的建筑里发生的事情，但没觉察到什么异样，除了栏杆角落的一片蜘蛛网让我产生了想尝试一下跨物种的对话。

我朝这只褐色的、中等个头、有八条腿和八只眼的蜘蛛走过去，试着温柔地接近她，集中注意力，然后发出呼噜声：你好，蜘蛛。但她缩在角落里，我伸出爪子，扯破了蜘蛛网。蜘蛛网上有一只垂死挣扎的小飞虫，我救了他，可他甚至都没有跟我说一声谢谢。

我认为我们的一举一动势必引起一些生灵的满意，另一些生灵的不快。活着和行动势必会打乱既定的秩序。蜘蛛气得浑身发抖，这让她仿佛在风中飘摇的残存蛛网上舞蹈一样。我感觉她丝毫不想聊天，但还是不想放弃。我凑得更近了，刚准备碰她，突然一声气势汹汹的猫叫吸引了我的注意力。

我听过这个声音。

我朝右边探下身去，冒着摔倒的风险，发现毕达哥拉斯栖息在远处一棵栗树高高的枝头。他被困住了：树下一只大狗在冲他狂吠。

暹罗猫弓起背龇牙咧嘴，但一只瘦弱的老猫能拿一只个头比他大四倍的牧羊犬奈何？

我从我的同类身上接收到一道充满恐慌的波。

毫无疑问，只有我才能救他。

我和狗狗的第一次接触发生在我度过童年的宠物店里。听到狗狗乱吠的时候，我曾经问过妈妈为什么这些动物会发出这么大的噪音。"因为他们害怕没有人类收养他们"，她这样跟我解释。这让我觉得很荒唐。怕自己不能被人类收留！他们就这么没有尊严吗？他们难道不能独自享受孤独和自由，以至于需要人类去照顾他们吗？

于是我妈这样跟我解释，说我们是人类的主人，而人类是狗的主人。

可是狗是谁的主人呢？她回答我说："是他们身上的跳蚤的主人，他们忘了要舔自己来自我清洁的。"

后来，我在房子周围散步的时候又发现狗狗们很原始，在街上、在人行道中央大小便，甚至都不把便便埋起来！他们丝毫没有羞耻心，一点也不讲卫生。

但当务之急，是要把这只威胁到我邻居的犬类赶走。我得赶紧临时想出一条计策来弥补我气魄上的不足。

我下到一楼，从猫洞钻到街上。我一路小跑到悲剧的发生地。第一时间，为了分散狗狗的注意力，我喵喵叫，龇牙咧嘴，弓起背。

狗狗转过身，我马上摆出一副战斗的架势，目光直视，瞳孔收缩，竖起胡子，翘起嘴唇，肩膀的毛竖起来，翘起屁股准备好扑上去，并夹紧尾巴，以减少空气阻力。

我在狗狗的眼中看到了犹豫。为了帮助他下定决心，我跳到离得最近的一辆汽车车顶，居高临下地俯视他。我一边喵叫一边用更不屑的目光睥睨他。

甚至一点都不怕。

然后我在空中挥了几下爪子，又补充道：

来打我呀，狗狗。

牧羊犬终于决定冲我来了。

尽管我灵活轻巧敏捷，但我很少在街上奔跑，我得承认追我的狗狗天生肌肉比我发达。我在街上飞奔逃窜，但狗狗追上来了。

是哪些不负责任的人类让狗狗这样在街上乱跑，不牵着也不看着？

我飞快地分析了形势，得出结论我应该发挥自身的特长。我擅长突然改变方向，因为我可以收起我的爪子，而狗狗却不能。在拐弯的时候，我显然更容易稳住身形。于是我改道朝一条柏油马路跑去，我在停在路边的汽车轮子下游走。

狗狗一直跟在我身后乱吠，这样我不用转身也可以知道他的位置。

我一门心思设计我的逃跑路线。时不时地从车轮底下蹿出来，朝汽车飞驰的区域跑两步。追我的狗狗不知道怎样才能跑过来抓住我而不被汽车撞到。好几次，汽车和他擦身而过，最终他被一辆小摩托车撞了一下。他停下来，嘟囔了一声，不再追我了。

我转过身，远远地冲他叫嚣：

嘿，狗狗！你这就已经累坏了？

然后我气定神闲地回去，一边跑一边看周围是否有别的猫看到了我这一路的英勇事迹。要是有，我一定要骄傲地昂首挺胸。尽管有过不少小小的胜利，我还是很希望有目击者把这一幕传播出去。

我不认为通过这次短暂的遭遇，猫和狗之间的关系会得到深刻的改变，但我对自己说，至少这让狗明白，人类对我们千依百顺可不是没有道理的。

我回去的时候，毕达哥拉斯已经不见了，对我没有丝毫感激的意思。我回到家，非常失望，甚至菲利克斯问我刚才去哪儿了的时候我都懒得搭理它。

直到夜幕降临，当我们的女仆们都睡着了，我才听到邻居家传来一声挑逗的声音。显然，我故意磨蹭一下，才同意露面。

毕达哥拉斯在那里，在邻居家栏杆的一端。

我站在我家阳台栏杆上，和他面对面，我们互相凝望。

他蓝色的眼睛和头上的盖子让我觉得他很高贵。

他喵了一声：来。

我可不会等他说两次，我不想从阳台跳到他家的时候有闪失，于是下楼从猫洞里出去，从他的猫洞里钻进去会他。

他在入口处迎接我，因为他的女仆睡着了，他建议我在壁炉前面坐下，炭还带着隐隐的红色，橘黄色的微光映在他的眼眸里。

"谢谢你救了我。很抱歉之前招待不周，多有冒犯，但我很后悔一下子就告诉你那么多事情。这是我的缺点，我有时候会在对话者面前显摆自己的种种发现，尤其是当对方是一只母猫，哪怕我跟她还不熟。此外，我也后悔自己没能更小心谨慎些。"

"你教了我很多东西，我要谢谢你。"

"我应该对你更在意一些。"

"你已经有伴了，你对陌生的母猫有戒心我能理解，哪怕她是你邻居。"

"不，我没有女伴。"

"我在你房间里看到她了。"

"可是在这栋房子里除了我没别的猫啊！"

"那楼上那只母猫是谁？"

为了弄清楚，我飞奔上楼。他紧随其后。黑白相间的母猫还在那里。居然还有另一只公猫陪着它，一只跟毕达哥拉斯长得很像的暹罗猫。

"这是一面'镜子'，"他跟我解释道，"这是人类发明的东西，用来照的。你看到的这只母猫就是你，而旁边的这只公猫，就是我。"

我打量自己的每一个细节。对面的另一个我，也做出了跟我一模一样的举动。

"那么说她……就是'我'？"

　　突然我觉得这只母猫不那么俗气了。我可能对她太早下判断了。她不乏优雅之处，甚至还挺迷人。我仔细地端详起她来。

　　我比自己原先以为的还要可爱。

　　我被自己的样子迷住了。话说要是我没来这里，一辈子我都不知道自己长什么样，也不知道自己在别人眼中的真实样子。

　　多棒的发现啊！

　　毕达哥拉斯看到镜中的自己似乎很从容自若，抬起一只爪子放在镜子上。我也学他。

　　"对一个有抱负、想和周围万物交流的生灵而言，你首先应该了解自己。"

　　"你是怎么知道它是一面镜子的？"

　　"我的第三只眼告诉我的。"

　　"你是怎么拥有第三只眼的？为什么我没有？"

　　"我有一个秘密。来，我们一起出去！"

　　我们肩并肩跑过附近的几条街道。夜里这个点，街上还有零星的行人。尽管刚搬来不久，毕达哥拉斯看上去对这个街区了然于胸，他带我穿过几条被路灯照亮的街道，来到一个有很多人坐在那里的广场。广场中央，有一个巨大的白色建筑物，墙比树还高，上面挂着一些梨一样的东西。毕达哥拉斯在一个铁栅栏门下给我指了

一条通道，从那里可以进到一个通风口。我们就这样到
了一个高高的、宽敞的大厅，有华丽的彩绘玻璃、画作
和雕塑。

"你以前来过这儿吗？"他问我。

"没有。"我感到很吃惊。

他带我去爬一个螺旋楼梯。这一路又漫长又辛苦，不
过我们最终来到一个很高的地方，可以俯瞰全城的美景。

我大着胆子朝下看了一眼，发现要是掉下去我一定
就一命呜呼了。这个钟楼比好几棵树叠起来还要高。

在这个高度，风吹乱了我的皮毛，我同类的灰毛也
泛起了波浪。我的胡子甚至也被风吹弯了，这让我感觉
很不舒服。

"我喜欢站得高看得远。"

"就因为这个你才在树顶被狗困住。"

"我一直都喜欢待在高处。因为我们的爪子就是
用来爬高的，而不是为了爬低的，这就逼我们要跳……
不过，当一条德国牧羊犬在下面一边吼一边等着你的时
候，怎么跳？"

我凝望周围的风景。到处都闪烁着黄色的静止的微
光，还有一些红色和白色的会动的光亮。

"这就是'他们'的城市，"他说，"人类的城市。"

"我很少远离我的房子。我只了解我的院子、对面

的街道和附近几处屋顶。"

"人类造了成千上万栋房子。鳞次栉比。一望无际。这座城市就叫'巴黎'。"

"巴黎。"我重复了一遍。

"那个高地，是蒙马特街区，而我们现在所在的地方就是人类的宗教圣地之一：圣心大教堂。"

"你知道这一切都因为你的第三只眼？"

他没有回答我的问题。我看着呈现在我们眼前无比辽阔的全景。毕达哥拉斯说的我并不能全部听懂，但或许多听他说说，我最终自然而然就能找到各种印证，明白他说的话的意思了。

风刮得更厉害了，我们都站不稳了，我换了一个地方靠。

"你知道的东西我都想学。"

"人类还有其他诸如此类的城市，四散在一个广袤的有平原、田野、森林的领土上，形成一个国家叫法国，它自身则位于一个像巨大的球一样的行星上，这个行星叫地球。"

"我想知道的是自己为什么存在，为什么我是这个样子，我在地球上该做什么。"

"我刚才跟你讲的是地理，不过可能你更感兴趣的是历史。"

他深深吸了一口气，舔了舔右爪，把爪子伸到耳后挠了一下，然后抬起头。

"好吧，这将是我上的第一堂历史课。一切都是从四十五亿年前开始的，当时地球刚刚形成。"

我不敢问亿是什么概念，但我想这应该是比我所了解的数字都大得多的数字。

就在我们看着繁星点点的天空时，一颗流星从左到右划过天际。

"最初只有水。"

"我可不想生活在那个年代，我讨厌水。"

"可是水带来了一切。生命以小海藻的形式出现，后来演变成了鱼。有一天，其中的一条鱼离开了水，爬到陆地上。"

我没有问问题，为了不打断他讲故事的思路。但当他说到鱼的时候，他想说的是否是一种……波塞冬一样的动物？

"这第一条鱼成功地活了下来，而且繁衍了后代。他的后代演变成蜥蜴，慢慢长胖了，变得越来越高大。人们管他们叫'恐龙'。"

"恐龙有多大？"

"有一些恐龙有我们现在所在的钟楼这么高，而且他们都很凶残。他们的牙齿和爪子都很大，所有的动物都怕他们。他们变得越来越聪明，越来越喜欢群居。"

毕达哥拉斯停了一下，吸了一口气，舔了舔嘴巴。

"然后从天而降一块大石头，改变了大气和温度。恐龙灭绝了，只有一些小蜥蜴和哺乳动物幸存了下来。"

"什么是哺乳动物？"

"是最早的温血动物，有毛，有乳房可以哺乳。我们就属于哺乳动物。七百万年前出现了人类最早的祖先和猫最早的祖先；三百万年前，人类的祖先分成大小两派，猫的祖先也分成大小两派。"

"你是说以前有过一些大型猫？"

"是的，而且他们一直都存在。人们叫他们狮子。但他们的数量已经不太多了。"

"他们有多大？"

"至少比你大十倍，贝斯特。"

我试着想象了一下一只体积这么庞大的猫。

"但进化对更小、更聪明的物种有利。之后人类矮小的一支和猫矮小的一支分别进化，到了一万年前，人类发现了农业，这是一种把植物聚集在一起种植收获的技艺。他们开始储存粮食，这样就招来了老鼠，而老鼠招来了……"

"我们的祖先？"

"当人类发现猫可以保护他们的食物不遭受损失

时，他们就开始器重猫。"

"于是我们对他们而言就变得不可或缺了……他们就愿意对我们言听计从了，不是吗？"

"一物克一物吧，人类和猫族，在那个年代相处得很好。"

"猫是主动接近人类的，如果我理解得没错的话？"

"是我们选择了他们，我们帮助他们更好地生活，然后是他们决定管我们吃管我们住。在塞浦路斯岛上发现了一个七千五百年前的墓穴，墓穴中有一副人的骸骨，身边有一副猫的骸骨。"

"墓穴是什么？"

"人一旦死了，他们会把尸体埋在土里而不是让其他动物或同类吃掉。"

"那还不是让虫子吃了他们？"

"他们彼此都是这么处理的。这个墓穴里有猫就意味着……"

"……他们认为我们很重要。"

"你今天知道得够多了，贝斯特。下次我再跟你讲猫族和人类共同的历史吧！"

"什么时候？"

"如果你愿意，我们可以时不时地约会，我把我知道的人类的事情告诉你。或许你会明白，在跟他们进行接收／发送双向模式对话前，我们可以从单向的接收模式开始了解他们的知识。因为这些知识对一只……没有第三只眼（他心里想的是'无知'）的母猫而言，的确非常惊人。"

之后，当月亮慢慢从云朵里出来的时候，他建议我们一起放声喵叫。这我喜欢。从我嘴里发出的声音震动让我浑身酥酥的，我感到一种强烈的、从没体会过的激情，仿佛我们两个声音的交融让我感到圆满。

风吹着我的毛和胡子，我的毛像翻滚的波浪。

我感觉很好，我们一起叫了很久，直到筋疲力尽，我满足于幸福地发出呼噜声，看着巴黎的点点微光慢慢熄灭。

显然，我很愿意毕达哥拉斯跟我解释第三只眼的秘密，它让他拥有那么多准确的信息，但我知道，这事不能强求。我温习了一下他今天教给我的一切。多亏了他，我现在成了一只对周围的一切更了解的母猫，一只知道祖先历史的母猫。我发现我学得越多，就越容易理解新的信息。我喜欢这样。

我们从大教堂的钟楼上下来，朝蒙马尔特高地的街道走去。

我发现我的同伴很优雅。

"据你得到的消息，人类相互之间的争斗有何进展？"我问道，以打破彼此之间的沉默。

"越来越糟糕了。学校里发生的事情不是一个罕见的现象，远非如此。恐怖主义每天都以不同的形式呈现。对你我而言，时刻了解我们的人类邻居这种自我毁灭的狂热很重要。"

我心不在焉地舔了一下肩膀。

"不过是人类自相残杀罢了，跟我们又没什么关系。"

他摇摇头：

"你错了，我们的命运是联结在一起的。我们依赖他们，而人类真的有灭绝的危险，就像过去的恐龙一样。"

"我感觉自己已经完全做好了没有他们而独自生活的准备了。"

"那我们就要做一些我们此前从来没有完成过的事情。"

"那很好啊，我们会继续进化。"

他用爪子碰了我一下让我闭嘴，定睛看着我：

"可不是那么简单，贝斯特。逐渐蔓延开来的动乱也是猫族的隐患。"

我发现毕达哥拉斯已经叫了好几次我的名字了。或许从今往后，我对他而言会变得很重要。我坚信他开始明白我也是一只特别的母猫。

我骄傲地走在他身旁，竖着尾巴。新知识不仅没有让我感到焦虑，从某种程度上说，反而让我感到安心。现在我更了解自己是谁，长什么样，生活在什么地方，我们身边正在发生什么。

　　能接受教育在我看来是再幸运不过的事了，我对那些生活在无知中的生灵深表同情。

8

发光的毒药

娜塔丽正鼾睡着，张着嘴巴，头发乱蓬蓬的，眼皮微微颤动。

我跑到她耳边开始发出呼噜呼噜的声音。

睡吧，我的人类女仆，现在你的世界正在恐怖与战争的摧残下瓦解。不过别担心，有我和毕达哥拉斯在呢，我们对情况了如指掌并随时准备行动。

晨光熹微，是该小睡一会儿，整理下思路，顺便恢复下体力了。躺在窝里，我带着对毕达哥拉斯的思念慢慢沉入梦乡。对于脑袋上开个洞就能了解人类，这种事我还是难以置信。

不，其中一定另有隐情。他之前谈到过一个秘密，我要揭开它。

毕达哥拉斯了解人类每件物品的名称和用法、动物的名称和人类行为举止的各种意义。而我，要不是总能听到他们喋喋不休地叫来喊去，我甚至连自己身边人的名字都不知道。

最终我完全入睡了。

在梦中，我梦见了像波塞冬一样的鱼，从水中跳出来，在硬邦邦的地面上爬。我用爪子碰了下它们，结果这些鱼在我眼前变成了壁虎，我抓住它们，但抓断了它们的尾巴，不过断了的尾巴会再长出来。然后，这些壁虎在我眼前变成庞然大物。我赶紧开溜。接着，一颗流星撞上了地球，天空突然变暗，所有的壁虎也因此丧命。然后，大大小小的人和猫从草丛中走了出来。人类中矮小的一族勒令高大的一族离开，大猫一族也被小猫一族赶走了。小人类一族喂养小猫咪一族，后者杀死老鼠并献给人类，而人类作为回报，会让猫咪睡在他们身边，一起住在地下洞穴里。

接着梦里出现了毕达哥拉斯的身影，他正被一只恶狗追逐，我救了他，之后我们欢爱缠绵。

毕达哥拉斯咬着我的脖子。

门铃将我从梦中惊醒。

我打了几个哈欠，伸了伸懒腰，感觉元气满满。

又是托马，我女仆的情郎。这家伙我一点也不喜欢。他俩说着人类的语言，然后进了饭厅，吃着栗色的食物，闻起来有些像熟肉，里面还有些白色软软的带状配料，不过闻起来啥味道也没有。接着他们又把勺子放进加了黄色奶油的碗中，在那里大快朵颐。我的女仆突然想到要喂我和菲利克斯，不过我感觉由于那个男人在场，她发出的振动波明显不同。对我而言，我只想着晚上和我的情郎幽会。

我决定跑到他们腿边蹭蹭，好让他们沾上我的气味。由于他们只顾吃饭完全不搭理我，好吧，我就伸出我的纤纤玉爪挠了几下椅子腿。托马终于注意到我了，喊着我的名字，从上衣口袋里掏出一根银色的管子，重复叫着我的名字，接着，突然从银管内射出一道光，一个红色光圈打在地上，不仅很美，而且还在地上动来动去，我完全没法视而不见。我扑向它，结果红圈又跑到了墙上。我再扑，红圈又跑到了窗帘上。我又扑向窗帘、椅子、沙发，这个红圈时而在我面前，时而又离我很远，接着又到了天花板，最后又跑到了我的尾巴上。哼，这次我不会让你溜掉了，我一下子咬向尾巴，结果疼得我大叫了起来。红圈消失了……

那两个人居然边指着我边咧着嘴巴，且声音还特别大！

我又气又恼：自己居然经不起诱惑，被这种愚蠢的小把戏给耍了。

谁也不许这样羞辱我。更别说是应该为我服务的人类了！

我在角落里密谋着我的复仇计划，这时，那两个人用餐完毕，跑到客厅，又目不转睛地去看那可怕的电视了。

我也在看电视画面。多亏了毕达哥拉斯，我才知道在其他很远的城市，人类在自相残杀。战争的场景总是被主持人的话打断，他声音单调乏味，宽肩膀，头发油光锃亮，仿佛这些恐怖的图片和他不相干似的，他一直在那里微笑。

这次娜塔丽忍住没有流泪。事实上，我认为她已经开始习惯暴力的画面了。

随后电视上又重新出现足球的画面，我感到他们都非常激动。托马对着电视喊话，一会儿站起来，一会儿叹气，似乎正经历某种比战争更激动人心的事。

我利用他们这个消遣时间，赶紧实施我的报复：往他的鞋里撒尿。像往常一样，为了不弄脏地板，他把鞋放在门口。

然后，我逃到他们够不着的地方，在冰箱上面等着。当托马发现了我给他留的小礼物后，他的反应如我所料：他大声喊叫，跑过去，跺脚，恼火地给娜塔丽看他的鞋，用显然充满敌意的口吻叫我的名字。娜塔丽回了他几句话，我的名字又被重新提起，不过是用一种友好得多的方式。但她并没有说服托马，他到处找我，我于是蜷缩成比平时更小的一团，免得他看到我。

他俩争吵的嗓门越来越大了，托马越来越咄咄逼人。最后，他穿着袜子，提着鞋子，砰地关上门，离开了房子。

在一阵恍惚之后，我的女仆跌坐在圈椅里，哭了起来。我从冰箱下来，小步靠近她，爬上她的膝盖，用鼻子去蹭她的鼻子，但她这会儿并不想亲吻我。于是我发出缓缓的呼噜声想告诉她：这个男人配不上你。

娜塔丽仍然显得很悲伤，我舔掉她脸颊上的眼泪，又呼噜着传达我的另一个想法：相反，你永远可以依靠我。

她看起来似乎一直无法平复，所以我心想最好是让她明白应该去寻找别的男性。我认为，在他们人类中，娜塔丽应该算讨喜的。（尽管在我看来，所有人类都十分丑陋，但既然他们沉浸在繁殖后代的活动中，想必他们从彼此身上应该能发现某种魅力吧！）

我对她解释说，想要带回异性，这一点也不复杂。只需和他们在屋子外面散步，并且把屁股露出来，倘若它是粉色的又比较丰满的话，这就很有吸引力了。只要散发出性欲的气味，那些饥渴的男人就会嗅到这一讯息，为了交配而赶来。她不仅不懂我的意思，还拒绝像我的建议，在屋顶上露出屁股叫喊，她仍然用几层布遮住她的肉体。

想改善我们之间的交流，要做的工作还有很多。好像这样的悲伤还不够，她又做了更糟糕的事：点燃了一支烟。

我永远都无法理解她，为什么要心甘情愿吸入这些肮脏的气体呢？

我很失望，又不想让这污浊的气体渗入我的皮毛里，于是我去了三楼，从阳台敞开的落地窗出去，坐到昨天看到毕达哥拉斯的位置。我喵喵地叫他，变换了好几种声调。终于，他的身影出现了。一个小眼神，我们就约好一起去圣心大教堂顶上聊天。

在街上碰头时，我们彼此蹭了蹭额头，蹭了蹭鼻子，然后就上路了。到达目的地之后，我们爬上了最高的塔楼的屋顶。今天晚上很冷，风也比第一次来的时候吹得更猛，我的毛发被吹得很凌乱，但是我们丝毫不会想去别的地方。

"今天我被一道红色的光捉弄了。"我对他说。

"一道激光吗？我也上过当。要有很强的意志力才能够抵抗这种光的诱惑，但稍加训练，有些猫就可以做到。"

"并且他们还发出一阵阵咂嘴声。"

"那叫'笑声'。"

我换了话题："是什么导致人类如此疯狂地互相杀戮呢？"

"有很多原因，比如开疆拓土，掠夺邻国财富和年轻且有生育能力的女人，又或者让别人皈依他们宗教中的神。"

"什么是'神'？"

"那是他们想象出来的人物。神的形象往往是一个生活在天上的巨人，穿着白袍，留着胡须。是他规定什么是好，什么是坏，是他做出判决，决定发生在人类中的所有事情。"

"你说那是他们自己编造出来的人物？"

"人类有这个癖好，编出一些想象的神，准备为他杀人或为他而死。事实上，老实说，一段时间以来，神是人类发动恐怖袭击和战争的主要原因。"

"但你以前跟我说过从来没有人遇到过神啊。"

"对我们猫来说，这显然是不合逻辑的。但他们之所以创造了上帝，似乎是因为他们无法决定自己的行为并为其负责。有了神这个概念，人类可以将自己视作只是一个服从主人的生灵，发生的一切都是'他'的意志。对于那些自以为是、以神的名义布道并征服那些最软弱的心灵的教士而言，这也是一种方法。我们猫既能够对自己的行为负责，也能自由自在地过活，无需想象天空中有一只无所不能的巨猫在监视我们。"

我一边舔自己，一边思考他的话。我不会让任何人对发生在我身上的事负责，而总是尝试靠自己改善生活。毕达格拉斯好像看出了我的想法，因为他接着说：

"不过，还是有理由敬畏上苍的……过去，死亡瞬间降临到全世界。已经发生过五次大灭绝，每次所有生物都几乎全部死掉。上一次大灭绝发生在六千五百万年前，包括恐龙在内的百分之七十的动物都灭绝了。"

"那你觉得还有可能会发生第六次物种大灭绝吗？"

"恐怖主义、战争……人类今后有能力实施大规模的快速的破坏。现在发生的事情表明，他们就像你在镜子里第一次看到自己一样：想消灭和自己相似的东西。既然已经没有对手了，他们就把进攻的矛头对准了自己。"

我摇了摇头，他继续往下说：

"我甚至想过，地球上人口过多，这个事实是否会推动人类无意识地减少人口数量以保护其他物种。"

毕达格拉斯分别舔了舔他的两只前爪，依次把它们绕到耳后挠了一下。我已经急不可耐要听接下来的故事了。

"你已经准备好听第二节历史课了吗，贝斯特？"

我趴在爪子上，以一个舒适的姿势把尾巴圈放在肚子下面。

"塞浦路斯之后，该讲埃及了。这是一个遥远而炎热的国度，大部分国土是荒漠。在这个国家，公元前2500年（公元即基督纪年，基督是一个人的名字，他出生的那一年成了计算年代的标志。他出生在两千年前，因此公元前2500年也就是距今4500年前），埃及文明创造了一个基于对狮头女神塞赫美特①的崇拜的宗教。但狮子喜欢……吞噬喂养它们的祭司，死的人太多，埃及人于是又给塞赫美特创造了一个猫头女神的妹妹，他们称这位猫头女神为……贝斯特②。"

"这不就是我嘛！我的名字是曾经被人类景仰的埃及女神的名字啊！"

"埃及人发现猫比狮子更合适。首先是因为，和狮

---

① 塞赫美特（Sekhmet）是古埃及神话中的母狮神，最初是战争女神和上埃及的医疗女神。她被描绘成一头母狮，埃及人公认的最凶猛的猎手。有人说，她的呼吸形成了沙漠。她被看作法老们的保护神并在战争中引导他们。

② 贝斯特（Bastet），古埃及神话中的猫神，早在埃及第二王朝（公元前2890年）左右，便开始受人崇拜，在上下埃及统一之前，她曾经是下埃及的战争女神，与之相对的是上埃及的狮子女神塞赫美特。由于其相似性，贝斯特的神职慢慢从战神转化成为家庭的守护神，象征家庭温暖与喜乐，广受埃及人的喜爱。

子相比，他们体积更小，更容易供养，更方便抚摸；其次是因为他们捕捉的家鼠和田鼠也多得多，所以能更好地保护粮食的储存。最后还因为它们能保护房屋不受蝎子、蛇和毒蜘蛛的侵扰。

我试着想象人类通过建造神庙以示对我们尊崇的世界。

"当时，他们称呼我们为'米欧'（miou）。值得注意的是，在大多数国家，我们被命名的名字都跟我们的喵叫声相近。"

"继续说贝斯特，我想知道她代表什么。"

"她是主宰美的女神。"

很正常。

"……也是主宰生育的女神。"

那是当然。

"对贝斯特的崇拜在埃及城市布巴斯提斯①的红色花岗岩神庙体现得尤为明显。这座神庙曾供养了几百只猫，每年都会举行一场盛大的庆典，四面八方几万信众前来歌颂贝斯特女神，并向她敬献礼物。"

---

① 在埃及，猫被视作神灵。每只猫死后都要被制作成木乃伊，并运往一个特定的地方。特别是在新王国时期，人们对猫尤为崇拜。据说布巴斯提斯（Bubastis）是猫头女神贝斯特的圣城，埃及第22王朝将它作为首都。

这让我感觉很受用。

"人类跳舞，唱歌，用各种语调来吟唱贝斯特的名字。他们吃饭，喝酒，在崇拜猫头女神时欢欣雀跃。"

"那这么看来，归根结底，我还是有点喜欢宗教的。"

"贝斯特也被认为能够治愈儿童的疾病，并守护死者的灵魂。另外，埃及的妇女也想在外貌上更像猫，她们在脸颊上画出几道划痕来模仿我们的胡须，手臂上也画几道，并在上面滴几滴猫血，希望获得我们的美貌和智慧。"

"多有意思的时代啊！"

"埃及人也像打扮自己一样打扮我们的祖先，给我们的祖先戴上珠宝、项链、耳环。当时，埃及猫死去后，还有权拥有属于他们自己的葬礼。

"即使他们的仆人还活着？"

"人类为了哀悼死去的猫，会剃掉自己的眉毛。死去的猫会被做成木乃伊，身上缠满布带，脸上戴着代表他们的面具。"

顺便说一句，我从毕达哥拉斯告诉我的事情中推断出我们也难逃一死。

"如果一个人虐待猫，他会被处以鞭刑；如果有人杀猫，他会被割喉处死。"

"我喜欢这个国家。它现在还存在吗？"

"埃及在今天的世界版图上仍有重要的地位，但拥有这些观念的文明恰恰是因为战争消失了。公元前525年，波斯国王冈比西斯二世围攻贝鲁西亚这座大城市，但没有办法攻下它。得知埃及人崇拜猫时，他便命令士兵将活猫绑在他们的盾牌上。"

"怎么会有这样的事！"

"这样一来，埃及人不敢再放箭，因为那可能会伤害他们的神兽，所以他们不战而降。冈比西斯二世宣布自己为新法老，处决了老法老，并将埃及的所有祭司和贵族都处死。他毁坏了所有的神庙，包括祭祀贝斯特的布巴斯提斯神庙，并下令将生活在这些地方的讨厌的猫献祭给波斯的神灵。对猫和贝斯特的崇拜从此在埃及没落了。"

太恐怖了！我舔舔我的毛，仿佛这样能把这个悲伤的故事带来的晦气从我身上除去。

"为什么人类擅自允许自己决定我们的命运？"

"因为他们比我们更强大。"

"但我才是我人类女仆的主人啊。"

"你错了，他们才是拥有权力的人。这有几个原因：第一，他们长得更高大；第二，他们手上有能和其他四指对握的拇指，可以制作非常复杂和非常强大的东西；第三，他们平均能活八十岁，而我们最多活到十五岁就会死去，更长的寿命给了他们更多的经验；最后，也就是第四个原因，他们平均每天睡八小时，而我们平均睡十二小时。"

"也就是说，他们只用三分之一的时间来睡觉，而我们要花掉一半的时间……"

"不过有一点还是应该肯定的，睡觉是一种进化优势。"

"我们会爬树且比他们更能跑；他们的脊椎很僵硬，而我们的却很灵活；我们有可以保持平衡的尾巴；我们在黑暗中能够看得见；我们的胡须可以感知波。他们甚至都不会发出呼噜声！"

"这些都是微弱的优势，你没有意识到手的惊人好处！他们用双手可以……"

"可以干什么？"

"他们可以，可以……'工作'！"

"工作又是什么？"

"就是你的女仆每天早上离开家后所进行的活动。她必须通过她个人的工作直接或间接地为某样东西的生产、创造或维护做出贡献。"

所有这些信息都在我的脑子里乱得像一锅粥，我再次好奇这只猫怎么会了解这么多关于人类世界的知识。

"所以我没有我的女仆聪明？"

"不如说你有很多东西需要学习……"

但今天已经学得够多了，我想回家，独自思考这些惊人而美妙的事情。我尤其记住了我的名字来自一位古埃及女神，她长着猫的头，被所有人类景仰。

9

可怕的工作

我做梦了。

我梦见自己是贝斯特女神，猫头人身。我用两条腿站立，穿着一条橙蓝相间的裙子，脖子和手腕都戴着偌大的珠宝。我有一双漂亮的粉嫩的手，没有爪子，没有小肉垫，但却拥有手指，关节灵活，让人想起蜘蛛爪。在布巴斯提斯的神庙里，几万人类信众簇拥着我，有节奏地高呼我的名字。

"贝——斯——特！贝——斯——特！"

我有几百名仆人，而不是只有一个。他们伺候我饮食，一个个食槽里放满还在发抖的老鼠，一盏盏杯中盛满牛奶，一碟碟盘子里装满猫粮。

在那些上供祭品的人类中，有一个人引起了我的注意，他有人类的身体和毕达哥拉斯的头。于是我拉住他的手，凑过去，直到我们唇和唇相碰，舌与舌相交。我发现这比我想象中的更舒服。

毕达哥拉斯在我耳边嘀嘀咕咕："你的仆人每天早上都出门去工作"；"人类的寿命是八十岁，而我们最多活到十五岁就会死去"；"进化的方向是这样的：鱼、恐龙、人"。

然后他指着崇拜我们的人群，继续喵喵说道："人类之后，又是谁呢？"

崇拜我们的埃及人的贡品接踵而至，突然，出现了一个穿着奇特的人类。他长着一张托马的脸，身边围着一群人，他们都全副武装，拿着盾牌。盾牌上面捆着一些猫。那些猫在挣扎着，喵喵叫着。在我们的崇拜者和全副武装的人类之间发生的不平等战争中，这些猫遭到了杀戮。之后，侵略者杀害我们的仆人，摧毁了我们巨大的雕塑，谋杀了毕达哥拉斯。

于是，我非常伤心，像人类一样，我眼里也流出了咸咸的液体。

菲利克斯舔了舔我的眼皮，把我弄醒了。为了惩罚他擅闯我的禁地，胆敢靠近我的卧榻，我猛地用爪子在他脸上乱抓。他没有反抗，摆出一副逆来顺受的样子。

我起身跳到地上，伸伸懒腰，打了个哈欠，舔去菲利克斯的口水。

我起得够早，所以能看到我的仆人准备出门。我很好奇，于是决定跟在她后面，去看看她所谓的"工作"究竟是什么。

当她"咔"一声把门带上后，我从猫洞出去。现在我在大街上了。

我唯一一次远离我的家，是为了引开威胁毕达哥拉斯的狗来追赶我，但我无暇顾及外面的景象。

清晨的人行道到处都是狗的尿味和屎味。没有一点猫的味道。在我周围，尽是行色匆匆的人类。突然，我的仆人下到一个隧道里，我依然悄悄地跟着她。

在隧道里，那些人类乱窜乱动，鞋底发出"啪嗒啪嗒"的声音。我在人类袜子和裤管之间穿来穿去。没有人注意到我。

人群在一条沟前面停下，等在那里，一动不动。突然，隧道的尽头传来一阵巨响。我在想究竟会是什么庞然怪物出现在昏天暗地的隧道里，这时，出现了两道光，应该是怪物的眼睛。这个怪物体型庞大，呼啸而来。难道是在第五次物种灭绝中幸存下来的恐龙吗？那双发光的眼睛继续向我们靠近，我看到了他的脸。他的脸很平，没有爪子，身子很长。突然，他的肚子打开了。人类（包括我的仆人）往里面涌去，挤作一团。我跟着他们，嗅到各种淡淡的刺鼻的味道。娜塔丽眼神定定的，站着不动，手却在晃来晃去，仿佛站着睡着了似的。

而我却睡意阑珊，因为刺耳的嘈杂声太多。关门的声音和金属摩擦的声响。时不时地，怪物停下来，肚子再次打开，一部分人类出去一部分进来，有时同时有人进进出出，彼此拥挤推搡。

最终，娜塔丽从怪物身上下来，在隧道里走着。隧道的尽头是通向地面的楼梯。她走得很快，停下来让汽车先过，换到对面的人行道上，避开狗狗的排泄物，走得越来越快。我一直悄悄跟在她身后，一路小跑。

她到了一个奇怪的地方，地面上全是沙子和泥浆。一块巨大的空地上有不少车辆，有的车很大，冒着黑烟，还有一些细长的金属塔吊举起一捆捆钢筋。一些戴着黄色安全帽的人行走其间。娜塔丽加入其中一队，边朝他们挥手边叫着自己的名字。

她也戴上黄色安全帽，指示另一些人运送灰色方块、木块或长长的黑树枝一样的东西。远处，一些机器在挖地。到某个时刻，所有人都聚集在一起，用手指捂住耳朵，望着一栋老建筑。娜塔丽按下一个红色按钮，那栋建筑四下爆炸，之后轰然倒塌，只余一片浮尘。我的女仆的工作就是把房屋炸掉。一旦灰尘消散，车子就开始把瓦砾清走。

我很遗憾毕达哥拉斯没有在这儿，不然他就能给我仔细讲讲人类的这种行为到底意味着什么。

难道这就是所谓的工作？我的女仆每天没有照顾我的时候就是在完成这项工作？为了了解得更清楚，我就在这个地方溜达起来。我沉浸在千头万绪的冥想中，以至于根本没注意有辆车子正在后退，差点要碾到我。情急之下我往旁边一跳，结果跳进一个黑色的坑里，坑里有种极黏稠的油让我行动迟缓。我身上全是这种黏糊糊的东西，导致我根本没办法起身。我挣扎，我号叫，终于吸引了几个人的注意。

几只手抓住了我，把我救出了这片污浊之地，然后用一条毛巾裹住我。我听凭他们这么做。那两个救了我的人类发出短促的尖叫声（就是毕达哥拉斯所说的"笑声"），我们周围渐渐围了一圈人。当娜塔丽认出我的时候，她十分惊讶继而感到恼火，提溜着我的后脖颈。我一直没有挣扎，这让我想起我的童年，我的妈妈总是这样叼着我走来走去。

我预感事情会更糟，果然，更糟糕的事情发生了。

娜塔丽带我到一个有盥洗台的房间，在那里，她没有放开我，用另一只闲着的手打开水龙头。我吓得快要叫破喉咙了，再次感受到无法进行有效对话的不便之处。她坚定地继续手上的动作，这意味着接下来也不是什么好兆头。然而她知道我不能接受身上有一点点湿，更别说要跟水直接接触。这一次我开始挣扎，但是她紧紧抓住我，丝毫不松手。

接着，她往盥洗盆里倒了会起泡泡的白色粉末，然后，即使我出于害怕抓了她的手，她仍是做了这无法挽回的事情，把我……浸到这个小浴缸里！多么恶心的感觉！

她把我摁到水里，水淹没了我。我黑白交错的长毛变得沉重起来，让我更痛苦的是，她拿漂浮的白色泡沫来搓洗我的身体。黑色油污渐渐溶解了。我原以为可以一辈子都不用洗澡，而现在，我的好奇心，我探索何为人类工作的决心，都以这一惩罚而告终。

娜塔丽终于把我拎起来，给我拍了张"湿身"照片，并帮我擦干，同时用嘲讽的口吻不断叫我的名字，过来看热闹的其他人类还在那儿笑。然后，她把我放到一个箱子里关上。鉴于现在是白天，为了忘却这份耻辱，我就在这软乎乎的监狱里睡着了。（有个问题让我苦恼：有朝一日我的毛能全干透吗，还是说我的余生都得这么有点潮乎乎地度过？）

醒来的时候，我还在箱子里，但娜塔丽在箱子上挖了几个洞，所以我能看到外面她工作的地方。

天色暗了下来，已是黄昏。我透过其中一个小洞看到她取下黄色安全帽。我终于要回家了，回到壁炉旁的长沙发，终于可以摆脱水这个恶心的东西。甚至填饱肚子都变得次要了。

白天是什么让我想要对人类生活一探究竟呢？在箱子里，我发觉我们又进了地下怪兽的肚子里。

舔毛的时候，我闻到了白色粉末刺激的气味、我掉入的黑色油污的余味、水的味道，简直倒霉透了，我们刚一到家，娜塔丽就点了根烟，然后打开电视，电视上出现了正在说话的人类，倒在血泊中死去的人，跑动的人，呼喊挥动着黑色旗帜的愤怒的人……

娜塔丽看起来比平时更加紧张，但是为了报复她今天对我的所作所为（此生奇耻大辱！），我才不要趴在她胸口发出呼噜声安慰她呢！

我的仆人可能感受到我对她的指责，为了试图让我原谅她，她拿起吹风机开始用热风给我吹毛，但我宁可逃到冰箱顶上待着。透过厨房的窗户，我看到太阳已经西斜，黑夜即将降临，但浑身湿漉漉的毛让我无颜去找毕达哥拉斯。

算了，我决定从"海岛"上下来去填饱肚子。

菲利克斯跟我打招呼，问我去哪儿了。我想告诉他整件事，但马上又意识到，这样一只纯种安哥拉猫是不会明白工作、战争、恐龙、埃及人、笑或者上帝这些微妙的概念的。

我几乎要同情他了。他的世界仅局限在食盆、厨房、客厅和我们的女仆之间。逼仄的小世界，没见识的小脑瓜。

他甚至不知道贝斯特是一位猫头人身的埃及女神的名字。

我应该教育他吗？眼下，先得考虑我自己的学习，而且我看不出为什么要用这些超出他理解范围的概念去让他心烦。

我应该跟他说什么呢？

说到底，菲利克斯毕竟是幸福的，因为他无知。

我既同情他，又羡慕他。

他看见我一直盯着他，还摇了摇头。他对世界错误的解读让他以为我是在责备他不再跟我做爱了，于是他纵身一跃，跳上摆着广口瓶的架子，伤感地向我展示他失去睾丸的位置。

啊，雄性动物啊，总是把一切都绕回到这个问题上。

我朝他背过身，竖起尾巴，向他表示我没有兴致，然后去看娜塔丽。她在客厅打电话，然后去厨房，吃着热气腾腾的黄色食物。随后她去了卧室，脱下衣服，朝浴室走去。我保持一段距离跟着她。她洗了澡（用水和香皂，不过对她而言，把自己弄湿似乎让她有一种变态的愉悦），然后站在洗手盆前卸妆，往脸上涂抹散发着青草味道的乳液，之后就去睡觉了。

她叫我，但我装作没听见。我才不会到她的脚边发出呼噜呼噜的声音，更不会躺在她身边给她催眠。相反，我朝卧室的阳台走去，在那儿看到了我的暹罗猫同伴。我发出一声轻柔而忧伤的喵叫，吸引了他的注意力。

"我很想见你，毕达哥拉斯，但我的样子太不体面。我被迫洗了一个……澡。"

"我在这里不是要对你评头论足的，贝斯特。过来，我们一块儿在蒙马尔特的街道上跑一跑，这会让你的毛快点干。"

当我们在下面碰头时，他做了一个亲热的举动，我俩的小脸相互蹭了好几次。我感到他粉色湿润的鼻子挨着我的鼻子，这让我的脸感到微微触电。显然，我想自己对他是情有独钟。他越不对我动心，我对他的感情反而越强烈。

这是一场灵魂的相遇，他的灵魂让我着迷。

我咽了一口口水，忍住没告诉他心动的感觉。

我们走着，风刮过我湿漉漉的毛，让我感到一阵难以忍受的凉意。我浑身发抖。

我们又到了圣心教堂塔楼的最高处，我给他讲述了我对人类工作的调查，以及这个调查可怕的结尾。

"……而且他们都在笑！"

"我倒是希望自己会笑。"毕达哥拉斯说道。

"我们会发出呼噜声啊！"

"有时候，笑似乎会让他们感到极其快乐，跟性高潮差不多。我的女仆做爱的时候和笑的时候都会发出同样的'咯咯'声。"

突然间，我们看到远处有爆炸。

"我今天在工地上也看见了，但我不知道他们晚上也工作。"

"不是的，要是晚上发生，就不是工作引起的爆炸了，而是恐怖袭击。从地点来看，被袭击的似乎是大图书馆。随着世界上的战争愈演愈烈，恐怖分子试图通过杀戮来使我们的城市陷入不稳定的局面。已经发生好几起了。就像你看到的那样，他们有时候朝学生开枪，有时候在人群中引爆自己，通常是在一些文化场所。"

"他们为什么要这样做呢？"

"他们是听命行事。"

远处，爆炸演变成了火灾。

"谁命令他们这样做的呢？"

毕达哥拉斯没有回答我。我用好几种姿势伸了伸四肢以保持仪态，然后换了个话题。

"让我烦恼的是，我们的人类仆人做某些决定的时候总是不考虑我们的意见。我想起了我与娜塔丽的相遇。那时候，我还是只很小的小猫，生活在乡村。我在草地上奔跑，在树上攀爬，和蜗牛、刺猬、壁虎为伍。之后有一天，我和我妈妈被带到了一个充满笼子和各种动物的地方，那里有叽叽喳喳的鸟儿，有五颜六色的鱼，有狗、猫、松鼠、兔子。"

"可能是一家'宠物店'……"

"过了几天，我被迫和妈妈分开，和其他小猫一起，被安置在一面朝着街道的透明玻璃后面。"

"人们把那些最可爱的放在前面来招揽顾客。"

"一天早上，娜塔丽出现了。她看过我周围所有的小猫后，最终，她伸出手指指着我，说了一句话。"

"她应该是说：'我要那只。'"

"然后一只手抓住了我，我就……被放在她怀里了。

"猫通常的命运。"

"然后，她注视着我，开始重复这个单词，'贝斯特'。"

"很多动物想必都羡慕你的处境。那些没有被选中的小猫很有可能已经被……处理掉了。人类称他们是'卖不出去的赔钱货'。"

毕达哥拉斯继续望着那个被火光照得发亮的地方，

爆炸就是在那里发生的，大火还在继续燃烧。

"贝斯特，我不知道你在你的女仆的电视上看新闻时有没有感觉到，事情变得越来越糟了。有越来越多的人死去，也有越来越多的人想要杀死他们的同类。"

"在我看来，宗教或许可以拯救他们。"我说。

"宗教？就目前而言，倒不如说宗教让人类饱受折磨并把他们推向自我毁灭。"

"那是因为他们搞错了要供奉的神明，我赞成他们恢复对贝斯特的崇拜。"

他摇了摇头，我感觉到大图书馆的爆炸让他心慌意乱。

"你想听关于人类和猫的第三堂历史课吗？"他问道。

我尽可能以最舒服的姿势趴在我倚靠的石头上，把耳朵朝前竖起来。这是我最享受的时刻。

"埃及人创造了自己的文明，这一文明飞速发展，但之后被战争摧毁了。"

"还有那个可恶的杀猫凶手——冈比西斯二世。"

"埃及从前的奴隶，希伯来人获得了自由并且朝东北方向逃亡，一直逃到了犹地亚，在那里定居，建起城市并通过港口发展贸易。"

"什么是贸易？"

"这是最古老的工作形式之一，就是用一个地方的食物和货物来交换其他地方的食物和货物。三千年前，希伯来人在他们的国王大卫和所罗门的支持下，组建了一支商船舰队，但发现他们运送的食物经常会被老鼠毁掉，因此，国王就下令每艘船上都要养猫。"

"就是从那时起，猫开始去到更远的地方游历？"

"一开始是地中海，后来跟着驼队进入了内陆。"

"我们就只是被用来保护人类食物不受鼠害？这还是让我有点失望。"

"商人在他们靠岸的地方，丢下在船上出生的小猫。这些小猫在从没见过他们的人类那里大受欢迎。但是，随着猫的分布越来越广，人类开始分为两派，一派喜欢猫的陪伴，一派喜欢狗的陪伴。"

远处大图书馆的火势渐渐减弱了。

"通常，爱猫的人爱的是猫的智慧，爱狗的人喜欢的则是狗的力量。前者热爱自由，后者喜欢顺从。前者喜欢黑夜，后者喜欢白天。"

"因此，这两个阵营是互补的。"

"他们可不是这样看待事物的。在那个时代，爱狗一派让人们去围捕猫已不是罕见的事情。在一些村庄，人们曾猎猫，为的就是把他们抓起来，赶尽杀绝。"

"你说过，我们的祖先是坐船来的，可他们不会游泳，对吧？"

"正是，船上的人类知道猫会竭尽所能不让船沉没，猫变得越来越聪明：得帮助人类防范那些可能会让他们面临被淹没的危险。他们能提前感知到暴风雨。"

"此外，既然你是个百事通，我真的很想知道，为什么狗会游泳，而我们却不会？"

"据我所知，这是因为我们的皮肤和毛发是不同的。不过，似乎有些猫喜欢水。至于我嘛，跟你一样，哪怕只是想到会被弄湿都会让我无比厌恶。"

想起刚刚洗的澡，我浑身战栗。这些天来，我俩都经历了一些艰难的时刻。

"所以，猫是从犹地亚四散到各地的。公元前1020年的一些文本记录了抵达印度的第一批猫的情况。"

"印度？那是什么？在哪儿？"

"那是东方的一个大国。那里的商人开始用香料交换我们。印度人一见到我们，就对我们喜欢得不得了。他们重拾对一位人身猫头的女神的崇拜，但给她取了另一个名字：娑提。她也被视为生育女神。"

"这些印度人能如此重建对'我'的信仰，想必一定十分敏锐。"

"娑提的雕像是中空的，里面放着一盏油灯照亮它们的眼睛，为的是威吓啮齿类动物，驱走邪灵。"

"那一定很美。"

"印度人认为，是猫教会了人类瑜伽（以拉伸四肢为基础的体操，跟我们的一样）和冥想（源自我们的深度睡眠）。"

这最后一句话让我产生了再伸展伸展四肢的欲望，于是我把右爪放在头上，舔自己的肚子。

"公元前1000年，猫抵达中国，那是更靠东的一个国家，而且幅员辽阔。商人们把我们的祖先用于交换精美的丝绸、香料、油、酒和茶叶。当时统治那里的是周朝，这个朝代让猫成了和平、宁静和吉祥的象征。他们也创造了一个猫外形的神——狸兽，以表示对我们的尊崇。"

"对贝斯特的崇拜因此得以延续。"

"猫不仅征服了东方，也征服了北欧。公元前900年就有文献提到我们的祖先来到丹麦。他们催生了对生育女神芙蕾雅①的崇拜，她的马车是由两只圣猫拉的。第一只猫名叫'爱情'，第二只名叫'柔情'。"

我不知道丹麦是怎样的，也不知道中国或印度是怎样的，更别说犹地亚了，但是我从毕达哥拉斯的叙述中发现，猫在某个时代只在埃及才有，后来借助旅行者，他们在越来越广阔的土地上传播了他们的影响。

我第一次让毕达哥拉斯回到他刚才说过的故事，向

————————
① 芙蕾雅（Freyja）是北欧神话中爱与美的女神，生育之神，也是女战神和魔法之神。

我解释我不懂的每个词。我要求他给我描述所提及的不同国家的人的装饰、衣着、外貌以及饮食习惯。他很乐意满足我的好奇心。从此以后，我希望他说的每一个词我都能弄明白。

毕达哥拉斯看起来似乎对我的请求并不惊讶。他很耐心，为我一一解惑，还跟我解释了每一句话背后隐含的人类心理，以便拓宽我的认知领域。

我再次问他是如何知道所有这一切的。

他摇了摇头似乎在犹豫，看起来像是准备向我透露自我们初次见面以来一直向我隐瞒的事情。

就在这时候，离我们很近的地方传来一声巨响。

他示意我跟着他。刚飞奔下楼梯，他就跑向发出令他不安的声音的地方。我们来到一条十分明亮的大道，数千人聚集在那里，面对面分成两拨。毕达哥拉斯告诉我说，在枝头会看得更清楚，于是我们爬到一棵梧桐树上。

"这就是战争？"

毕达哥拉斯没兴致回答我，示意我观察这些人的举动。

右边那一拨人挥舞着黑色的旗帜，高喊着同一句话。在他们的对面，左边的人穿着藏青色的制服，戴着系着黄带的头盔，有盾牌和棍棒，但没有旗帜，并且很安静。两拨人看起来似乎在等待什么。雄性荷尔蒙的气息非常强烈，我的胡子感觉到一股无比躁动的波。

一个燃烧瓶被扔向穿藏青色制服的那拨人当中，人们及时散开。被扔出去的东西在地上爆炸，扩散为一片火光。另一拨人马上投掷一些带着长长的烟雾的东西进行反击。

"不，这不是战争，还不是。你所看到的只是争端的先兆。那些穿制服的是现行体制的捍卫者，其他人则想推翻它。"

"哪一方才是对的呢？"

"谁对谁错真的重要吗？"

忽然，那些扛着黑旗的人猛地朝穿藏青色制服的人发起进攻，两拨人的对抗由此升级为肉搏战。

垃圾桶在焚烧，投掷物的烟雾很刺鼻，人们叫着、吼着、跑着，互相拳打脚踢，有些人还相互撕咬。他们面目狰狞，破口大骂，彼此撕扯着衣服。

空气变得刺眼刺鼻，我觉得肚子疼，还吐了。

"你说'这'还不算真正的战争？"

"这不再是恐怖袭击，但也还不是内战，而只是一场'失控的示威游行'。他们现在只是用莫洛托夫鸡尾酒①（燃烧的瓶子）以及催泪弹（会发出烟雾的投掷物）。当你看到两个阵营里面的人都穿着绿色制服而不

---

① 莫洛托夫鸡尾酒是土制燃烧弹的别称。

是蓝色制服或便装时，你就知道那是开战了。"

我被人类相互毁灭的激烈程度震惊了。

"我喘不过气来。这种烟比我女仆的香烟还呛人，"我"喵喵"叫道，"为什么你要把我带到这种地方来？"

"我想让你近距离观察这一切。你要知道，这里发生的一切在法国其他大城市，在欧洲，在全世界也同样发生，就像所有人都患上了一种疯狂好斗的热症。有些人认为：这是由于太阳黑子干扰了人类的感官，促使他们自相残杀。这种现象差不多每十一年发生一次。总而言之，你所看到的就是证明：人类处在一个自我毁灭的阶段，并且这一次规模大得出奇。我觉得他们已经到了进化的最后阶段。"

我被眼前的场景惊呆了，尽管眼睛灼热，肺部发烫，我还是继续观察着他们，过了一会儿，我摇摇耳朵：是时候回去了。

于是，我们丢下示威游行的人类，各自回家。

我穿过猫洞，躺在我的篮子里。我的生命终于有了一个宏图壮志：就在此时此地，在这个国家，在其他所有国家，重建人类对猫头女神的崇拜！

这样，人类就能在对我的虔诚崇拜下团结一致，恢复和平。

10
巴黎事件

我昏沉沉睡了很久。

可能一整天，或者两天。过去我也曾不知不觉连续睡过三天三夜！

每次醒来都是白天，筋疲力尽。

我嗅了嗅，毛上还有示威游行那天留下的各种气味。我舔舐着皮毛上那些气味最重的地方，然后把毛球吐出来，看它在我眼前滚动。

我又想起上次我们见面时毕达哥拉斯跟我说的话，我应该想办法记下这些信息，以便有朝一日去教育我的同类。

仔细想来，如果毕达哥拉斯把这些信息透露给那些不那么聪明的猫，他们不仅会把他当成疯子，甚至有可能杀了他。

而我已经进化了，我能够理解。但对于其他猫来说，这些消息显然非常……奇怪……抽象……甚至完全是疯话。

当我们习惯了谎言，真相看起来反而可疑。

菲利克斯正在吃自己盆里的猫粮：一只像他这样的猫，会从让我受益的这些非同寻常的启示中明白什么呢？

想获得知识就要改变思维，但没有人愿意对自己看世界的狭隘视角提出质疑。

我又从喉咙深处呕出一些呛人的东西。（我的天，战争真是有害健康，直到第二天还有不良后遗症。我感觉有点吃不消。）

菲利克斯走过来，他之前没敢叫醒我，现在似乎很开心终于能过来跟我打招呼。

我感觉已经很久没有见过他了，我注意到他长胖了很多。这就是我们这个物种在和人类的结盟中失去的：我们忘记了努力的重要性。我们不再奔跑，不再恐惧，不再挑战彼此，只知道一门心思经营舒适、单调得令人发指的生活日常。

如果万事太平，我可能最终也会像他一样：肥胖、不运动、没有任何生活目标，并且……安于现状。

我上楼走进我女仆的房间，穿过浴室，爬上盥洗台，我记得那儿似乎有一面镜子。现在我知道它的用处了。我不怕站在镜子跟前，努力在陶瓷盥洗台的边沿保持身体平衡，看着镜中的自己。

这怎么回事！我发现自己也长胖了！难道我生病了？我今天早上还吐了来着，但我居然胖了。

我闭上双眼开始分析体内的感觉：突然，有答案了。

我……怀孕了。

我反复思考，这会是菲利克斯的"杰作"吗？

有可能。

我只有一个想法：先把这个消息告诉我的邻居暹罗猫。

因为我太重了以至于没法从这个阳台跳向另一个阳台，只好下楼从猫洞出去，我进了他家。

"毕达哥拉斯！毕达哥拉斯！我要当妈妈啦！"

没有任何回应，她的女仆索菲也没有反应。

他们是不是从此不在这里住了？今后我要怎样才能知道人类和猫族后来的历史呢？

我巡视了整栋房子。有什么地方不对劲。

他的猫粮自动投放机是空的，饮水槽是干的，他的窝没有碰过的痕迹。我上楼去房间里看，他的女仆的床铺得好好的，看不出最近有人待过的任何迹象。

我在他房间的镜中照了照自己，希望镜子可以给我一些不一样的信息。可是没有，不用怀疑，我确实长胖了。接着开始感受到有"东西"在我肚子里动弹。我的乳头发痒，我舔了舔它们来舒缓一下。

可怜的你啊！没有毕达哥拉斯，你的生活将变得更加无聊，我自言自语道。

"贝斯特！"

一声尖叫从我家那边传来。

娜塔丽回来了。我再次穿过猫洞，一路小跑去客厅找到我的女仆。

她拎着一个小包，从她抚摸我脑袋的方式来看，我猜这又是给我的惊喜。

考虑到她最近礼物的质量，我克制住自己的热情。

她打开塑料盒子，从里面取出一个带有金色球形坠子的项圈。我不知道该怎么戴它。她是不是终于明白我究竟是谁了？这是一份祭品？

娜塔丽跟我说了一堆话，叫了好几次我的名字，但我又没有"第三只眼"，她的一番高谈阔论我丝毫不理解。然后，她在电视机前坐下，我推测人们要在那里讨论昨天晚上发生的事。爆炸造成的损失会看得更清楚。接着，我又看到被拍摄下来的穿藏青色制服的人和其他人起冲突的一个个画面，那些人正在朝他们扔……是什么玩意儿来着？想起来了！是"莫洛托夫鸡尾酒"。

娜塔丽紧张到了极点，做了一个我从来没有见过的疯狂举动：她用牙齿咬自己的指甲尖，然后把咬下来的屑屑吐到地上。

我们看着电视里的人用十分冷酷的语调在说话。

我感觉他们就是在直接和我们说话。有的人留着长胡子，有的人系着领带，他们比画拳头，大喊大叫，眉头紧蹙。我很遗憾毕达哥拉斯没能给我说一下形势的最新发展。

娜塔丽停止啃指甲后，点了一支香烟，喝着一种闻起来酒味很重的饮料。

恶心呕吐的感觉再次向我袭来，我也无心安慰我的女仆了，因为我自己也感觉有点焦躁。

我从熟睡的菲利克斯身边经过，然后飞奔到楼上去发泄，把爪子扎进枕头里，直到看见里边白色的羽毛飞出来。

我感觉以后的日子会越来越难熬。

我觉得自己真是太蠢了。

我多想自己变得聪明些啊！

11
从我的肚子里出来

一个月来，我总是不停地睡，不停地长肉，感觉完全没力气挪窝，就算起身，也只是为了吃点东西，有时路上会碰见我的女仆和菲利克斯。

听不到毕达哥拉斯教诲的一个月是荒废的一个月，我的脑袋昏昏沉沉，思想也不再轻盈如云，而是一团迷雾，对战争和历史也提不起兴趣。

我不想出门。

肚子里好像有些东西决意要露面了。

我舔了舔肚子，感觉肚脐眼附近有一块微微隆起的东西在动。

"下一代"？

这些小家伙，他们可不能还没出生就开始惹我生气。

我用不着去浴室照镜子就知道自己胖了一大圈，更何况我甚至都没法在盥洗台的沿儿上站稳。丰腴？才不是，准确来说是臃肿，稍微活动一下都会让我疲惫不堪、气喘吁吁、叫苦不迭，而且一直感觉肚子饿。

挪到饭盆前是我唯一能做的事。身体里的小生命动来动去，他们在我肚子里玩捉迷藏，不然还能是什么？难不成拿我的肾当球踢吗？我感觉他们在我肚子里打架。

现在，什么才能真正让我高兴？那就是他们全都从我身体里滚出来。

我肥肥的肚皮下又有新动静了。像是他们在扒拉我肚皮的内壁，想从里面出来。

第一次宫缩开始了，然后是第二次。宫缩越来越频繁，也越来越痛苦，每次都感觉肠子要被刺穿了。

快了，我就要生了。

我叫得连嗓音都要扯断了。

"娜塔丽！快！赶紧来照顾我！"

而我的女仆却再次待在电视机前，这女人自私到让我惊愕，她真的只想着她自己。

我挡在她和电视屏幕中间，可她并没有抚摸我或者跟我走，而是把我抱起来，放到不碍她事的地方。

真是对牛弹琴，我只好独自在小窝里承受"这些"。我的直觉再一次得到证实，生活的路上总是形只影单，谁都靠不住。

菲利克斯提出要帮我，但我知道他什么忙都帮不了。如果他只是在我爪子边上晃悠，那只会给我添堵。

这只白色的安哥拉猫，睁着一双黄澄澄的眼睛盯着我，一脸迷茫。

我允许他待在我身边，但也命令他不许打扰我，就算他是孩子的爸爸，但除"此"之外，他什么也不是。

现在，我的肚子在一阵阵发紧，越来越痛。宫缩加快了，我感觉到菲利克斯的同情，但在这种时候，一只公猫又怎能真正体会到母猫的感受呢？

接着，我感到有什么东西从我身体下面出来了。

我在窝里换了一个更舒服的姿势，过了一会儿，从我身下冒出一个湿漉漉的脑袋，眼睛还粘着睁不开。伴随着三次更痛的宫缩，我把他生了出来。

终于，我做到了。我生下了一只小猫。

这团黑乎乎的小肉球慢慢动动他的爪子，眼睛一直闭着。我本能地咬断了脐带，起初感觉味道很奇怪，后来觉得还不错，于是我把它咽了下去。我居然在享用自己的肉！然后，我舔着从身体里流出来的液体，发现味道也很不错。

当我要去舔舔这只小猫时，又感觉到一次抽搐。第二只小猫要出来了。我以同样的方式生下他，这次是只纯白色的。

我一共生下了六只小猫。

一只黑色的，一只白色的，两只黑白相间的，一只灰色的，还有……一只橘色的。

他们眼睛闭着，浑身湿漉漉的，沾满从我身体流出来的黏糊糊的液体。我轮流舔他们。

只有一只没有动，灰色的那只。我本能地知道我应该怎么做（得吃了他），但我没有那个勇气。

我把他推到稍远的地方，让其他五只小猫趴到我发痒的乳头旁。

小猫们眼睛闭着，大概被气味吸引着，爬过来把嘴巴贴在我的肚子上，大口大口吸我的奶水。这种感觉很新奇，很舒服，同时还有点痛（那只橘色的小猫轻轻咬我）。

我感到肚子空空的，不过很轻松。一股暖流流遍全身。我感觉很好。非常好。

最后，想到有了孩子，我感到很幸福。就好像经历了所有的等待与痛苦后，生命得以延续下去。

菲利克斯过来舔我的额头。我应该承认，这一刻，这个举动深得我心。

"灰色的这只就交给你了，可以吗？"

他叼起那个小小的身体，消失了。回来后，他温柔地朝五个毛团俯下身去。

"这是我们的孩子。"他激动地说道。

我不敢告诉他，我们第一次做爱的几天前，我也和街区的其他几只公猫发生过关系。

"他们真好看。"他又补充道。

我侧着耳朵，试图知道娜塔丽在干什么，却只听到电视的声音。她还沉浸在有关学校暴乱的报道上。

生命的活力在人类身上熄灭了，却在我身上迸发。

"菲利克斯，你把那只灰色的小猫怎么样了？"

"我把他放到娜塔丽面前。她回过神来，就应该能看见他，明白发生了什么。"

这时，我听到一声惊叫，就像她发现我送的小鼠礼物时那样的尖叫。我听到她急急忙忙跑出去，还看到她抓起一把铲子和一个塑料袋。

她终于关心起我了，没有责备，也没有呵斥。她冲我笑，摸我的头顶，好几次还用手指撩我的下巴。

我想，她应该是在向我表示祝贺。来得正好，这些日子，我的确需要支持和鼓励。

她摸着我的额头，还给我倒了一碗牛奶（她应该是觉得喝牛奶能帮我催奶）。为了讨她欢心，我把牛奶舔着喝了。

我又想起被她放到袋子里的灰色猫崽了。过去，猫妈妈吃掉自己的幼崽，可能是为了让饥肠辘辘、精疲力竭的自己活下来。但既然我是一只"文明"猫，这么做就不合时宜了。我甚至觉得，我们猫也有权力在死后裹上细带子、戴上象征自己的面具，用防腐香料殓葬，在入殓时举行某种仪式。

比如，我的女仆通过修眉，向我夭折的灰色猫崽表示哀痛，这就很合乎礼仪。

现在，她似乎正忙着用智能手机给小猫们拍照，还打了好几通电话，我听到她很开心地在电话里重复了好多遍我的名字。

就在这时，毕达哥拉斯出现了。

他应该是从猫洞进到我家的。他慢悠悠地向我走来。"好样的。"他边说边舔了舔我的背。这让我很开心。

"你刚才都去哪里了？"

菲利克斯知道我想和这只暹罗猫独处，没吵没闹就去饭盆边待着，给我们一点私密空间。我很欣赏这种体贴。

"你之前消失了，我很担心，怕你再也不回来了。"我坦白地说。

"我的女仆需要在我身上做一些精密的实验。她把我带到了她的乡间别墅，用这里没有的设备进行了一些实验。"

"做实验？"

"她想进一步优化我的第三只眼。"

"为了让你变得更聪明？"

"为了让我更好地理解他们的世界。因为，历史在加速发展，我要准备参与其中。"

他又露出了一副神秘莫测的表情，让我印象深刻。我听不懂他在说什么，但他似乎参与了一个超出我理解范围的文明进程。

"你什么时候回来的？"

"刚刚回来，我觉得应该来看看你。"

这回又轮到他，没征得我的同意就开始舔我的幼崽。

我指给他看那只最好斗的橘色小猫。

"菲利克斯很可能是他爸爸，但菲利克斯是白色的，我是黑白相间的，他怎么可能是这个颜色？"

"这是遗传学定律。"他回避了我的问题。

我给他看了我的新项链。

"很漂亮，可这不仅仅是一件首饰。你的女仆之所以给你戴这么特别的项链，是因为它其实是一个GPS（全球定位系统）装置。她可能是担心你会跑到她的酒桶架上溜达，所以要尽量避免这种事的发生。"

尽管这听上去让我很不爽，但至少知道自己再也不会走丢，这让我感到安心。

毕达哥拉斯指着我的那群小猫。

"你不可能把他们都留下的。"他给我提了个醒。

"嗯？为什么这么说呢？"

"人类很少会留下一胎生的所有幼崽。"

"那他们会对他们做什么？"

"把他们卖掉，送人，或者……淹死。"

"你说什么！"

"人类一直以来都是这么做的。这不稀奇。你的女仆已经有你和菲利克斯两只大猫了，她不可能再养五只小的。"

"但他们是我的孩子呀！"

"在人类看来，你的小猫也归他们所有。"

"这是我的家，她是我的女仆！"

"她是人，就会依照人类的规则行事。而且，别忘了，人类自认为是高级物种。"

"那我现在必须和她谈一谈了，告诉她我想留下我的小猫咪，并且做好独自一人抚养他们五个的准备。"

"这行得通才怪。"

"帮帮我吧，毕达哥拉斯，毕竟你有第三只眼。"

"再提醒你一下，我只能接收人类的信息，不能给他们发信息。"

"总有一天我会成功发出信息的，用神交的方式，"我坚定地对他说，"到那时我就会告诉他们，他们应该做什么。"

毕达哥拉斯用他蓝色的大眼睛盯着我：

"在我看来，比起聆听猫的意见，人类目前还有其他更要操心的事。我不知道你是否关注人类的时事新闻，在恐怖主义、示威游行和各方冲突之后，人类真正的战争即将到来。"

"'真正的'战争，那岂不是要比'示威游行'更令人窒息、更让人作呕吗？"

"那可不是扔烟幕弹和燃烧瓶了，他们互相用枪（你知道的，就是会喷火的长棍）射击、扔手榴弹或者炸弹，就跟我们之前在远处看到的那种爆炸一样，而且造成的损伤也更大。"

"所以今天就以两条有意思的消息开始：一是我的女仆想把我的孩子送人（卖掉或者杀死）；二是这里很快就会爆发战争。"

"我原本更乐意给你带来一些好消息的，贝斯特。"

有人敲门，是女邻居索菲来拜访娜塔丽。她一来就抓住我的孩子，把他们放到一个天鹅绒靠垫上。她俩完全被我的小猫们迷住了，还不停重复我的名字。她们用闪光的手机拍了一些照片，然后说到了毕达哥拉斯的名字。

"我得提前结束这次交流了，"毕达哥拉斯说，

"我觉得我一到这里我的女仆就担心。"

"她害怕什么呢？"

"怕我对你教育'过度'。"

我们互相蹭了蹭鼻子作为告别。我很喜欢触碰他的小鼻子，每次这样做，我们的胡须就交错在一起。接着，他把脑袋靠在我的脖子上，并不断地顺着猫毛往上蹭，好像在把我往一旁推。

他这么做的时候，我很享受。

之后，毕达哥拉斯的女仆将他抱起，放入怀中，离开了我家。娜塔丽则再次将小猫们放在我身旁。很快，这些小家伙便吃起奶来。

他们饥渴的小嘴碰到我，让我感到他们与我命运相连，没有人可以把我们分开。

等他们吃完奶，睡着了，我便低头舔他们，然后咬住他们脖子上的皮毛，将他们一一叼起，正如我母亲曾对我做过的那样。

这么做居然都没把他们弄醒。

为避免娜塔丽找到我的孩子们，我把他们藏在地下室的一个角落里，然后发出呼噜声，好让他们熟悉来自母亲的声音。

我思索着，心想一定有解决的办法。当然，我必须找到能将他们从死神手中夺回来的策略。

在确信所有的孩子都安然无恙后，我重新上楼去我女仆的房间。此刻，娜塔丽正平躺在床上，脸上敷着黄瓜味的面膜。

我趴在她胸口，感受到心脏的跳动。

我发出有节奏的呼噜声：

"不能将我的孩子们送走或是杀掉。我想要留下他们并亲自照顾。"

这句话，我重复了好几遍。

我发现她眼皮下的眼球在转动，说明她正处于激烈的脑力活动中，她正在做梦。我多希望能影响这场梦啊！好让她放弃那阴暗的打算。她的左手张开又合上，她翻了个身，鼾声顿起，身子松弛下来。

真希望娜塔丽已经明白我的心意。

回到孩子们身边后，我自己也睡着了。夜晚的梦尤为愉悦。梦乡里，我又变得婀娜苗条、身形矫健、柔软灵活，森林里，我和我的五个孩子肩并肩在一条小路上飞奔，来到一片开满黄花的林间空地，一起在草地上打滚。

缕缕阳光透过凤尾草丛，花粉在腾腾热气中飞扬。在我们头顶，一只红喉雀在歌唱。蝴蝶在翩翩飞舞。小家伙们则四处乱跑，一草一木、一沙一石都让他们感到无比惊奇。

12
罪 行

有谁在挤压我。

我被孩子们弄醒了，他们的小嘴吮吸着乳汁。这让我又痛又安心。

他们的眼睛一直闭着。我叫唤了几声，他们没有任何反应。似乎在刚出生的这段时间，他们不仅眼睛看不见，耳朵也听不到声音，只依靠嗅觉辨认我乳头的位置。

其实我不太清楚怎样照顾孩子们。对我来说，这有些复杂，我必须适应这五个占用了我所有时间和精力的小生命。

我舔着他们，发出呼噜声。我只会做这些。

我又一次发现，那只橘色的小猫是咬我咬得最用劲儿的，为了吸到我最饱满的乳头，他挤开其他小猫。这个眼睛还没有睁开的小生命，已经感知到自己有需要排挤的竞争者，再次看到这一幕我仍然感到很惊讶。

有些猫生来就是统治者。

这是为生存而斗争的开始，毕达哥拉斯或许会这样跟我解释。但是现在，比起去找这位暹罗猫导师讨论这些，我有其他顾虑。大门的门铃响了，我从地下室上去看发生了什么，结果看到了让我很生气的一幕，娜塔丽又把托马招来了。

鞋子事件发生后，我一直希望能够彻底摆脱他。我的女仆用激动的声音和他说话，让我反感的是，她多次提到我的名字，然后领他去了地下室。我的小猫们正在那里喵喵叫着，想要我再给它们喂奶。

我跑过去想阻止这一切发生，但为时已晚。托马俯下身来，用令我非常不快的神情打量他们。

我立刻做出进攻的架势，怒目圆睁，胡须贴在脸上，向后压低耳朵，竖起尾巴，卷起尾尖，弓起身，浑身毛发竖立，龇牙咧嘴，伸出爪子抓着地面。

不许靠近！

我已经做好了向托马扑过去的准备，但他并没有逃走，也没打算对付我，而是用手指着我大笑，不停地重复我的名字。

我想这个人还没明白自己是在跟谁打交道。

为了让他看到我的决心，我摆出各种威吓的姿势。无论是谁看到我这样都会害怕，但他显然是个例外。他耸耸肩，然后掏出他的激光笔，把光打在我面前。

噢不！不要！不要红色的光点！谁能经得住这样的诱惑？

显然，我又一次情不自禁试图去抓住那个不停移动、令人恼火的闪光。我必须不惜一切代价去捉住那道红色的光，即使我很清楚它是由托马操纵的。他把光束指向我的尾巴，而我就像上次一样，为了抓住那道光，追着尾巴转起圈来。

就在我分神的片刻，娜塔丽趁机捉走了我的四个孩子。等我回过神来，她和托马已经关上门，躲在浴室里了。我猛地扑向门把手。（但门怎么都打不开，我气得暴跳如雷！）

我听见了我的几个孩子在喵喵叫唤。

我试图用爪子挠开这木头门板，但是白费力气，我听见从门里面传来盥洗池的水流声。

娜塔丽迅速从里面出来，但还没等我趁空溜进去，她就关上了身后的门。她企图抓住我，但我不让她靠近，更加拼命地挠门。虽然不知道浴室里究竟会发生什么，但我明白必须想尽办法阻止它发生！我的孩子们喵喵直叫唤，我也跟着叫唤。我把爪子全伸出来，在木头门板上划出一道道深深的爪痕。

娜塔丽下楼去地下室，抱起仅剩的一只小猫——那只小橘猫，轻柔地抚摸着它，似乎要向我表明她特别偏爱这只。

那我其他几个孩子呢？

她似乎知道我内心的疑问，因为她带着安抚的语调，用我听不懂的人类的语言和我说话。

这时，门后面，猫叫声全都停止了。

突然，一阵我再熟悉不过的马桶冲水声传来。

一阵寒噤传遍我全身。

然后又是一阵哗啦的冲水声，紧接着第三声、第四声。

不！这不可能！他不会这么做的！

托马终于打开门，小猫全都无影无踪了。

他们去哪儿了！

托马把我的四个孩子弄没了！

我伸出爪子，一跃而起，冲他的眼睛扑过去。但当我锐利的爪子就要挠到他的眼珠时，他猛地一把将我推开，我重重地摔在墙上。

唉！太不公平了，人类拥有权力，因为他们更强大，他们是两足动物，他们胳膊上有手，手上还有可以和其他四指对握的拇指。

我再次对他发起进攻，但被他一脚挡了回来。娜塔丽立马捉住我，阻止我报仇。她柔声对我诉说，我甚至觉得她的声音中带着呜咽，还看见她脸上滑下一滴泪珠。她是在同情我吗？那她为什么不保护我呢？尽管我不停地挣扎反抗，她还是把我送回地下室，将我关了起来。

这个叛徒！

我现在明白了，她让托马过来是为了杀掉我的孩子们，因为她自己下不了手。

我待在黑暗中，反复咂摸着愤怒的滋味。我恨娜塔丽！她凭什么割掉一只公猫的蛋蛋又夺走一只母猫的孩子呢？人类这种生物，仅仅因为自认为高我们一等，就可以这么目空一切吗？

我恨人类。

他们怎么敢这么对我？

我要报复他们，我想让他们死。所有人都死。让他们在战争和恐怖袭击中自我毁灭。不，那样花的时间太久了，我得立马采取行动。

我实在是气极了，在地下室把我的爪子能碰到的一切都砸了。我打翻了果酱罐，打碎了红酒瓶，撕烂了所有纸张和织物。

他们人类把自己当成什么了！他们把丛林草地变成了水泥浇筑的城市，把树木变成了家具，而且把我们……变成了他们的一次性玩具！

那对他们而言，我们岂不成了用完就扔进垃圾桶的小生命，就像那些他们玩腻了就丢掉的东西？

我恨人类。

我再也不想跟他们交流：我只想毁掉他们，毁掉所有人。一个都别想逃过，包括娜塔丽。

我平静下来，做着深呼吸。

我把地下室里能毁掉的东西都毁掉了，筋疲力尽地待在我刚才为保护孩子们而把他们藏起来的角落里，空气里还残留着他们的气味。

我终于睡着了。我又一次梦见自己是埃及神话里的猫头女神贝斯特，我在布巴斯提斯神庙，长着一双腿，脚上穿着鞋，身上一袭长裙，戴着和我的GPS项圈十分相似的首饰，不过上面坠着一个大出几倍的垂饰。

上千人拜倒在我周围，他们高呼着我的名字向我致敬：

"贝——斯——特！贝——斯——特！"

我要求他们把自己的孩子献给我做祭品。母亲们用篮子把孩子给我带来。我下令只留下五分之一的孩子，好让他们繁衍出新一代顺从的奴仆。"优先留下红棕色头发的小孩。"

其他婴儿则被扔进巨型马桶，我按动抽水开关，让他们一个一个消失。

毕达哥拉斯在我旁边叫道：

"你太无情了，贝斯特。"

"我是在以牙还牙，没准这能让他们意识到自己的恶行。"

之后，我让男性人类挨个过来。这些男人被侍卫一个个带走，回来的时候骨盆上缠着绷带，手里捧着一个广口瓶，里头漂着两个米色的球。

"从今以后，你们就可以随便欣赏它们了。你们要是愿意，还可以把它们嵌进项圈里，戴在脖子上。"我大度地冲他们说。

接下来，我又示意侍卫们不停晃动红色激光来挑逗托马。他竭力抵抗但逃不脱这份折磨，追着激光又跑又跳，当光点落在他手臂上的时候，他就去咬，直到咬出了血，逗得我哈哈大笑。

我随后命令人把我的女仆娜塔丽带过来。她跪在我脚下："对不起，贝斯特，我当时没有意识到。"她用猫语跟我说道。

"现在后悔已经太晚了。"

"贝斯特，求您发发慈悲！"

"放在以前我还能同情同情你，你过去还算是个称职的仆人，但现在你已经犯下了不可饶恕之罪。"

我命令侍卫们把娜塔丽关在一间她够不着门把手的

屋子里。她跳起来，抓挠木门，但就是够不到门把手，出不去。

毕达哥拉斯碰了碰我的前腿：

"也许你对人类太残忍了，毕竟他们是因为无知才让我们吃苦的。"

我严肃地回答他说：

"所有的人都要为谋杀我的四只小猫付出代价。他们在做出这么残忍的事之前，应该先考虑清楚。"

地下室的门发出嘎吱的响声，我醒了。一个逆光的身影出现在楼梯上。我伏下身子，准备往这个人脸上扑过去。

来的是娜塔丽。她手上捧着小橘猫，一边叫着"安吉洛"，一边抚摸着他。

她反复叫这个名字，我于是明白她已经给他起好了名字。

他饿了，在喵喵叫唤。

我不敢进攻了。

这真是进退两难。

我任凭我的女仆将这团橘黄的小毛球放在我的肚子上，他贪婪的小嘴一来吸奶，我立刻就感到一阵宽慰。我决定平躺下来，让他的姿势更舒服一些。

复仇大计先等等吧！

这就是我的命。我无法选择女仆、房子，也无法选择我的名字、配偶，甚至无法选择我的哪只小猫能够活下来。

安吉洛一吃饱，我就小心地将他放下来，让他在一个角落里睡下。多亏地下室的门还开着一条缝，让我能在我的房子里四处走动。

娜塔丽在厨房里一个人吃着饭，托马没在这儿。

由于门开着，我进了卫生间。

马桶里的水一动不动，我俯身去舔了舔，想知道能不能从中感觉出一点"他们"的味道。接着我走向卫生纸的卷筒，抓着它，把纸全部都扯了出来，将纸撕得粉碎，卷成一个个散乱的小纸团（通常，这能惹毛娜塔丽），然后我冲沙发跑去，扯下那上面的小绒球，在鹅绒料子上乱抓，将它撕成了白而柔软的大块碎片。除了搞这些破坏，我还能做些什么来惩罚她呢？

我打翻了一个花瓶，让它在地上碎成几片。

我对门厅里的绿植发起进攻，将叶子嚼碎了再吐出来（哼，女仆，看我都对你的喜林芋做了什么！）。我在书房里咬断了电脑鼠标的线，接着又咬了高保真音响的线……直到我的牙受了一记电击。不过这些看起来还不够，我又进了卧室，对着床上的靠垫撒了好多尿。

　　最后，我把混了屎的猫砂绕着盆子洒了一地，这是用后爪刨的（就好像一只狗一样），我还在她的手提包里吐了一些黏糊糊的毛球。搞了这么多破坏之后，我累了，转身回到安吉洛那边，把他安顿在我的乳头前。要同时做一个母亲和一个复仇战士，可真不容易啊！这个小家伙，他还是很饿，看起来完全不在乎自己的兄弟们已经消失了。

　　"来吧，尽情吃啊，安吉洛，之前发生的一切你也无能为力。"

　　我把爪子搁在他的胸口，感到了一阵小小的跳动。

　　这就是生命。

　　我们就像车马舟楫，承载着生命向前驶去，让它得以延续。

13
没有欲望，就没有痛苦

时间过去，每天我都毁坏家里我认为贵重的一样东西。我喜欢玻璃摔碎在地上刺耳的声音，喜欢爪子挠破垫子、棉花从里面冒出来的声音。窗帘？我更喜欢带流苏的。我的女仆的裙子和大衣？我喜欢被我抠出洞的。脏衣服筐子里的袜子？我喜欢把线扯出来揉成一大团。我用尖尖的牙齿咬各种东西，仿佛咬的是一个熟透的水果。我不认为家里还有一株完好无损没被我的牙齿祸害过的绿植。植物如果有意识肯定会恨我。

但我有条不紊的破坏行径似乎并没有影响我的女仆。娜塔丽（或许是纯粹出于挑衅）对我格外关照。我有权享用更多的食物、更多的抚摸、更多的甜言蜜语，而且她的房门此后就一直开着。

她钟爱我的小橘猫，对他照顾得无微不至，又是亲吻又是抚摸。当她挠他下巴下面的脖子时，他就已经开始哼哼唧唧了。

安吉洛睁开眼睛看到这个世界以后的第七天，行为举止变了。他不仅把我的奶头咬得越来越疼（他的牙齿长出来了），而且还会用爪子挠我了。

一只小猫虐待他的母亲，你们觉得这正常吗？

而且他打的还不只是我！他也扇可怜的菲利克斯耳光。我一直以为年长的公猫应该教小猫捕猎并学会尊敬长辈，但我觉得安吉洛是个特例。

菲利克斯这个大懒猫没有肩负起自己的责任，只知道吃和睡。此外，娜塔丽让他品尝过"猫草"①后，菲利克斯就吃草吃得毫无节制。我认为，如果想控制像这只安哥拉猫一样头脑简单的生灵，最快的方式就是让他们上瘾。他一丛一丛地吃草，又闻又嚼，摇头晃脑，然后突然躺在地上打滚，做出如痴如醉的样子。显然，这丝毫无助于他肩负起做父亲的责任。他还怂恿我吃猫草，不过，再笨的猫也知道哺乳期的猫妈妈吃这些致幻的东西没好处。

我等身体稍稍恢复一些再尝试和毕达哥拉斯联系。

---

① 所谓的猫草通常包括植物叶子狭长、叶尾尖的禾本科植物，如麦苗、猫薄荷等等。凡是猫爱吃的草都被称为猫草，猫一般情况下都能自己识别猫草。

一声人类的尖叫，随之而来的是一阵爆炸声，在街上回荡。我很好奇，却又不想耽误喂奶。算了。我撇下自己唯一的孩子，让安吉洛蹲在我的垫子上，好让他充分感受我的味道。然后，我爬上楼，跑到阳台上。

一群人在街上大嚷大叫。一个人用武器威胁另一个人。他们说话说得很快。两声枪响，一个人倒下了，另一个人逃跑了。

人类疯狂的场面让我着迷，完全不亚于娜塔丽对电视的痴迷程度。

躺在地上的人身上流出来的血在扩大，我很惊讶一具躯体能装这么多的液体。

其他人很快也凑过来，发出各种各样的尖叫声。之后，一辆小卡车把倒在地上的人运走了，人群散了。

很奇怪，我第一次发现人类的死亡让我完全无动于衷。以前他们当中有一个人痛苦或倒下，我会感到有点刺痛、不适或不快，但我现在几乎完全无所谓了。

我是不是变得铁石心肠了？

我以为失去孩子的打击需要一段时间去消化。而且我还以为，像娜塔丽一样，我最终会习惯人类的暴力，认为那是人类的宿命。

我扭头朝邻居家的房子看去，看到毕达哥拉斯站在阳台上，正在观察这一幕。

他俯下身，冲过来，越过我们两栋房子之间的距离，稳稳地落在我家阳台的栏杆上。

我们互相蹭了蹭鼻子，他做了一个很美妙的动作，把他装了第三只眼的头顶蹭到我的锁骨三角窝上。

"我知道你都经历了什么，"他说，"你的女仆跟我的女仆说了，他们溺死了你的四只小猫。我知道你一定很伤心，所以不想来打搅你，想让你好好悼念。"

"我要报仇。"

"别费这个心了，你看到现在他们正互相残杀。好了，现在不再是恐怖袭击了，我们的城市马上要爆发内战。为什么要冒险去报复人类呢？你现在还不如花点心思把审时度势的应变能力教给安吉洛呢！"

我建议毕达哥拉斯和我一起爬到屋顶上去。

我们坐在热乎乎的瓦上，靠着烟囱。

"昨天我想你了，"他说，"我的女仆在电视上看了一部电影，《猫女》，讲的是当代一个女子的故事，她像猫一样行事，我心想她就是当代的贝斯特。"

"'电影'是什么？"

"就是在电视上播放的一个故事，但不是真实的，而是剧作家靠想象编出来的。"

"你的'猫女'是干吗的？"

"她和人类做斗争，而且次次都是她赢。"

我摇摇头，不由自主地打了个寒战。

"斗斗斗，总是斗来斗去，为什么世界充满暴力？"

"或许是因为如果不斗来斗去，人们会感到无聊吧！日复一日，日日相似。你想啊，如果天天都晴空万里，那得多无聊啊？暴力就有点像暴风雨，能量积聚的一次突然爆发。一旦一切都发泄了，就像乌云变成雨滴，都落到地上，就雨过天晴了。而且，处处都有暴力，甚至植物之间也有争斗。爬藤会妨碍树木的生长；树叶之间也有竞争，都在争夺阳光。"

我又想起在学校门口杀害年轻人的黑衣人，想起我的女仆目不转睛地在电视上看到的画面，想起那个把活猫绑在盾牌上的冈比西斯二世……难道这些都只是些暴风雨？

"在我看来，所有的暴力都源自猎人和猎物之间由来已久的条件反射。起初，为了保护自己，为了活命，我们需要毁灭对手。有强有弱，有统治者有被统治者，之后，暴力就失去它存在的理由，而现在，它只是一种宣泄。我想宣泄过后他们会感到'轻松'，就像他们撒完尿一样。"

"但这太无聊了！"

"你挠耳朵的时候不就是在对跳蚤们施暴吗？那些无辜的小昆虫甚至都不知道你是谁。"

"跳蚤！他们都是些微乎其微的……"

"难道个头小就不算数了？你不认为万物皆有灵吗？"

"的确，万物皆有灵。"

"既然这样，为什么跳蚤的命就不值一提呢？"

"不能把我的小猫的死和在街上自相残杀的人的死还有跳蚤的死相提并论！"

"为什么不能？你知道，贝斯特，或许我们的星球就是一个完整的有机体。对它而言，人类，就跟所有的猫一样，都是爬在它身上让它痒痒的寄生虫。此外，地震对它而言或许就是摆脱寄生虫的一种方式。"

"地球不是一个动物。"

"在我看来，它显然也是有灵的。它是温热的，它呼吸，它生活。它有大气层、植被，它有……"

"这不一样。"

"我们都是以各自物种的视角去看待这个世界的。我们这些猫用我们的眼光去看待他者，因此猫的生命是神圣的。"

"那些跳蚤……难道也认为他们自己是神圣的？"

"对星球来说，或许它自身的存在才是最重要的。"

我从来没有想过那么远，因为我被囿于"可见"的世界里。我对跳蚤和行星漠不关心，只因为我看不见它们。

毕达哥拉斯似乎又一次有先见之明。

我忍不住要挠下巴去赶走我身上的跳蚤。这让我感到轻松，让我可以正确地衡量最近发生的系列事件。

"你真的认为人类的战争会导致他们全体灭绝，都用不着我们动手？"

"他们已经更新了毁灭系统：毒气、致死的病菌、原子弹的辐射，还不算某种让人类更加疯狂、更看轻自身的死亡式的'洗脑'，这种狂热或许是最有效的大规模杀伤武器。"

"'洗脑'？脑子可以洗吗？"

"不可以，但这是一种人类的表达：一直重复错误的东西，你最终可以让别人相信你是对的。"

"这让我想起一句话，它大概是这样的：'如果你习惯了谎言，真相就会变得可疑。'"

"现在一些人让那些最幼稚的人相信，杀死很多同类，就可以在死后看不见的世界里得到非同一般的犒赏。"

"这能奏效吗？"

"至少可以让一切再次受到质疑。目前没有人能证明他们说得不对，于是一些教徒说服越来越多的年轻人为了死后上天堂而去杀人。"

"这会让全人类毁灭吗？"

"不容小觑，人类能在各种逆境中活下去，他们永远都知道如何去适应最艰难的环境。每次危机都会有一些足够聪明的人类出现，让他们的社会得以重生。"

我在瓦上磨爪子，直到指尖感到疼痛。

他叹了口气。

我直视他的眼睛：他的确越来越迷人了。

"我要给你上第四课。我们上次讲到哪儿了？"

我竖起耳朵。

"上一次讲到我们的祖先因为经商开始在各地定居。"我提醒他。

"在商人之后，是军人把猫散布到世界各地。公元前330年，希腊士兵入侵埃及大王国（和犹地亚小王国），夺走了粮食、财富、有生育能力的女人和他们的猫。在那以前，希腊人利用黄鼠狼、鼬和石貂来保卫粮食和家园，不过这些动物也有缺点：他们不仅攻击性强、难以驯服，而且臭气熏天。"

"我不理解我们身边的这些动物为什么这么不讲卫生。"

"希腊这个尚武的侵略民族，已经驯服了狗参与打猎和打仗，并开始饲养猫，把猫作为礼物去讨好他们心爱的女人。"

"老套路。"

　　他们当中一个著名的诗人，阿里斯托芬，说在他们的首都雅典有一个专门卖猫的市场，猫很值钱。于是对埃及女神贝斯特的崇拜和对希腊女神阿尔忒弥斯的信仰合二为一，后者拥有了'猫女王'的新称号。"

　　"于是希腊人最终也意识到我们值得崇拜……"

　　"之后，罗马人（另一个来自西方的尚武民族）入侵希腊，继承了希腊人的文化、技艺、诸神和……他们的猫。希腊女神阿尔忒弥斯变成了罗马女神狄安娜，她也是猫女王。对罗马人也一样，送小猫成了撩妹套路，跟送花送糖果一样。"

　　"可是，他们……爱我们吗？"

　　"这不重要，我们在他们的家中拥有一席之地，这才是至关重要的。狗睡在外面，而我们在暖暖的火炉边睡觉。"

　　"所以他们是爱我们的。"

　　"而且我们祖先强大的繁衍能力让我们的数量急增。一开始只有富有的罗马人拥有猫，但很快所有人都有猫了。军团的士兵都养成了带自己的猫上战场的习惯。"

　　"我可不希望是为了把猫绑在盾牌上。"

　　"他们随身带猫是希望在临时宿营的时候有一个温柔的陪伴。因此，随着罗马帝国的扩张，猫也遍布各地。"

"我还以为是希伯来商人的功劳呢!"

"他们只到了一些港口和海滨,而罗马士兵深入平原、山丘、河谷。他们长驱直入。那些偏远地区的民众,以前从来没有见过猫,第一次发现了这个物种。"

"与此同时,罗马士兵前来掠夺杀害他们?"

"我发现你开始明白人类某些自相矛盾的逻辑了。猫是罗马人作为他们高度文明的象征来介绍的,甚至一些军团的徽章都是猫头形状。最让人惊讶的是,一直指挥罗马军队打到法国(当时叫高卢)的首领很讨厌猫。他自称尤利乌斯·恺撒,受一种名叫'恐猫症'的疾病的折磨:哪怕只是看到我们,他都会惊恐万状,抽搐不已。"

"整个军队就只有他一个人统帅吗?"

"人类很爱群居,当时所有人都跟随尤利乌斯·恺撒。随着罗马帝国的扩张,猫蔓延到全欧洲,对猫的崇拜也同时出现在那些发现我们的民众当中。"

"对贝斯特的崇拜,对阿尔忒弥斯,还是对狄安娜崇拜?"

"在每个国家,女神的名字都不一样。高卢人、克尔特人、西哥特人还有奥弗涅人各自都有对我们的独特崇拜。但到了313年,罗马帝国皈依基督教,那是一种一神论的宗教,只信奉一个长着人样的唯一的神。391年,

罗马人的新首领，狄奥多西一世公开禁止信仰猫，宣布
猫是邪恶的动物。"

"'邪恶'是什么意思？"

"指的是跟'恶'势力联系在一起。从那以后，无
论谁都可以杀死我们，无需解释也不用抱歉。更糟糕的
是，我们和蟑螂、老鼠、蛇一样被当成害虫，消灭我们
是公民的职责之一。"

"这个狄奥多西一世比冈比西斯二世还极端……"

"不过农民还是留下我们来看护他们的粮食，希伯
来商人继续把我们带到他们的商船和商队。"

我凑近毕达哥拉斯去闻他的味道。

"你是怎么知道这一切的？你怎么把这一切都弄得
这么清楚？"

"改天我告诉你和我第三只眼有关的秘密。"

"什么时候？"

"当我认为你已经准备好的时候。现在，对我而
言，重要的是不要让自己成为唯一掌握这些信息的猫。
如果我死了，你应该把我教你的东西教给其他猫。"

我再凑过去，用我的嘴去摩挲他的脖子，耳朵向后
贴平，表示顺从，然后转过身，把尾巴竖得高高的。

"让我怀上孩子吧，来代替我失去的孩子。"

我等着，但他一动不动。

"你不喜欢我？"我问。

"我已经下定决心把我的一生都奉献给知识，我已经超越了基本的需求，比如吃饭，比如做爱。"

"这跟你的'秘密'有关？"

"我告诉自己一条法则：'没有欲望就没有痛苦。'"

"你怕跟我做爱会感到痛苦？"

"我害怕自己会感到无比愉悦，以至于再也离不开你，而我正领略另一种精神上的满足：自由，无牵无挂。任何人任何事对我都没有羁绊，这是最让我感到骄傲的。"

我用异样的眼光看着他。毕竟他头顶有那个奇怪的紫色塑料盖子。我知道盖子下面有个洞直通他的大脑。或许这让他性情大变？或许他疯了，他跟我讲的东西都是他编造的。而我，天真幼稚，才会听得如痴如醉。

唯一让我困惑的是他关于我们两个物种相遇的故事听上去很合理。如果他编造了这一切，那他得编出一整套逻辑严密的复杂体系。

剩下的问题就是：他为什么拒绝和我做爱？

任何一个精神正常的公猫看到我露出屁股都会按捺不住。毕竟我年轻貌美，皮毛丰厚丝滑，而他只不过是一只短毛的暹罗老灰猫。我不可能不立马挑逗起他的欲望。

"要我，现在，马上！"我命令他。

他一动不动。

"你不想要我，是因为他们也把你的蛋蛋割下来放在玻璃瓶里了，对吗？"

他仰天躺下，露出他的雄性标志，我注意到它们完好无损。

"那你为什么不想跟我做爱？"

"没有欲望就没有痛苦。"他用一种越来越让我恼火的语调重复道。

"你不知道自己错过了什么。"我呛了他一句，有点不高兴。

"我知道，就是因为知道我才宁可对你说不。"他答道。

我被他的态度要了，决定回家。

我很想做爱。如何满足我的冲动？我要去屋顶跟遇到的第一只檐沟猫云雨一番？

自从我分娩后，我更想告诉自己的是：我不仅是母亲，还是一只母猫。

最终，我回到自己的篮子里睡了，梦里意乱情迷。

14
恶 心

我被安吉洛弄醒了。

这崽子真的开始让我有些心烦了。之前，在我睡觉的时候，他非跑来吃奶不可，现在又来掐我，轻轻咬我的胡须（我可受不了别人碰我的胡须）。

对自己的母亲一点也不尊重。

等他走到我刚够得着的地方，我给了他一巴掌（当然并没有伸出指甲），把他撵走。这就是我对现代教育的看法：新一代不尊重给予他们生命的老一辈，这样的社会注定没有未来。

他又来招惹我，我又打了他。

我一边舔自己，一边想这应该是沟通问题。有时你必须重复好几遍才能使别人理解你。我和儿子沟通不好，和人类女仆的沟通很差，和我的公猫沟通也不畅。我只和……隔壁自命不凡的暹罗猫沟通得很好。结果他还反过来……鄙视我。

我听到我家对面街道上有动静。节目开始了。我来到位于阳台角落属于我的位置，观察一切。这一次是一群人在追赶一个人，他们抓住了他，将其一顿痛打。这和昨天发生的事件差不多，只是人数多了一些。我看着这一幕，有三个人拿着刀，喊了一句口号，其他人都跟着喊。

然后，穿着海蓝色制服的人前来保护第一个躺在地上的人，其他穿着迷彩服的人来支援这三个人，大家舞刀弄棒，相互扭打。各种投掷物满天乱飞，四处弥漫着刺激性烟雾。

就算咳嗽，我也要留下来，我想知道这一切将如何收场。

三人组中一人拔出武器。只听一声巨响，一个穿藏青色制服的身影便倒下了。

我俯身仔细观察事件的后续。

身穿藏青色制服的援军出现了，对面也有人跑来援助，与前两组不同的第三组人开始射击。喊叫声，还有爆炸声此起彼伏。现场一片混乱。

我感觉他们部署了杀伤力更强、体积更大、我没见过的武器。这次，一名男子挥舞着一根末端有梨状物的管子，朝一所房子射击。只见尘埃四起，在剧烈的爆炸声中房屋应声倒下。

对面的人马上还击。一辆带炮塔的小卡车开始射击，炸毁了有人躲在后面的汽车。

身穿绿色制服的战士来帮助那些身穿藏青色制服的人。这是毕达哥拉斯教我认识的战争开始的信号。

奔跑声，尖叫声，射击声，周围街道的阵阵爆炸声，声声入耳。

人类躲在墙后或车后，其中一些车已经着火。他们从屋顶上射击。燃烧的焦味充斥在空气中。

然后，如同暴风雨席卷过后，所有的混乱都突然间结束了。能逃的人都在逃，而其他人则只能躺在瓦砾之中。一切都安静了下来。

娜塔丽还没有回来。

我一直看着街道。一个受伤的人爬过去，另一个也受了重伤的人用手肘支撑艰难地爬到他旁边。两人开始相互扭打，在地上翻滚，试图撕咬对方。

这一切在我看来都不可思议。怎样才有可能让人类再次相亲相爱呢？看来我必须发出一种非常低频的呼噜声，这在第一时间可以平息他们的战斗冲动，然后让他们想休战。

这可能是贝斯特女神过去做过的事。看到人类的痛苦，看到他们抑制不住自相残杀的欲望，她便发出一种振动波，让人们犯困。为了感谢她，人们建造庙宇来祭拜她。

一种声波。是的，我确定，一定存在一种爱的声波，我可以发出带有这种频率的呼噜声，平息我周围的紧张情绪。

漫长的等待过后，娜塔丽终于出现在房门口。

她被自己放在进门走廊上的几个装满食物的袋子挡道了。她看起来很紧张，头发都竖起来了，眼皮直跳，衣服也撕破了，整个人气喘吁吁的。

她瘫倒在扶手椅上，脸颊上满是泪水。

她头脑里乱成一团。

我走过去，坐在她的膝盖上，发出呼噜声。笑容再次出现在她的脸上。我们猫就是有能力吸收所有负能量的波，把它们变成正能量。狗想要逃离的地方，我们却安顿下来，融入并清理干净。这是我们"振动保健"的特异功能。

她犹豫了一下，抚摸我，我感到在她颤抖的手下面，明显有种恐惧。

然后，她突然拿起电话。她说话很快，声音里带着颤音。"索菲"这个名字出现了好几次，我推断她正在和女邻居聊天。

过了一会儿，我们都搬到了毕达哥拉斯的房子里。

我明白了。在这个危急时刻，这两个人类女仆决定将她们的食物储备放在一起，还有她们的猫。

尽管我不太喜欢改变我的习惯，但情况很特殊：我必须适应。

菲利克斯也没有抱怨。安吉洛则在新房子里到处跑，一定是在这个地方发现了很多新游戏。

他扯掉地毯的流苏，咬电线，爬上窗帘。

两个人类女仆把钥匙插在锁里，转了几次，把大门牢牢锁上，然后又用木板钉住所有的窗户和通道，甚至连猫洞也堵上了。

我们看不见外面，但仍然可以去房间的阳台。那两个女人用家具在那里筑起一道防护篱笆。

布置完这些之后，她们开始抽烟，喝烈酒，在比我家大三倍的屏幕上看电视，而且音量要大得多。新闻画面反复在播。

毕达哥拉斯缓步走来坐到我身边。

"我们的女仆将来也会染上这种毁灭性的冲动吗？"我问他。

"她们比一般的人类要更加聪明和博学。保护我们，让我们和她们一起待在这栋房子里便是明证。索菲也知道呼噜治疗法，我们能在人类受伤时发挥作用。"

"什么治疗法？"

"这是一种全新的科学，研究出我们的呼噜声发出的低沉声波有助于重新接上断骨。"

屋外，阵阵雷声代替了爆炸声。为了看到外面的情况，我们爬上阳台，透过一个还未被遮挡的窗户，看到雨水正试图洗刷掉这个星球表面密布的污秽。

远处，暴风雨中又发出一声巨大的雷鸣声，伴随着新的闪电。

当我们的人类女仆们还在一楼看电视里播放的战争画面时，我们观察着窗外狂暴的电闪雷鸣，它似乎是想告诉人类：它永远是他们的主宰。

"目前，我们的女仆决定把自己关在这里。"

"娜塔丽带来了食物储备。"

"而且索菲有武器。"

"我害怕。"我轻轻地对他喵了一声。

我紧挨着毕达哥拉斯。我很讨厌下雨，这是唯一能让我听到声音就从头到脚发抖的事。

"你觉得我们会死吗？"

"我们总有一天会死的，但不是今天。"

一道比之前更亮的闪电划过天空，因为离我们更近。

我更用力地将身体紧紧靠在毕达哥拉斯身上，感觉到他的心跳得非常快，于是我情不自禁地说："我爱你……毕达哥拉斯。"

"我们才刚认识不久，贝斯特。"

"我们还从未一起做过爱，但那是因为你拒绝。"

"你已经有菲利克斯了。"

"我从来没喜欢过菲利克斯。我并没有选择他，之前是他强迫我的，而且他已经没有蛋蛋了。"

"如果我们做爱，我就会依恋你，而这可能会产生许多问题。"

"那我建议，我们就只做一次。就趁现在，在我们临死之前。"

雨下得更大了，我感觉毕达哥拉斯会让步。

"倘若我跟你做爱，我就会不满足只做一次。"他肯定地说。

我开始意识到，他是一只容易动感情的猫。久而久之，我会拥有他的，而那时他会给我他的全部，但是现在，我最好要有耐心。于是我想岔开这个话题。

"给我接着讲讲我们祖先的故事吧！"

正中他下怀。

"公元950年，猫被一些佛教僧侣带到朝鲜（一个比中国更靠东的国家），公元1000年，猫被带到日本（一个比朝鲜还要东边的岛国）。日本的一条天皇十三岁时收到一只小猫作为礼物。他是如此喜爱这只猫，弄得宫廷里人人都想要有一只，猫因此成为大家闺秀的标配。面对国内不断增长的对猫的需求，一条天皇推出官方项目来养殖猫，以便满足大家的需求。"

外面还在下着瓢泼大雨。

"同一时期，欧洲受到来自亚洲的一群黑老鼠的攻击。农民们用猫作为防御部队来对抗这些老鼠。在这点上，我们的祖先仍然表现得非常能干。"

"但那个时候人们不是把猫看作不祥之物吗？"

"事实上，在大城市之外的地方，猫在当时还是很受赏识的。猫的粪便被用来制药，特别是用于减轻脱发和预防癫痫。一些江湖郎中用猫的骨髓来治疗风湿病，此外，猫的油脂还被用来治痔疮。"

"但是为了获得猫的油脂和骨髓就要杀了他们……"

毕达哥拉斯平静地继续讲述：

"在西班牙，人们捕猎猫来吃。当时国王的厨师叫胡佩尔朵·德诺拉，他出版了一本非常畅销的食谱，里面有很多菜都用到猫肉。"

我没听错吧？

"人类还……吃我们的肉？！"

他叹了口气。

"人类甚至认为我们的肉比兔子的肉更鲜美，常常将这两种肉做比较。通常，人类用这两种肉做菜时配同样的酱汁和调料。"

我感到一阵恶心，想吐。

"不仅如此。比如说，还有那些弦乐器制造者回收我们的肠子，用来做吉他的弦，他们叫它'猫肠弦'。同样，裁缝用我们的皮做皮毛大衣、皮手笼、无边软帽以及靠垫。"

我吓得瑟瑟发抖。

闪电把我们照亮了一秒。

"这可没给他们带来好运。事实上，一种叫鼠疫的致命疾病席卷了欧洲。这种疾病是由老鼠传播的，那些老鼠代替我们完成了摧毁人类的工作。"

"但我们猫不是已经赶跑老鼠了吗？"

"并没有全部赶走。养猫的人受到猫的庇护，要比养狗的人少受疾病的侵袭。在1348年至1350年之间，这场大规模的传染病黑死病夺走了2500多万人的生命，差不多是欧洲一半的人口。"

"活该，这下他们不会吃猫了吧？"

"但他们非但没有感激我们的祖先，相反，幸免于难的人从中得出结论，认为那些有猫的人与邪恶力量结盟，因此带来了鼠疫。于是他们杀掉了那些有猫的人，指控他们是巫师，紧接着，他们的猫也同样在劫难逃。"

"很明显，他们完全把因果搞反了。"

"1484年，教皇英诺森八世[1]颁布法令：圣约翰之夜所有虔诚的信徒都要捕猫——无论是流浪猫还是家猫——把他们扔到柴火堆里活活烧死。"

"太愚蠢了！"

我从来没想过人类对我们忽爱忽恨会到这么极端的地步。

雨还在下，毕达格拉斯在继续说，好像这一切都不会影响他。

"1540年，第二次鼠疫爆发，又造成半数人口丧生，幸存的养猫者再一次被指控是造成这场不幸的始作俑者，而且被成批处死。"

"那你以前还跟我说人类比我们更聪明……"

"几个世纪以后，医生们才把养猫和没有感染鼠疫这两件事联系起来。最后，教皇西克斯特五世[2]还养猫者以清白，并允许基督教徒养猫。从那时起，也就是从'文艺复兴'时代开始，猫重新在法国甚至欧洲社会

---

[1] 英诺森八世（pape Innocent VIII，1432—1492）：1484—1492年为罗马天主教皇，1484年发布通谕，谴责巫术迷信，在全欧洲掀起捕杀女巫的高潮。

[2] 西克斯特五世（pape Sixte-quint，1520—1590）：罗马教皇，1560年进入罗马教廷圣职部，1570年为枢机主教，1585年当选为教皇。

恢复了积极向上的形象，一些保险公司甚至认为猫对出海船只的食物储备起着不可或缺的保护作用。”

突然，雨停了。乌云散开，天空放亮了。在我们上空出现了一个由几种不同颜色组成的半圆。

“这是一道彩虹，由阳光和潮湿空气作用而成。”

“真美啊！”

“这个星球很美丽，我每天都会发现它新的美。”

“你幸福吗？”

“当然了。幸福是欣赏我们所拥有的东西，不幸是想要我们没有的东西，而我已经拥有了我想要的一切。”

“你不是害怕战争吗？”

“我唯一害怕的是不能充分利用我的能力。至于其他，我既不能决定下不下雨，也没办法决定天气好坏；既没法决定暴风雨中的闪电，也没法决定彩虹的出现，既不能决定战争，也不能决定和平。”

这时，一个爆炸声传来，离我们很近，打断了我们的对话，紧接着又有几个爆炸，是从街上传来的。

我们回到二楼，发现娜塔丽和索菲躲在家具后面，端着步枪，肘支在阳台的栏杆上。安吉洛紧紧抓住落地窗窗帘的顶部，喵喵叫唤想让人帮忙把他弄下来。我们的女仆们正在向街对面人行道上躲在汽车后面的另一些人类开枪。

"他们是'掠夺者',"毕达哥拉斯说道,他只看了一眼就明白了局势,"他们可能想强奸我们的人类女仆,偷走我们的食物并杀死我们。也许这几件事不一定按这个顺序发生。"

交火仍在继续。

"过来,贝斯特。该行动了,我们要用手榴弹了。"毕达哥拉斯喊道。

他从装有武器的篮子里拿出一种金属制成的黑色水果,然后把它叼在嘴里,并对我发出信号,让我模仿他。

我跟着他,经过依然潮湿的屋顶。我在滑溜溜的瓦上滑了一下。又走了一会儿,我们找到一个通道,重新下到街上,绕过向我们女仆开枪的人。毕达哥拉斯向我示意把手榴弹放在那些掩护攻击者的汽车下面。然后它向我示范,我们可以用爪子拿着手榴弹,同时用牙齿一下拔出销子。

我照着他的样子又做了一遍。

"我们有十秒钟,过来,贝斯特,快跑!"

我不知道"秒"是什么,但既然他拔腿跑了,我就跟在他身后飞奔。他示意我爬到树上,观察事情后续的发展。从最高的树枝往下看,我们目睹了两次爆炸。掠夺者的汽车被炸飞，钢铁碎片在街上四散。几个人的躯体扭动了几下，继而颓然倒下，没了生气。

我意识到，我刚刚……杀了人！这是我有生以来第一次。这么说这是可能的。知道如何使用某些工具的猫可以决定人类的生死。

阳台上，娜塔丽和索菲在家具后面重新站了起来，看起来很惊讶，然后松了一口气。我们和她们会合，一起回到屋里避难。

安吉洛终于松开了窗帘顶部，纵身一跳下来了。他喵喵乱叫，以为这种表演可以令大家放松。

娜塔丽惊讶地打量着我，用一种钦佩的语调喊我的名字。她把我抱在怀里，紧紧搂着我。

我意识到，我杀死人类这件事，能让我的女仆快乐。

我不认为我喜欢战争。我感觉到游走在世界的生命能量会被突然打断，个中原因似乎让我有些困惑，这让我很恼火。

我明白了，但又很矛盾，为了不让太多的生命被摧毁，有时候必须杀人。

这证实了我的直觉：必须帮助这些生物更好地对话，因为我确信，如果他们能更好地沟通，就不需要开枪交火或面对面扔手榴弹。

我不仅需要通过毕达哥拉斯继续接收来自人类世界的信息，我自身也需要能直接发送信息。

我越来越确信，只听懂人类的话是不够的，还必须和他们交谈。

15

饥饿的开始

几周过去了。

我们已经吃光了所有的储备粮食，现在正在吃其他米色或绿色的奇怪食物。从美食的角度而言，这些显然比不上猫粮好吃。

娜塔丽和索菲不敢出去，最终只好摘阳台边的树叶来煮汤喝。这汤实在是淡而无味。

即使汤水已经变成棕色，喝之前我们还必须再煮一煮。

我们不断听到外面有爆炸声、轰鸣声、尖叫声和冷不丁的号叫声。有时候会有人敲门，有时候可以看见有几只手在抓一楼的窗户，如果那不是爪子的话。

我很饿，我们都很饿。

缺乏食物让娜塔丽和索菲变得虚弱，再小的动作她们也没力气做。她们裹着毯子看电视和睡觉。我不认为她们能再次抵挡抢劫。

我试图通过改进我的低、中、高频转换的呼噜治疗法来治疗我的女仆，相信我能通过波来治愈人类，但我还无法完全控制自己的治疗能力，必须找到能赋予他们生机的频率。

菲利克斯找到了一种只有他感兴趣的食物。他在吃……羊毛！更确切地说，他尝了尝索菲毛衣上的一根毛线，嚼了嚼，吞了下去。他像吃一根没有尽头的意大利面一样吸溜着。我妈曾经跟我说过，有些猫是"吃羊毛的"，但我没想到会亲眼看到这种堕落的样子。

安吉洛不停地回来尝试吃我的奶，但我没有一点儿奶水。

而毕达哥拉斯，他几乎一动不动了，处于接近冬眠的冥想状态，耷拉着眼皮，眼神直愣愣的，呼吸非常缓慢，几乎察觉不到。

我蹭了蹭他，他过了好一会儿才做出回应。

"你还好吗？"我问他。

他哼唧了一声。

"我打扰你了？"

他用鼻子喷气作答。

"毕达哥拉斯，我觉得这次我们要完蛋了。"

"不要害怕，也不要评判，要接受这个世界真实的样子。"他终于愿意回答我了。

"这是战争，我们什么吃的也没有了，可能要饿死在这儿了，一动不动，逐渐陷入或许永远都无法走出来的麻木昏沉中。

他摇摇头，似乎是为了重新理顺他的想法，然后一字一句用喵叫声铿锵有力地说出来，以便这些话能牢牢地刻在我的脑海里：

"无论你经历了什么，都是为了你好。你只要慢慢适应出现的情况就好了。"

"你是不是糊涂了？"

"不，我有了一些新想法，因为我有充足的时间，我的身体不再受消化或行动的影响，不再受感官的困扰，我终于可以沉思冥想了。"

"但是，现在的情况……"

他闭上眼睛，继续说：

"你的敌人和你面前的障碍能让你明白你的耐力。所有对你来说似乎很严重的问题只会让你更好地了解自己。"

"但是……"

"正是你的灵魂选择了这个世界和这种生活，让你完成种种历练，最终让你得以进化。

"你选择了你的星球。

"你选择了你的国家。

"你选择了你的时代。

"你选择了你的物种。

"你选择了你的父母。

"你选择了你的身体。

"从你意识到周围的东西来自你自己的学习欲望的那一刻起，你就不会抱怨或感到不公平。你只能试着去理解为什么你的灵魂会选择这些特定的考验来进化。每天晚上，在你的睡眠中，这个信息都会以梦的形式提醒你，这样你就不会忘记。所以，如果你有疑问，请像我一样：闭上眼睛，做梦。"

毕达哥拉斯喵喵说这些话时的样子很奇怪，好像灵魂出窍了，仿佛突然连上了一个外在的智慧源泉。他深吸一口气，又补充说：

"不管怎么说，这就是这几天我通过冥想得到的启示。"

他用他那双又大又美的蓝眼睛盯着我。

我在回想他说的话，这些话太震撼了，仿佛向我揭示了一个原始智慧的秘密。可惜的是，它出现在我很可能无法运用它的时候。

"告诉我，毕达哥拉斯，你认为……"

我还没说完，他眼皮就已经耷拉下来。我不敢再打扰他了。

安吉洛开始出现营养不良的最初迹象，他很瘦，身体发抖，什么风吹草动都会刺激他。我决定出门去找点儿吃的。

一楼的门和窗户被封住了，所以我从阳台走。身不由己的减肥让我变得足够轻盈，可以跳到邻居家的屋顶。我落在铁皮屋顶上，脚底有点打滑。我比以前轻多了，但没有食物也让我没有力气。我小跑了一下，然后跳到更远的屋顶。

在上面，我可以更好地判断周围的情况。

垃圾不再有人清理。

我决定落在第一堆垃圾上。

老鼠在垃圾堆之间偷偷摸摸地跑来跑去。我从来没有吃过老鼠，但正如我妈说的："老鼠只不过是大号的小鼠罢了。"

我发现了那只在我看来最孱弱的老鼠，但我刚刚靠近他，他就立马定住了，毛发炸开，嘴巴大张，门牙咯咯作响，似乎是要和我单挑。毫无疑问，与小鼠不同，他并不害怕我。

用一句"你好，老鼠"试着和他交流？

妈妈曾经教育过我，不要和"食物"说话。意识到这个千年不变的道理之后，我出击了。

我们在垃圾堆里翻滚，以爪还爪，以牙还牙。它似乎没有被我庞大的体型吓倒，自卫还击起来。我能感觉到他尖锐的牙齿咬在我的肉上，但我浓厚的皮毛阻止他咬得更深。我在寻找最佳攻击点，一旦机会来了，我就用尖牙狠狠地咬住他的脖子。热腾腾的血喷涌而出，直接流进了我的喉咙。血咸咸的，令人迷醉，我边喝边把牙齿更深地咬进他的肉里。老鼠最后抽搐了一下，然后紧绷的身子突然一松。

我嚼着一块老鼠肉。说到底，味道还真不赖，而且运气不错，这只老鼠还有肥肉。我很喜欢肥肉。

我狼吞虎咽了几大口，体力得到了恢复，又继续我的任务：给其他人带去食物。很幸运，这只老鼠肉很多，多到我扛着他往回跑时，另外有十几只老鼠发现了我的行踪，一路追杀。

我哪里会料到，有朝一日，自己会被一群老鼠追着一路逃窜！

追杀我的人离得越来越近，差点把我抓住（天啊！如果被妈妈看到我被一群"食物"追赶……），这时，一根树枝救了我。我跳上去，沿着树枝往上爬，直到屋顶，然后从一个屋顶跳到另一个屋顶。我咬紧牙关，不让珍贵的老鼠肉掉下去。

我很开心，因为，我很快就可以带吃的给我的孩子、伴侣、朋友和两个人类女仆了。

可我一回到家，看到我的"战利品"，娜塔丽和索菲就露出恶心的表情，还示意我离她们远点儿。

忘恩负义是人类的天性吗？我转身走向我的同类。

毕达哥拉斯也不感兴趣。

只有菲利克斯表现热烈，感激我，随后就狼吞虎咽起来。

我恢复了点力气，就允许安吉洛过来吃我的奶，之后，我开始品尝我狩猎的成果，细细嚼慢慢咽。

"外头怎么样？"菲利克斯问道。

"又脏又危险。"

菲利克斯像个贪吃鬼，扑在尚有余温的老鼠的内脏上，吧唧吧唧吃得很大声。

"人类永远也不会害我们的，因为他们太需要我们了。"

"需要我们做什么？"我问道。

"嗯，需要我们……"

他搜肠刮肚在想怎么说才好。

"……给他们撸。"

我本想讽刺挖苦他一番，但跟他唱反调毫无用处。再说，菲利克斯说的也有一点道理。我们对人类真的有什么帮助吗？现在，在城市里，我们不用与老鼠做斗争，以保护仓储的食物。我们也不用去捕猎蛇、蝎子和蜘蛛；我们的脂肪和脊髓已经不再被用来治疗他们的痔疮，养护他们的头发了。对他们而言，我们究竟还能派什么用场？

战争期间，"撸猫"在我看来不是一个刚需……我突然意识到，自己掌控不了这个局面；苟延残喘的生活困境，很可能我的人类女仆最终会厌倦我的陪伴。

菲利克斯觉得他已经说服我了。在他的世界里，一切都好："你知道吗，菲利克斯，过去，人类迫害我们，把我们放在柴堆上烧死，吃我们的肉，用我们的皮做衣服。"

"这些瞎话你都是从哪儿听来的？"

"从毕达哥拉斯那儿。"

"那他呢，他是从哪儿知道这些事儿的？"

"我不知道。"我不想回答这个问题。

"我呢，我对世界的了解就是我的所见所闻。我们还活着，人类爱我们，我们给他们带来了很多好处。他们互相残杀，但终有一天他们会厌倦。你呢，机灵的贝斯特，你刚刚抓了几只老鼠，解决了食物问题。一切都好。"

菲利克斯会不会是一位"智者"，他以自己的方式悟到了毕达哥拉斯最近说的"无论我们遭遇了什么，那都是为了我们好"？

我可能低估了这只安哥拉猫。

"人类永远不能过没有我们的生活。"他坚持道，"看看他们。他们的整个心理平衡都和我们的存在息息相关。你能想象，如果我们不在这里，我们的人类女仆将变成什么样？是我们缓解了家里的所有紧张气氛。多亏了我们，人类才不会发疯，能睡个好觉。"

我想没有我们，我们的人类女仆大可以好好地活下去，但我不想跟他争辩。

在楼上，我看见毕达哥拉斯睁着眼睛，目光茫然。

"接着讲讲我们的历史吧。"我请求他。

饥饿让他变得虚弱，但他同意陪我到有那面曾经让我上当的大镜子的房间，我们在床上坐下来。

"上次讲到文艺复兴时期，你跟我说科学和艺术家终于对我们感兴趣了。"

毕达哥拉斯的耳朵不易觉察地颤动起来，好像他已经沉浸在他要跟我讲述的故事里了。

"在法国，国王路易十三正式给猫平反了。他的宰相黎塞留就有二十几只猫，他每天早上都要和他们先玩一会儿，然后才去工作。他很喜欢我们。路易十三建议所有农民都要养猫，以保护他们收获的粮食。他还创建了一支猫卫队，一直待在皇家图书馆里，负责保护书籍免受老鼠的偷袭。不幸的是，他的继任者并没有继承他对猫的热爱。从十岁开始，路易十四和他的朋友就把活猫扔进炉子里来取乐。但在他之后出现了一位新的爱猫人士：路易十五。他总是抱着他的白猫来参加内阁会议。是他正式下令禁止在圣约翰之夜把猫丢进柴堆里烧死。

"我们的命运取决于人类的性情真是太可悲了……"

"那些无法忍受我们的掌权者，像冈比西斯二世、恺撒、路易十四或拿破仑和希特勒，他们通常都是暴君。"

"除了那些国家元首，其他人对我们是什么态度？"

"正是从那时起，人们开始用猫来做科学实验。"

"'科学实验'？"

"科学是试图了解世界的艺术，政治是为了让人服从法律，宗教是为了让人服从那个想象出来的、眷顾天下苍生万物、看不见的大胡子巨人的意愿。科学不带偏见，并提出了新的问题。而在那个时代，科学家们首次认为猫可以帮助他们更好地理解许多事情。"

外面传来机关枪声、爆炸声、呼喊声，但并没有让我从毕达哥拉斯的故事中分神。

暹罗猫摇了摇头，然后继续说道：

"1687年，他们中最伟大的科学家之一，艾萨克·牛顿，发现了万有引力定律。那时候正值鼠疫第三次大规模爆发，在英国首都伦敦肆虐，于是他躲到乡下的伍尔索普庄园去了。一天下午，他在树下午睡，他的猫玛丽昂在树枝上玩耍，失足掉下来，砸到他身上。他一下就惊醒了，第一个念头就是：'既然玛丽昂可以从树枝上掉到我身上，那月亮为什么不会掉到地球上呢？'基于这个观察，他推演出重力定律，这是物理学上最伟大的发现之一。后来，也很爱猫的法国作家伏尔泰在描述这个故事时，把猫换成了苹果。"

这个信息让我很感兴趣。

"为了感谢母猫玛丽昂激发了他的灵感，牛顿想了个主意，他在门的底部开了个方形的洞，以方便猫咪随心所欲进出家门。就这样，他不仅是现代物理学的创始人，同样也是……猫洞的创始人。"

我想，我会喜欢科学的。毕达哥拉斯用舌头发出咂嘴声，我知道他很饿，但即便如此，他的思维仍然很敏捷。

"后来，另一个科学家尼古拉·特斯拉①看他儿子抚摸猫咪马塞克，发现了静电现象。这在黑暗中会产生微

---

① 尼古拉·特斯拉（Nikola Tesla, 1856—1943）：塞尔维亚裔美籍发明家、机械工程师、电气工程师，被认为是电力商业化的重要推手，他因主持设计了现代交流电系统而广为人知。

小的火花。"

"这么说是科学救了我们。"

"也不能这么说……"

毕达哥拉斯用不一样的喵叫说出这最后一句话。

"科学让我们摆脱宗教的迫害，但它也制造了新的折磨。"

外头传来一阵更响的爆炸声。我们注意到这是一座房子坍塌时发出的特有的轰隆声。暹罗猫不禁颤抖起来，朝四面八方转动耳朵，露出牙齿，像在强忍着隐隐的怒火，然后宣布说：

"也许该把我的秘密告诉你了，贝斯特。跟我来。"

他领着我朝厨房走去，跳到地下室的门把手上，巧妙地利用身体的重量拧开把手。一道白色的楼梯出现了，台阶很光滑。

"你是怎么拧开把手的？"

"我也是用'科学'的方法摸索出来的，我总结出了一个行之有效的方法，以后我会教给你的。来吧！"

我小心翼翼地下了台阶。

"索菲是一个科学家，这是她的实验室。我是她其中一个实验的成果，所以才知道这么多关于人类的事情。"

我们来到楼梯底部，对面是一扇金属门。他刚准备跳起来旋开门把手，他的女仆就突然出现在我们身后。

她一看到我们，就皱起了眉头，直盯着毕达哥拉斯，用一种责备的语气跟他说话，生硬地重复了好几次他的名字。

毕达哥拉斯露出惭愧的样子，扭头看我，让我明白我们最好还是回客厅。

我没听错？毕达哥拉斯对我说他自己就是人类一项科学实验的成果？我想不惜一切代价搞清楚这到底意味着什么。

他本来正要告诉我他的秘密，却被他女仆的到来打断了，太遗憾了！电视总在反复播放同样的画面，战争、足球和天气预报，周而复始。索菲按了遥控器，完全不同的画面出现了。

"我想，我们的人类再也受不了他们那充满折磨的世界里让人痛心的场景了，所以才用'电影'的幻象来自我安慰。"

屏幕上，可以看到一些画出来的猫在动，应该是一部电影。

"《猫女》？"

"不是，这是一部动画片，名叫《贵族猫》。但在我看来，如果说这部影片讲的是我们猫咪的故事，那纯属巧合。尽管……我想索菲还是对我们情有独钟的。"

画面动得很快，营造出一种跟现实相仿的流畅感。

"电影编剧又编了一个虚假的故事？讲述实际不存在的事情有什么意义呢？"

"当一切变得太压抑时，想象可以让他们得以逃离现实世界。看看这部片子吧，你就会感受到虚构作品安慰人心的力量，而这跟新闻产生的焦虑感正好相反。"

我对此表示怀疑，但由于也无其他事可做就看了，最后居然对这部动画片感兴趣了……很容易可以分辨出是两只猫，一只是系着一个可笑的蝴蝶结的白色母猫，另一只是长着一个奇怪的头的公猫。毕达哥拉斯评论道：

"这是欧马利，这是女公爵，他们有点儿像我们俩。这是部美国片，但故事发生在巴黎。"

据我所见，这些角色真的很奇怪，都是些画出来的假猫，动起来像我们，但说起话来像人类。

"故事情节是什么？"

"女公爵是一个富裕的人类家庭养的猫，她有三个孩子，生活奢侈舒适。她的女仆是一位富有的老太太，很宠她，打算把自己的遗产都留给她。老太太的管家奉命照顾这些猫，但他想摆脱他们，好独自霸占遗产。于是，他绑架了女公爵和她的孩子们，把他们带到很远的乡下。猫咪们成功脱逃了，回到了巴黎，但因为没有地方住，他们没法适应。一只檐沟猫帮助了他们，叫欧马利，他不仅保护他们，还让他们回到了原来的家。"

"这故事真美好……"

"但不现实，想摆脱猫咪的管家可以直接把他们杀死，而且猫也不会坐卡车回巴黎。"

他似乎被动画片的虚假性给激怒了。

我观察着这两个长着尖耳朵的角色，他们在对话，这样子完全就像是娜塔丽在跟托马对话，有着相同的语调和相同的眼神。要不是他们的身体是猫，一定会被当成人类的。的确，这很不靠谱！

三只小猫的画面让我想起我已经不在的孩子们。现实世界比动画片残酷得多。如果有人把她的小猫溺死，用激光笔让她分心，"女公爵"会怎么办？当鼠疫在巴黎的街道上肆虐，周围都是相互开枪、扔手榴弹的人们，欧马利又会怎么办？……

电影继续放映，我轻轻地舒展身体，随后很快睡着了。

在梦里，我想象自己是娜塔丽。

我白天醒着，晚上睡觉。我有两条腿，喜欢洗澡。白天，我戴着黄色的安全帽引爆房子；晚上，当我回到家，我的母猫已经醒了，我抚摸她时，她发出呼噜声。

我关上门，不让她从一个房间跑到另一个房间，这让我觉得好玩。但她要是叫得太厉害，我就放她出来。我吃各种颜色的食物，看电视，上楼，到自己的房间里，照镜子，用人类的眼光打量自己。突然，一个细节吸引了我的注意。我朝镜子俯过身去，发现我的瞳孔里有一条缝，就像猫一样。

我一下就醒了。

浑身发抖。

对我来说，人类的生活到底是没有什么大乐趣的。

我们猫咪的世界或许很逼仄，但我发现人类的世界缺乏有趣的感情。他们似乎只能感受到一半的外部刺激，他们的耳朵不能动，因此辨别声音和音波的能力很差，而且在黑暗中什么也看不见。

这个梦让我意识到，作为一只懂得人类世界的猫是多么幸运，而这则多亏了毕达哥拉斯。就这样，我拥有了关于这两个世界的知识。

我又闭上眼睛，再次沉沉睡去。这次，我梦到了毕达哥拉斯，他让我走下地下室的白色台阶，然后扭开金属门的把手。"我要告诉你我的秘密"，在梦中，暹罗猫宣布道。

但我还没来得及做出反应，索菲就扑到我身上，把我塞进了一个包里。不一会儿，我发现自己在一间昏暗的屋子里，被绑在一张桌子上。

毕达哥拉斯喵喵叫着，她点点头，表示同意。

"你真幸运，贝斯特，她同意给你开'第三只眼'了。"他向我宣布道。

只见索菲拿着一个很薄的刀片靠近我的额头，毕达哥拉斯则在我耳边悄悄对我说：

"别害怕，刚开始会有点痛，但在这之后，你就什么都懂了。要想获得很多知识，这一点疼痛就是你要付出的代价。"

16
不速之客

　　又过了几天。这段时间我们都疲惫地躺在客厅的沙发上，面对一直播放画面的电视。我睡觉的时间越来越长，做的梦也越来越多，这使我开始思考。

　　我抬起一只眼皮，发现我们的女仆们被挂在墙上发光的电视屏幕深深吸引住了。

　　我想人类最大的弱点大概是视觉感官至上。他们用眼睛来认识世界，电视为他们提供视觉信息，引起直接的情感。而听觉，人类的第二大信息来源，则只是被用来强化视觉效果。

　　甚至他们的故事片也基本都是由一系列暴力、性或者互相追逐的场景组成的。他们总是需要更多有视觉冲击力的画面，而电视满足了他们这一需求，于是他们忘了体验心灵的感受。当他们进到一个房间，他们无法察觉到那些有害的波；当他们遇见陌生人的时候，他们也无法感知这个人是不是好人。我认为只有在睡觉的时候，人类的心灵才能自由地徜徉，其他时候他们的大脑就只是在处理、筛选那些一直环绕在他们四周的外部图像信息。

现在，我懂得去倾听自己身体的声音。

它饿了。

今天，我走出了家门，肚子甚至不再一阵阵抽搐。

我发现大家已经习惯了周围的一切：习惯了爆炸声，习惯了电视里的战争景象，也习惯了没有食物……

一开始这特别艰难，我们抱怨并感到痛苦，过了某个极限后，我们就习惯了，这成了新的生活方式的一部分。

我继续时不时地带老鼠回来，人类也终于接受吃老鼠肉了，但必须把它们弄得更像他们的食物，将老鼠的爪子、头和尾巴割掉，并且还要煮熟。这样，老鼠看起来就像有着白色果肉的灰色水果。这一切使我更加坚信一点：对人类而言，视觉凌驾于其他一切感官之上。

毕达哥拉斯终于也开始吃煮熟的老鼠肉了，但态度依旧十分冷淡，而安吉洛则变得越来越贪玩了。

我躺在客厅的沙发上，打着哈欠，伸了伸懒腰。在战争时期，待在家里一动不动地休息，似乎是保持能量和遏制饥饿感的最好方式，但我不得不逼自己再次出门，给身边人带食物回来。

在上次探险中，我曾经见过一百多号人，大部分有步枪。而这次我只遇上了十来个人，他们偷偷摸摸地走动，小跑着躲到汽车后面。我能感受到他们的恐惧、汗水和愤怒。

我看见的这一小群人移动缓慢，举枪瞄准周围一切运动的物体，包括猫。

我这次打算抓的老鼠似乎比以往的更好斗，我一接近其中一只，其他老鼠就都跑过来支援。尽管我体型上占优势，但在以一敌五的情况下，取胜变得十分困难。因此，我放弃了抓老鼠，把目标转向新的猎物：乌鸦。他们在垃圾山上啄食，并且数量越来越多。

我锁定其中一只，并且从后面袭击了他，死死咬住他的颈背，用爪子抓住他的翅膀。他身上的深色羽毛四处飞舞，我们就在这堆羽毛中搏斗。他成功地挣脱了，啄了我一口，并试图逃走，但他已经太虚弱了，没办法张开翅膀飞走。我牢牢地抓住我这猎物，弯下腰，冲着他的头顶说道：

你好啊，乌鸦。

他没有回答我，但我感受到一股充满敌意的波。考虑到街道上的形势，不能再浪费时间了，我更愿意先结果了他。

我拖着这只笨重的鸟往回走。

我记得人类似乎也会吃鸟。在我看来，这只乌鸦会比我抓的老鼠更受欢迎。

然而，接近毕达哥拉斯的家时，我发现烟囱冒着浓重的黑烟。我有一种不祥的预感，便扔下猎物，快速奔跑，跳到路边的一棵树上，然后回到我们的屋顶。我从三楼打开的窗户跳入，顺着台阶一路跑到地下室，看到了眼前这一幕：大门被一辆汽车撞得粉碎，门上的铰链也被拔掉了，客厅一片狼藉。我心跳加速，感到恐慌，安吉洛？毕达哥拉斯？娜塔丽？我感到窒息，腿在颤抖，继续往前走。面前的一切让我感到恐惧：血，一大摊血，而在这片血泊中间，一具毫无生命迹象的躯体面朝下躺在那里。是索菲！她的手指仍然死死地握着枪，但很显然，这不足以保护她的安全。

壁炉边上，三个男人坐在那里高声交谈说笑。

大概是劫掠者。我悄悄接近他们，想看看他们在壁炉里烧什么，怎么会产生这么多浓烟。我的天！这三个骨瘦如柴、满脸胡茬的男人，我认出其中一个是托马，他们把菲利克斯插在铁钎上，放在火炭上烤。这个可怜的家伙被绑着，一条腿已经被吃掉了。

这么说，这一切都是真的：人类的确有……吃我们的欲望！

我咽了口口水，一阵仇恨的波流遍全身，很快转变成愤怒的颤抖。

不要因情绪而失控。

要快速思考，并且制订反击计划。

首先，要悄悄地从他们那里偷一颗手榴弹过来。但当我轻轻地从他们身边溜过去的时候，一块木地板突然"咯吱"响了一声，那三个男人同时朝我这边看过来。

"贝斯特！"托马大声喊道。

在我做出反应之前，他掏出激光笔，红光指向我的前爪附近。

不！不要这个！不要激光！

这诱惑很强烈，但是我想起了毕达哥拉斯的话，"没有欲望就没有痛苦"。自由，就是不要被任何东西和任何人束缚，尤其不能被一道会移动的普通红光束缚。

托马朝我的方向走来，右手拿着激光笔，左手拿着一把大刀。

那红色的微光把我催眠了……然而菲利克斯被铁钎刺穿的样子把我拉回到现实。我想起托马已经杀死我的四个孩子，回过神，朝被撞破的大门冲过去，飞身跳到马路上。

托马在我后面追赶。

我得找个地方躲起来！快啊！我从猫洞钻到家里，可托马已经追到我的脚跟后了，一脚就把大门踹了个稀巴烂。在这个可怕的敌人面前，我已无处藏身。

我知道，试图躲在楼上是无济于事的，因为他对这些地方也熟门熟路。于是，就像我曾经追捕过的小老鼠一样，我朝地窖猛冲过去。他跟在我后头跑。我左拐，然后右拐。我做到了！我越过地窖的门，谢天谢地，门没关上。我飞奔下楼梯，一直听到身后他重重的脚步声。

幸运的是电路坏了，不过，他想办法找到了一支蜡烛，把它点亮。当然，火苗没有灯泡照得那么亮。我躲在高处，在酒柜上面，窥伺着，蜷缩成一团，耳朵向后贴，胡子在脸颊上耷拉下来。我咬紧上下颌又松开，就像在练习咬东西一样。

托马用一种温柔亲切的声音呼唤我。

我的瞳孔放大了。昏暗中，我感到自己比他略胜一筹。

见我没反应，他开始用一种不那么讨人喜欢的音调喊我的名字，凡伸手够得到的东西都被他敲打一番。

"贝斯特！"

他把所有的东西都统统推倒，挥舞着他的刀子，把家具打翻。

　　我保持镇定，等待时机，藏得严严实实的。

　　终于，当他来到我正下方的时候，我一个猛冲，把爪子狠狠地插进他的眼睛里。他大叫着松开刀子，我在他的血肉里挖得更深了。那些对付老鼠和乌鸦的战役，唤醒了我体内代代相传的战斗本能。

　　他终于抓住我的一只爪子，把我狠狠地朝墙上摔过去，想让我栽跟头。我不觉得已经把他弄瞎了，但还是让他受了不小的伤。我喵喵大叫，鼓起勇气发动了一次新的袭击，这次，我挠伤了他的脸。这是我第一次和人类对阵，而且是肉搏战。得承认，这可比打败一只老鼠和一只乌鸦难多了。托马把我推开。我用灵巧的四爪安然着地，躲进另一个角落的高处。趁他朝我这边转过身时，我落在他的肩膀上，尽全力咬了他的肩胛骨。他疼得松开了蜡烛，满满一箱旧布料被点燃了，烧了起来。

　　一个古怪的念头闪过我的脑海。说不定战争、斗殴、受伤是一种基本的交流方式？

　　不能对话，我们便互相打架？（你好，托马。）

　　有了这个念头，另一个想法又涌了出来：要杀死对方，得先关注他，并试图让他明白某件事情。

　　他重复喊着我的名字，这个事实让我对这个念头更加坚定了：于他而言，他也在尝试让我明白某件事情。而这件事，就眼下的情形看，可以归结为：去死吧，贝斯特。

火势越来越大，蔓延到装报纸的旧箱子，木头发出噼里啪啦的爆裂声。温度升得很快，火光也越来越亮。浓烟呛得我们咳嗽起来。天花板的一角塌了。在被活生生烧死之前，得从这里逃出去。

火在我四周燃烧。我尾巴梢儿着火了，我不得不像疯了似的晃动它才把火苗扑灭。

我又有一绺毛发烧了起来，托马号叫得越来越厉害，反复喊着我的名字。

大火吞噬了一切。我的瞳孔缩得越来越小，一个出口都看不到了。就在这时，我突然听到一声喵叫。"走这边！"

毕达哥拉斯打碎了通风窗的玻璃，示意我到他那儿去。我一跃而起，刚准备跳到出口那儿，一只手猛地从火里伸了出来，拽住我的尾巴。

我恨极了别人碰我身体的这个部位，更不要说是为了把它拧断，就像他现在做的那样。他会把我的尾巴弄断的，这个混蛋！

我脑袋朝下，在他握紧的拳头下成了囚徒。挣扎无济于事，无论是用爪子还是用牙齿，我都没法够着他。

就在这时，毕达哥拉斯跳到托马的肩膀上，从他的手臂上一路滚下来，够到他的手腕，用尽全身力气咬他的手，直到它松开。

重获自由，我跟在暹罗猫身后飞奔，从地下室的通风口逃了出去，飞身跳出这个地狱。我们穿过马路，躲到高高的树枝上。我的心跳得厉害。呼吸着自由的空气，我的肺慢慢恢复了过来。毕达哥拉斯碰了碰我的鼻子。

"干得漂亮！我还从没见过这么疯狂的人，"他承认道，"好像他很恨你，恨到这份儿上还真不多见。"

我看着燃烧的房子。托马没出来，我如释重负地叹息一声——好像我为菲利克斯报了仇一样。我又想起那只黄眼睛的白色安哥拉猫。他一点用也没有，吃猫草上瘾，一辈子没做过任何有趣的事情，但他不该落得被铁扦插了烤着吃的下场。

我们振作精神，从树上下来。这时，托马的两个同伙发现了我们，在我们后面追赶，朝我们开枪。

我们飞奔逃窜，躲到相邻街道的转角。

"其他人呢？"我问他。

"你走了之后，这三个家伙用他们的车撞破了大门。这种惊吓产生的效果让他们占了先机。索菲试图还手，可她不够快，被放倒了。菲利克斯反应不够快，成了一个容易对付的目标。你的女仆看见我的女仆死了之后，便从后门逃生。至于我嘛，我抓住你儿子安吉洛，叼着他的脖子，从屋顶上逃走了。

"安吉洛还活着！"

"我把他放在圣心大教堂上面我们的藏身处了。"

我松了一口气。

"当我认定小家伙已经脱离危险，我便回来了，因为我寻思着你很快就要回来。"

也就是说，他是为了……我回来的？

"出发，去教堂吧！我迫不及待要和我儿子团聚。"

17
第三只眼的诞生

安吉洛不在那儿了。

一些尿迹和几块小小的粪便留在钟楼顶的地面上。我认出了它的气味，但是小猫是没法待在原地也没耐心等待的，他应该是饿了，所以最终离开了他的藏身之地。

毕达哥拉斯一副忧心忡忡的样子，闭上眼睛，陷入快速的冥想当中，然后说：

"我知道怎么找到安吉洛和娜塔丽。我们可以靠这个来找到他们。"

他指了指我戴着的红色珍珠项圈。

"正如我之前跟你说的那样，这是一个GPS定位器，可以随时知道戴它的人的位置。"

"娜塔丽没有项链。如果我没有理解错的话，她可以找到我，但是我不能找到她。"

"她有智能手机，可以在地图上确定你的项圈的位置。所以反过来，我也可以在网络上找到她，确定她的位置。我们同样可以找出安吉洛的位置，因为他戴着跟你一样的项圈。"

"'网络'？这又是什么？"

"我会给你解释的，现在最紧急的事是到我家去。"

"不可能，那两个劫掠者肯定已经回到那里去了！"

"他们会离开的，我们就在附近的一个屋顶上等他们出来。只要一有可能，我们就回到我的地窖里去，我会给你解释上次我没时间跟你解释的东西。"

他终于要向我透露他的秘密了？我迫不及待想解开这个谜团。我不喜欢别人有事瞒着我，而且我也迫不及待想再见到安吉洛。当他老是在我脚边跑来跑去的时候，我很烦他，但现在他不见了，我却无比想念他。

我们又回来待在毕达哥拉斯家门口的那棵树上，看到我以前的家还燃烧着熊熊大火。由于没有人来灭火而且在刮风，火势只能一直蔓延。很快，屋顶就发出轰隆一声巨响倒塌下来。

相反，毕达哥拉斯家的烟囱里没有冒出一丝烟。那两个人过了没多久就出来了，但我们想再等一会儿，以防他们折回来。

我们进门的时候，天已经黑了。

我的前室友就只剩下一堆散乱的骨头……还有一个眼睛空洞洞的白色脑袋。这是多么奇怪的景象。我在"我的皮囊里面"是不是也是这副模样？

我临时组织了一场小小的追悼会。

"我可怜的菲利克斯，这肯定不是令你最满意的一生，你没有好好地享受过什么，没有从我身上，从安吉洛身上，也没有从我们的女仆身上得到过什么，但你至少从来不自寻烦恼，你懂得宁静。我希望你在被俘时没有太遭罪，死得痛快。"

索菲的尸体还一直躺着客厅里，毕达哥拉斯走过去坐在她的背上。

"你干什么？"

"既然我不能给她提供墓地，也不能给她举办葬礼，我就给她只有一只猫在一个人过世时能做到的事情：陪伴她的灵魂到'天上'去。"

又一次，我完全不明白他在说什么，但是我想他很快也会跟我解释这件事的。

毕达哥拉斯合上眼皮，双眼在眼皮底下转动，耳朵颤抖着，爪子微微抽搐着，伸出来又收回去。

他蜷起身，又松开，再次蜷起，然后平静下来，重新睁开眼睛。

"好了，"他说道，"她现在'飞升了'。"

"飞升是什么意思？"

"有时，人的灵魂被困在'人世间'，因为还有一些人和一些情感让他们记挂，他们放心不下。我用猫之灵告诉她，没有东西能把她羁绊在这里了，她可以去往光明之境了。"

"你是怎么做到的？"

"我的灵魂伴随着她的灵魂到达一个隧道入口，远处有一丝微光，我在那里感谢她为我所做的一切，赞扬她所做的一切好事。我提醒她在这世间没有什么让她挂念，甚至也不用挂念我，然后我祝她旅途快乐，并且顺利投胎。"

"所以你可以跟人的灵魂对话？"

"只有在他们死后。也正因为如此，从前埃及人才会崇拜我们。他们发现我们能够陪伴逝者的灵魂，并把这称作'引魂使者'的能力。"

"你是怎么知道他们世界中这么多详细的术语和细节的？"

"网络。网上有一些视频资料，详细解释了这个复杂的过程。"

我琢磨他刚刚教会我的这些东西。

如果我理解得没错的话：肉身死去，灵魂还活着去投胎转世？

所以灵魂是……不死的。

（所以我是不死的！）

我重复着这些信息，确保自己不会忘记。太震惊了，我一时有点缓不过神来！

毕达哥拉斯告诉我的新观念越多，我就越意识到自己的无知。我之前鄙视菲利克斯，然而跟那只暹罗猫比起来，我也许跟他一样无知。

"索菲的灵魂在升天前跟我说了一件不可思议的事情，她对我说，下辈子她想投胎做一只猫。而我，我下辈子想投胎做人。"毕达哥拉斯说道。

"你为什么想要退化成人呢？"

"我钦佩他们的双手。他们的手让他们能创造出书籍、艺术和一些复杂的机器。而且，我还想知道人笑起来的时候是什么感觉。我们这些猫总是很严肃，把什么事情都想得很严重。我希望自己有时候也能开开玩笑，甚至自嘲一下，笑能让人把一切都看淡。"

"我们总是想变得跟自己的原来不一样。"

"你呢，贝斯特，如果你下辈子可以选择自己的身体，你想做什么？"

"当然是做一只母猫啊！我们处在进化的顶端时，就不想退化回去了。如果我的生活只是被图像和噪音占据，不能运用灵魂，没有真正感受周遭的世界，那我的生活会怎样？我会有一种……废了的感觉！"

"你还没有真正了解人类世界，它比你想象中的要更有趣。"

"如果只是为了打仗、上班，用两条后腿直立行走或晚上睡觉的话，我还真看不出来有什么意思。"

他的耳朵尖动了动。

"既然那地方现在空了，我要让你参观一下我的地窖，并向你透露我的秘密。"

他在我前面一路小跑，朝白色的楼梯奔去。我们在门口停下，他跳到门把手上，飞快地开了门。天花板的吊灯没开，我们在半明半暗中前进，唯一的光源是通风口透进来的光线。

我睁大眼睛，捕捉房间里最微小的细节。在这里，除了和我的地下室一样有酒瓶、报纸和落满灰尘的家具，还可以看到金属机器、电线、管子和小药瓶，整个房间被粉刷成无瑕的白色。

这很像娜塔丽带我去打过一次驱虫药的那家兽医诊所。

毕达哥拉斯跳上不锈钢桌子。

"我出生在一个实验猫饲养处，"他说，"实验猫是为了供人类做科学实验专门饲养的，当我还是一只小猫崽时就被人从父母手里弄走了。我既不认识我父亲，也不认识我母亲。我小时候比你还无知呢！我甚至不知道除了氖灯照射的白色房间外还有另一个世界。"

暹罗猫深吸了一口气，似乎需要鼓起勇气才能面对这段痛苦的回忆。

"我住在一个狭小的笼子里，有人定时给我喂小药丸，用透明水槽给我饮水。没有人爱抚我，我既看不到其他人，也看不到其他猫；不懂爱，不懂激动，不懂情感。对那里的人来说，我不过是一件物品。我连名字也没有，只有一个'CC-683'的代号，意思是'第683号实验猫'。我甚至觉得他们根本认不出我，因为所有的实验猫都是暹罗猫，跟我十分相像。我既看不到他们也摸不到他们，只能远远听见他们的叫声。我整天都是独自一人，在我的小笼子里等待。"

我试图想象自己在那样的情况下会有什么感受，一阵寒战不禁穿过全身。

"这并非不可忍受，因为我没有参照。痛苦源自一种'我们本可以拥有更好的生活却因一个阻碍而被不公平地剥夺了'的感受。否则，我们真的可以适应一切，哪怕是更糟糕的环境。因为不明白到底发生了什么，所以我没有感觉到不公平，因为对我来说，这是正常的，笼子以外的世界根本不存在。"

"太可怕了!"

毕达哥拉斯沉默片刻,继续说道:

"啊,无知是多么令人欣慰!我甚至从未见到过一只老鼠,一只鸟,一只蜥蜴,哪怕一棵树。我从来没有感受过清风或者雨雪,既看不到太阳和月亮,也看不到云彩,甚至分不清白天和黑夜。我永远被关在一个温暖的、白色的、光滑的世界,一个与大自然没有丝毫关系的实验室世界。更重要的是,我无需做任何抉择,所以绝对不会犯错。当你的生活被他人支配时,你就无需运用自己的自由意志了。不负责任,也就无忧无虑了,逆来顺受,但说到底是幸福的。然而,好景不长……"

他跳到一件更高的家具上。

我想跟上去,但一阵眩晕袭来,我这才注意到有三根胡须在大火中被烧掉了。怪不得自打跟托马打架后,我总感觉难以保持平衡,获取外部信息。

"我给你讲讲人类如何拿我做的第一个实验。我被挪到一个较我平常住的两倍大的笼子里,光是挪到这个更大的空间就已经给我带来愉悦了。笼子中央有一个操纵杆,上面有个灯泡。信号响起,灯泡发出红光,边响边闪烁。我感觉我应该做点什么,于是走到操纵杆旁,把两只爪子放上去按了一下,立刻掉下来一粒猫粮。我嗅了嗅，尝了一口，很美味。这是一粒鸡肝味的猫粮，比我平常吃的要好吃。"

毕达哥拉斯停顿了一下，调整了一下自己的情绪，然后接着说：

"我等了一会儿，信号又响了，红灯又亮了，我又按下操纵杆，又有一粒猫粮掉了下来。这种情况重复了五次。这个机制在我看来很简单，然而，突然间，按下操纵杆却没有猫粮掉下来了。我更用劲、更快地按，还是什么也没有。这简直匪夷所思，难以忍受。同样的信号，同样的红灯，操纵杆却不管用了，这激怒了我，而且，我不明白为什么……"

"然后呢？"

"……后来，信号再次响起，我又按下操纵杆，猫粮终于出现了，我总算松了口气。我自然以为是操纵杆出了问题，可接下来，操纵杆又间歇性失灵了。我试图弄明白为什么，我被搞糊涂了。是否应该离操纵杆远一些？是否应该按得用力一些，或者两只爪子同时按，按之前是否应该先叫几声？"

"结果呢？"

"实际上，这是一个科学实验，叫做'巴甫洛夫条件反射'，原理很简单：听到信号、看到灯光就会分泌唾液。但他们感兴趣的不是唾液，而是我忍受这种怪现象的能力。"

"我如果是你早生气了。"

"我气得发狂，想方设法搞懂怎样才能让猫粮掉下来！没有猫粮时，我又喊又叫又跳，人们就在栅栏后面观察我。我请求他们把系统修好，我甚至不饿了，只想让它恢复运行，不间断地、有条不紊地运行。"

"我太同情你了。"

"这种情况又持续了一段时间，我简直要疯了。"

暹罗猫喘着粗气，眼神变得凌厉起来：

"还有其他猫也经历了同样的折磨，他们真的彻底疯了。"

这时，他释然地叹了口气：

"我后来得知，我是唯一意志足够坚强而没有崩溃的。"

他又开始捋他的胡须：

"做实验的是一个穿着白大褂、身上有玫瑰香味、满头白发的女人。"

"索菲？"

"在这之后，她又挑选我做了一些其他实验。我还做了睡眠实验：人们拍摄我睡觉的视频来分析我睡着时的大脑活动。你知道吗？猫是动物界睡眠和做梦最多的。"

"嗯，你跟我说过。我们一天有一半的时间在睡觉，而人类只有三分之一。"

当我暗示他有时他也会重复已经说过的话，他并无愧色。

"在我看来，我们正是在睡梦中才能如此轻易地进入不可见的世界。"

我挠挠头顶，更想听他讲述他是如何得到第三只眼的。

"索菲对我进行了多次实验，每次都发现我是最能忍耐且最机灵的一个，于是有一天，她给我动手术植入了第三只眼。"

他拔出塞在头顶孔洞上的淡紫色塑料盖子，我又一次目睹了那金属边缘的长方形小洞。

"这也叫'传输接口'，是一个USB装置，通过非常细的电线，精准地连接着我大脑里的几个点。她把这叫做'眼睛'，因为这是由一个小接口连接的电子入口。这样，索菲就能直接往我大脑里传输信息，先是简单的感觉，然后是音乐和图像。"

"通过这个设备直接进入你的脑子吗？"

"一开始这根本行不通。这东西让我头疼呕吐，后来索菲调整了信号，终于成功连接了声音和图像，过程变得更顺畅了。然后，她教我理解人类的语言。就这样，她让我接收到了人类世界的信息。"

好了，这就是毕达哥拉斯的秘密！我又近距离地观察了他的USB装置，嗅了嗅，舔了舔，但人类的信息并没有任何味道。

"这花了七年的时间。经过七年或多或少痛苦的反复试验，才成功地建立起一条给猫传输人类知识并让其能够领会的渠道。从它运转的那天起，我就感觉有人打开了一扇门，门后是光明所在。我终于能理解他们的习惯，解码他们的文明了。"

说到底这看来似乎并不复杂：在头上挖个洞，把用金属和塑料制成的仪器放进去，连上电线，这就可以理解他们的"世界"了？

"接收了了解他们那个世界奥秘必不可少的第一批基本信息后，我还要学习组合词语、图像和人类的观念。我前些年被剥夺了一切，所以那时就更贪婪地熟记一切。我对每个细节都感兴趣，想理解所有的东西。我轻松地记下了其他动物的名称、国家名称、抽象概念以及词汇，但最复杂的是将这些元素都组合在一起。人们可以给你看任何信息，但如果你没有掌握把它们联系起来的"钥匙"，那些信息依然是无法被理解的。"

"你花了七年时间去理解他们的文明？"

毕达哥拉斯摇摇头，说：

"最让我惊讶的，是索菲向我解释了我曾经忍受过的实验。当红灯亮起、铃声响起时能否得到食物，这实际上是由一个随机系统控制的。看来我这一生，往脑子上打洞也是徒劳的，我从未理解基于偶然性的系统，除我以外，其他猫都为此失去了理智。"

"我们总是想给生活中发生的事赋予某种意义。于你而言，你已经接受那些发生在你笼子里的事是超出你理解能力的！但对人类而言，把猫逼疯又有什么好处呢？"

"后来索菲给我解释了一切。这是研究依赖上瘾的实验，旨在理解将男人和女人维系在一起的爱情的感觉。她的研究表明，这是情感依赖的一种形式。"

"性吗？"

"对于一些特殊的性伴侣有吸引力，这使他们痴迷。那一个女人如何使男人为爱疯狂呢？"

"散发迷人的香气？"

"不是，要时不时地给他们尝一点甜头。我们把这样的女人叫做'致命的女人'。以一种非理性的方式给予或取消奖励，这会让所有的男人完全着迷甚至可能疯狂。"

我真无法理解。

"人类通过折磨猫……去研究'致命的女人'对失恋的男人产生的影响？"

"进行这个科学实验，是为了阐释一本女性心理杂志上的一篇文章。"

"我呢，如果一个性伴侣对我若即若离，那我肯定会找另一个坚定不移爱我的……"

"从这个实验中，我总结出一个道理，绝对不要依赖他人去获得幸福。"

我也揉了揉耳朵：

"就是因为这个原因你才不想和我做爱，对吗？你宁可少吃点猫食，放弃你的食物和领地？"

他像人类那样点点头。

"无欲则刚，一无所有就没什么可失去的了。我唯一害怕的就是着迷的感觉，所以我放弃一切，不依赖任何事物或任何人。"

我又想起了菲利克斯，他的性瘾让他失去了睾丸，吃猫草上瘾让他失去了基本的反应能力。

"当我的第三只眼已经运用自如时，索菲就像人类教导自己孩子那样教导我，给我的知识分区。我学习历史、地理、科学和政治。之后，为了完善我的知识结构，她升级了装置，以便我在没有她的情况下也能继续学习。她直接把我的USB装置联网，并且教会了我上网。"

"网络，你现在好歹能跟我说说网络是什么了吧？"

他捋了捋胡子：

"这是人类存放图片、音乐和电影的地方，相当于是世界上所有人记忆的汇总。即使人类死亡，他们的知识仍会留在网络上。"

我还是不理解这个概念，但示意他继续说下去。

"这样，通过我的第三只眼，我就能自由上网，浏览我感兴趣的信息，那我不必再依靠索菲了。"

"那你在网上能装作人类一样发布东西吗？"

"不行，因为我没有手指，没办法打字。但是，我能够打开显示屏，按照我脑中所想去移动光标，可以打开文章或是网页，我也可以浏览音频或视频文件。"

"所以你能阅读人类的文字？"

"我不能像他们那样阅读（比如说我并不能够读书），但我能认得字母以及一些字母组合构成的单词，知道如何去解释并理解这些单词。"

"所以，你只能接收和他们语言对应的图像和声音，但不能发布信息？"

"无论如何，他们能提供给我们的信息要比我们可以给他们提供的信息多得多。"

毕达哥拉斯有时让我觉得有些自相矛盾，他那么博学但同时又很天真。

"但现在你……没连接到任何东西上面。索菲已经死了，你要怎样才能联上你的网络呢？"

"正因为如此我才请你陪我来这里。你还记得我曾经消失不见了一周吗？那就是为了调试新设备。这是一种可以永久获得网络的方法，不需要连接地下室的电脑。你要帮我，贝斯特。在我眼里，猫的四只爪子或许可以抵得上人类的一只手。"

他告诉我他想让我怎么做。

"索菲料到这类情况可能会发生，"他向我解释道，"所以已经把漫游系统调试好了。但为了能让它运行起来，你要先帮我把这个装置、手机套和智能手机装好。"

我们借助爪子和牙齿行动起来。需要把装置系在毕达哥拉斯的背上，调整好、收紧，之后把手机固定在装置的手机套里。

接着，他引我去把白色网线末端的精致插头插入手机的插孔中。这根网线的尽头是一个更大的插头，就是他称为"USB接口"的东西。我明白，他永远都不可能独自把设备接在他头上。

一旦我用网线将智能手机和他的头连接起来，他就能告诉我接下来该怎么做。首先，打开智能手机。为此我要把爪尖按在一个圆形按钮上，让屏幕上出现的箭头从左到右滑动。

根据他的指示，我按了一个小小的彩色方块，这是用来打开一个他称为"应用软件"的东西。

毕达哥拉斯坐下来，闭上了双眼。

"太棒了，我的'第三只眼'从此以后就能联上网络了。"他对我说。

"你看到什么了？"

"我认出一个毫无意义的词。我只知道用人类的语言它的发音是'谷歌'，之后，我就只要移动光标就可以上网浏览了。"

我看到它的眼睛在眼皮里转动，好像在做梦。他梦到了"网络"。这持续了很久，他的脸上浮现出极丰富的表情，仿佛他活在另一场景里，看上去时而烦恼，时而满足。

"我找到安吉洛在哪儿了，"过了好长一段时间后，他说，"定位显示，他在西边的布洛涅森林里。我也发现娜塔丽在哪儿了，她在东边的万塞讷森林里。这是城外的两片森林，可以走路去那里。"

"他们在那儿做什么？"

"这，我可不知道，但我有个坏消息要告诉你。"

"战争？"

"比战争更糟糕，它是让战争变得缓慢甚至停止的原因。"

"是哦，我们的确再也听不到丝毫喊叫声或爆炸声了，也听不到人类的打斗声。"

"这很正常，他们害怕了。"

"害怕什么？"

"鼠……疫。"

"但你以前告诉我说，这是一种已经消失了的古老疾病！"

"由于老鼠的增殖，一种突变型鼠疫出现了，它可以抵抗抗生素。老鼠扩大了鼠疫传播，没有什么能阻挡他们，因为他们在地铁隧道和下水道里活动，地下世界完全在他们的掌控之中。他们在所到之处散播死亡。"

"那这个鼠疫……它也能让我们生病吗？我们……猫？"

"完全不知道，最近研究这个问题的人类科学家没有提到它对猫的影响，因为他们不知道如何及时发现鼠疫症状，而且，由于有了飞机和火车，人类可以快速旅行，把鼠疫带到了其他地方，世界各地已经有近几千人死亡了。在他们尝试对确诊病例采取检疫和隔离手段时，这些病人已经传染了很多人。所以，已经没有一处安全的庇护所了，到处都有鼠疫，它分布在这个星球上的所有大中城市。"

"我还以为他们的科学家能治疗所有的病……"

"问题是，大部分科学家已被修道士杀死了。"

"杀死科学家对人类有什么好处？不是他们找到治疗疾病的方法的吗？"

"十七世纪初，天文学家乔尔丹诺·布鲁诺①被宗教裁判所判刑后，这两种人便在解释生命的意义方面开始了激烈竞争。修道士们常常占上风，他们人数众多且能煽动群众。总的来说，上帝的子民不喜欢知识，他们错误地将这一切都归于上帝的意志。"

"所以愚蠢的人杀了聪明的人？"

"捍卫简单集权制度的人总是比捍卫复杂民主制度的人更受群众欢迎。这是因为他们的言论往往是建立在恐惧之上的，比如，对自然的恐惧，对死亡的恐惧，对假想的万能上帝的恐惧。"

"之前我看到有人在街上烧书。"

"修道士们常常反对艺术、性爱和科学，他们提倡一个这样的世界：人们在那里不再对自己的行为负责，只须一味盲从就可以得到安宁。"

我开始厌烦所有复杂的人类历史。如果修道士们想给科学家们判刑，那他们就去判好了。我对他们的唯一要求就是，请他们尊重一下我们，尊重一下我们猫。

---

① 乔尔丹诺·布鲁诺（Giordano Bruno, 1548—1600）：文艺复兴时期意大利思想家、自然科学家、哲学家和文学家，勇敢捍卫哥白尼的"日心说"，著有《论无限、宇宙和众多世界》《诺亚方舟》。

"我不累，我想找到安吉洛，"我对他说，"你刚才告诉我说他在西边的一个森林里，那我们就出发去找他吧！"

我徒劳地摆出一副坏母亲的模样，对自己的孩子并非无牵无挂。看上去可能有些让人惊讶，但我们现在身处危机之中——或许恰恰因为我经历了一些可怕的考验并幸存了下来（我战胜了一个比我大五倍的人类！），或许因为我曾经好奇要去结识我的邻居并耐心听他教导——我自我感觉良好。不仅如此：我感到自己准备好了，我，贝斯特，准备依靠我的能力，以我的方式，尝试让这个世界改变一点点，让它朝一个更好的方向发展。

18
一路向西

我高高地竖起尾巴。

毕达哥拉斯也一样。

我们骄傲地走着，一轮圆圆的皓月照亮了城市。

我们周围的景象越来越混乱。街巷、马路、人行道常常坑坑洼洼的，一些楼房整栋都坍塌了。

人类有可能以一个神的名义毁了他们赖以生存的家园吗？一个他们从未见过、据说只是在天上看着他们的神？以不信科学家之名？以嫉妒之名？

被吊死在树上的人数之多让毕达哥拉斯震惊。像挂在树上的一个个长长的果实，上面满是乌鸦。我注意到有些人身上还穿着白大褂，这证实了宗教与科学的对抗。

有些地方，人类的尸体被堆成一堆，形成一座座几乎和垃圾堆一样高的小山。远处，在横七竖八躺在地上的尸体中，我看到有几具身上有绿色的肿块。

"鼠疫。"我的同行者肯定地说。

一群群苍蝇围着我们嗡嗡乱叫。

鼠群在观察我们。

有几只老鼠从排水沟或下水道口钻出来，远远地和我们对峙，露出他们的门牙向我们挑衅。

"老鼠知道是他们把致命的病毒传染给人类的吗？"我问毕达哥拉斯。

"一个物种知道自己何时在摧毁另一个物种。"

"依你看，他们是故意的？"

"我对此确信无疑，不过我担心人类甚至还没有意识到这一点。"

他让我在天亮前加快步伐。

到目前为止，我去过最远的地方就是娜塔丽工作的那个建筑工地。从屋顶上走，我从未走出过巴黎城这一片被毕达哥拉斯称作"蒙马尔特小山丘"的地方。

从那里，我们一路向西，到了一个叫"克里希广场"的圆形的地方。广场中央有一个巨大的雕像，表现的是一个女人站在废墟上，身边有一个男人拿着武器，另一个男人受了伤。

雕像周围，真的有一些受伤的人、一些死人和废墟。

突然，一辆小卡车出现在广场上，停在雕像旁边。从车里出来几个人，穿着橙色荧光服，戴着面罩，这让他们像长了扁扁的鸟喙一样。

"这是隔离服,可以让他们不感染鼠疫。"暹罗猫解释道。

这些人刚下车,老鼠就把他们团团围住。一阵冲锋枪扫射,人类就让老鼠都跑光光了。他们把躺在广场上的尸体都堆在一起,在上面倒上汽油烧了。

"一开始他们烧书,现在烧起人来了。"我评论道。

"这次必须这么做,以遏制鼠疫的蔓延。"

看到所有尸体被焚烧,让我想起毕达哥拉斯的预言,他说人类的统治要结束了,就像当初的恐龙一样。

现在,几个穿橙色隔离服的人举起武器,武器发出一道火光,杀死那些最胆大冒进的老鼠。

"那是喷火器,"毕达哥拉斯解释道,"来,别逗留了。"

我们顺着一堵爬满常春藤的墙回到隔壁楼房,在烟囱林立的屋顶前进。我意识到,我们是一些在高处生活的物种,而人类是生活在地面的物种,老鼠是生活在地下的物种。

仿佛是跟我唱反调似的,一只不知从哪里冒出来的蝙蝠向我袭来。

我还没来得及向她问好(你好,蝙蝠),她就想用翅膀蒙住我的眼睛，用牙齿咬我的脖子了。

当我说一只蝙蝠的时候，我更应该说是一群蝙蝠，因为足足有十几只。

毕达哥拉斯和我背靠烟囱，两条后腿不得不直立，以抵挡伴随着尖叫的黑压压的翅膀的袭击。我成功地杀死了其中一只，希望这足以让其他蝙蝠打退堂鼓。根本没有，她们那么疯狂，叫声那么刺耳，我们只好撤退，从一扇半开的窗户溜进楼房。我嘴里还叼着那只被我打败的蝙蝠。

现在，围攻我们的敌人和我们之间隔着一块玻璃。

屋里，一个男人躺在床上，眼睛和嘴张着。身上全是跟我在路上看到的一些尸体上那样的绿色肿块。

气味简直让人窒息。

毕达哥拉斯建议我们找个地方享用猎物。于是我们到了楼下，分食了那只蝙蝠。他吃头，我吃爪子，各吃一只翅膀。有一点老鼠的味道，不过用作翅膀的爪子咬上去像橡胶一样黏牙。这团小小的、软软的肉我嚼了很久，嚼得很大声，生怕噎住了。

吃饱后，我们用口水梳洗了一下，便去探索这栋楼的其他地方，发现地上还躺着几个人。有几个身体还在动，还在呻吟。

一个人在跟我说话，但他的话我显然一句也听不懂。从他动来动去的嘴巴来看，我猜他要么是渴了，要么是饿了。可怜的人类！

在相邻的一个房间，我们找到一台开着的电视。我停下来看白天发生的景象。屏幕上，一些穿白大褂的人被一些穿绿制服的人枪杀了。

"愚蠢的人杀死了聪明的人？"

"新的领袖通常比他们推翻的那些领导人还腐败，但所有人都很高兴，因为至少有了变化。可惜那都只是伪装——你知道，我们的女仆涂在脸上和唇上的有颜色的粉啊霜啊口红啊，让她们看上去气色更好。"

"难道就从来没有好的革命？"

"取得好结果的革命？没有。通常，在最初的狂热之后，是一段动乱时期，最终一个专制的独裁者恢复了秩序，让所有人都安心了。"

"太奇怪了……"

"但周而复始。据我所知，人类社会就是这样进化的：前进三步（这个阶段，他们在所有领域都取得了很大的进步），然后危机出现了（最经常是战争），一切都毁于一旦。于是他们又倒退两步。就这样，当西罗马帝国因为蛮族入侵而在公元476年分崩离析后，他们等到十四世纪才看到文艺复兴。这个名字恰如其分，因为一千年后他们才重拾当初被中断了的医学、科技、绘画、雕塑、建筑和文学。"

"他们荒废了一千年？"

我揉了揉鼻子，然后问了这个一直困扰我的问题。

"人类会不会全部……死掉？"

"之前的几次鼠疫，发生在十六、十七世纪，害死了一半的人口，每次都是陡然降温遏制了疫病。"

"陡然降温？天气变化可以拯救人类？"

"至少到目前为止是这样，正因为如此，他们幸存了下来。到了1900年，一个名叫亚历山大·耶尔森[①]的科学家最终找到了传染病的病因：'由老鼠和跳蚤传播'。这让他配出了有效的药方。"

"可你以前说过鼠疫无药可治？"

毕达哥拉斯摇摇头：

"我想让你知道，人类如果受到鼓励，会激发出怎样的才华。"

他闭上眼睛，凝神片刻，这时，他背上的手机传来一个人类的声音。

"这又是怎么回事？"

"第三只眼让我联到了网上，并在网上打开了一

---

① 亚历山大·耶尔森（Alexandre Yersin, 1863—1943）：也译作耶尔辛，法国医生和细菌学家，他是鼠疫杆菌的发现者之一，因此鼠疫杆菌的正式学名以耶尔森氏菌命名。

个音乐文档。这是一首由一个有着天籁歌喉的女歌手演唱的歌曲。她叫卡拉斯，已经去世，但录下来的歌声继续在传递她的深情。这首歌曲叫《圣洁女神》，是文森佐·贝里尼的歌剧《诺尔玛》中的选段。"

音乐声从手机的内置小扩音器越来越清晰地飘出来。我被这些听上去几乎像喵叫的声音惊呆了，乐声悠扬起伏，颤动着，飘散开来。我凑近手机，看到屏幕上一张黑白的人脸在唱歌，女歌手的鼻子很长。

太优美了。

我突然明白为什么毕达哥拉斯希望我们把已有的人类文明保存下来。这位卡拉斯的声调升得越来越高，合唱的人开始唱副歌。

这支曲子在我身上所起的作用十分奇怪，就好像一种完美的呼噜声，给我以力量。

"现在你知道我欣赏他们的什么了。"毕达哥拉斯说。

想到这一切都将消失，我的心一阵发紧。

"人类发现了艺术的重要性，"他点评道，"它百无一用，既不能拿来吃，也不能拿来睡，还不能攻城略地。艺术就是一种无用的消遣，而这恰恰是它的力量所在。恐龙也没有留下任何艺术痕迹。"

音乐在美妙地流淌，流淌了很长一段时间，然后停了下来。

"有朝一日，如果我们想和人类比肩，就必须要有一只猫能像卡拉斯一样喵喵唱出贝里尼的《圣洁女神》这样美妙的歌曲。"

毕达哥拉斯朝房间角落一个奇怪的家具走去，示意我也像他一样把爪子放在上面，帮助他一起把盖子打开。

一百来个白色和黑色的键露出来，暹罗猫开始在上面走路，每走一步空中就传来一个不同的声音。这让我想起我曾经在索菲的电视上看过的《贵族猫》。

慢慢地，乱七八糟的音符变成了和谐的音乐。毕达哥拉斯开始喵叫，叫声和家具发出来的旋律一样。

"这是什么？"我问他。

"这叫'钢琴'。到琴键上来，贝斯特。"

当他踩在这个乐器的左边发出低沉的声音时，我就跳到另一端发出激越的高音。我发现自己可以用爪子依次摁在相同的琴键上作曲。

暹罗猫喵叫，我也喵叫。

他开始弹奏唱起低音，而我开始弹奏唱起高音。

没有人来打搅我们。很可能是因为我们的旋律在大街上响起，在老鼠、垃圾和受伤的城市的遗址上响起。

混乱时期的片刻美好。

　　我们久久地弹琴唱歌，慢慢镇定下来。之后，倦意袭来，我们在人类的一张床上躺下。

　　我梦见卡拉斯抚摸我的脖子和肚子，感到非常惬意，心想："要让她的身体感到舒服，那样她的灵魂才会想留在这里。"

19

树　下

　　我不知道是因为人类的战争、对老鼠和鼠疫的恐惧、和毕达哥拉斯一起到离家这么远的地方漫游、听卡拉斯唱歌，还是因为品尝了蝙蝠的肉，醒来后我感觉半边脑袋跟石化了一样。我又惦记安吉洛了，我想他了。

　　"我们不能待在这里。"毕达哥拉斯说，一动不动，保持闭眼冥想的姿势。

　　我知道他这个样子是和人类的网络联上了，通过网络，他可以用第三只眼学习和吸收人类的知识。

　　"我们应该回到库尔赛尔大街，一直走到星形广场，然后走福煦大街就可以到达布洛涅森林了。"

　　今天，我们选择走地面，为了避开蝙蝠的攻击。

　　我们肩并肩，在荒凉的城市一路小跑，左边，我很惊讶走过一片草地和小树丛相间的绿地，毕达哥拉斯告诉我那是蒙梭公园。

我们稍事休息，在一个水池边舔了舔清凉的池水。毕达哥拉斯和我互相蹭了蹭鼻子，舔了舔。这段时间我们一起经历过这一切后，这一刻的默契和柔情简直就像一道阳光。

我们再次出发。

远处，看不到一个人，也见不到一只老鼠，我们趁机在大街上飞奔起来。我喜欢奔跑，感觉我的脚踏在地上，脊柱像波浪一样起伏，我用尾巴平衡身体！风把我的胡子贴在脸上，在我耳边呼呼作响，把我的耳朵向后掀。

毕达哥拉斯告诉我，我们已经到了岱纳广场，就要踏上前往星形广场的瓦格拉姆大街。

我甚至不再理会躺在柏油马路上浮肿或受伤的人类躯体。我又想起我的女仆娜塔丽，希望她在东边的森林里可以逃过一劫。

我们加快步伐，因为周围的老鼠越聚越多，危机重重。我们踏上福煦大街，一条前往布洛涅森林的笔直大道。

雾气慢慢在城里弥漫，能见度越来越低。突然，一群狗出现在雾气中。我们猛地停住脚步，他们也一样。我们彼此打量。

那群狗主要由一只爪子和鼻子四周剪了毛的白色小

狗、一只戴着钻石项链的黑狗、一只短腿尖嘴的栗色大
狗、一只米色长毛狗、一只更大的黑白短毛尖尾狗、一
只长得跟曾经让树上的毕达哥拉斯害怕的狗很像的狗组
成的。所有狗都脏兮兮的，受了伤，毛发乱蓬蓬的。有
几只瘸了腿，另几只流着口水。不幸的是，所有狗都摇
着尾巴，说明眼下的形势让他们感到很开心。

不管怎样，我还是试着发送了一条信息：

你们好……狗狗们……

得到的回复却是几声不友好的狂吠，然后，他们猛
地朝我们冲过来，发出明显充满敌意的波。我们在雾中
逃遁。

群狗冲过来追我们。能见度低丝毫帮不上我们的
忙。听他们的吠声，我们知道他们很快就要赶上来了。

一盏路灯救了我们，但它和其他高的地方并不相
连。倒霉，别无选择，得先过了眼前这一关。

我们的爪子能让我们爬上避难的"岬角"。我们紧
紧抓住顶端窄窄的边沿，因为没有更结实的东西可抓。
我们有肉垫的爪子在金属上打滑，要不停地找到平衡
点，幸好尾巴可以帮助我们。

下面，群狗在吠，想爬上来抓我们，但他们爪子
上的指甲不能伸缩，在金属上直打滑。那只最大的狗，
明白自己爬不上去，便像山羊一样用他的头去撞路灯柱

子，越撞越猛烈。其他狗狗很开心，因为这让我们失去了平衡。敌对的吠叫越发响了。

我们还能支持多久？他们除了两只游荡的猫就没有别的东西可吃了吗？

我想对他们说，不如去抓老鼠吃，老鼠可有的是。我又一次明白建立跨物种对话有多么重要。迟疑了一下之后，我还是尝试发出了强烈的信号：

你们好，狗狗们。我们不想打搅你们，放我们过去吧！

但我的呼噜声似乎让他们更兴奋了，尤其是那条栗色大狗，发出阵阵吼声。

我最放不下的，是我意识到如果我俩现在都死了，那就无法把人类的知识传授给其他猫了。

"你仍然相信发生在我们身上的事情都是为我们好？"我带着讽刺的口吻问我的同伴。

"是的。"他回答说。

"你仍然认为我们的敌人和面临的阻碍都是为了考验我们的忍耐力和战斗力？"

"是的。"

"如果我们现在就死了呢？"

"这就意味着我们的灵魂要附在新的肉身上开始新的历险，我们会投胎转世。"

"我们会忘了此生的记忆？"

他没有回答。

"我，我不想忘了你。"

"我也不想。"他承认道。

我咽了一口气，然后问：

"有没有可能我们互相约定一个信号，以便来生可以找到彼此？"

"那我们还必须是差不多的动物，生活在临近的街区。"

"卡拉斯的音乐！"我叫道，"当我们听到它，我们马上就会想起我们前世听过这首曲子，它曾经让我们心动。"

狗狗们在底下朝我们乱吠，似乎一点都不觉得累。他们的力气都从哪儿来？他们也吃了蝙蝠？我的脑海中突然闪过一个答案，显而易见，他们互相残杀，吃同类。

"为什么狗狗们会是这个样子？"我问暹罗猫。

"因为狗狗们学他们的主人。主人暴力他们就暴力，主人温和他们就温和。以这种方式，他们对自己的态度就没有责任。"

"而我们要对自己负责，是因为我们选择了自己的态度，不是吗？"

"底下的那些狗狗应该都有很冷酷的主人。"

我越来越难保持平衡，开始认为我的雄心壮志都要葬身于此了。

这一刻有什么可以让我真的感到快乐？

活着。

突然，狗吠声停了。

但接下来的寂静让我越发感到不安。

所有的狗都朝一个方向扭过头去，大多似乎被眼前出现的场景催眠了。更好斗的那些狗已经竖起耳朵，摆出战斗的姿态，露出獠牙低吼着。

慢慢地，仿佛在梦中，雾里出现了一只猫……一只巨大的猫。我从来没有见过这么高大的猫。

那头野兽发出可怕的咆哮，我感觉我的胸腔都在共鸣，简直不相信我的眼睛，不相信我的胡子，不相信我的耳朵。

他朝我们走来。

他真帅。那么强壮，他是金色的。几条狗吓尿了，夹着尾巴护住他们的命根子。

毕达哥拉斯也被眼前出现的这一幕震惊了。"我从来没有近距离见过。"他轻声说道。

"那是什么？"

"一头狮子。选择大身材的猫科动物的一支。从某种意义上说，是我们'同宗的祖先'之一。"

我们被迷住了。

"我之前在网上看到说，马戏团的一头狮子在布洛涅森林走失了。他在混乱中打破笼子跑了出来，但我没想到他就在附近。"

"马戏团是什么？"

"那是一个人类让他们驯服的动物跳火圈的地方，我甚至记得这头狮子叫汉尼拔。"

"汉尼拔？名字不错。"

"是借用了一个古代大救星的名字。"

他会是我们的"大救星"吗？

狗群犹豫了一下，不知接下来该怎么办，然后决定坚守阵地，对付外敌。又一阵狮吼。

仗着数量上占优势，狗群开始狂吠，并把狮子围了起来。我在犹豫要不要趁机从路灯上跳下来，但毕达哥拉斯示意我再等等。

于是我目睹了这不可思议的一幕。群狗不约而同地朝狮子扑过去。二十只狗对一头狮子，但狮子是个可怕的对手。

这是一场非同寻常的战斗，一只"巨猫"对抗怒气冲冲的群狗。狮子力大无比，他后腿站立，像人一样直起身子，晃动着鬃毛。每一掌扇过去，爪子都能抓破狗狗的皮毛。那些没有被抓到的狗狗则被他巨大的牙齿给咬了。他两条前腿再次落地，又发出一阵狮吼，仿佛蓄势待发。

开战后不到两分钟，围攻的群狗就都躺在地上了，那些没有参加战斗的小狗溜之大吉。

毕达哥拉斯抚了抚胡须。

"这才是狮子。"他宣布道，作为对这难忘一幕的总结。

就我而言，我不敢再下来，这个庞然大物让我害怕。

"我们去跟他会合。"

"我们不会有危险吗？"我问。

"我不知道，并不是所有问题我都能回答的，只有去了才能知道答案。"

暹罗猫离开了我们避难的"岬角"，跳到地上。我犹豫了一秒钟，也跟着他跳了下来。

狮子甚至都没有搭理我们，忙着吃狗肉，骨头在他嘴里嚼得咔咔作响。

"我想，贝斯特，这是千载难逢的机会，你来试试，施展一下你发信号的交流天分。"

"你建议我和一头狮子交流？"

"跟其他动物相比，狮子已经是最接近我们的物种了，算是远亲吧！试试看。"

于是我蜷起身，集中注意力，发出呼噜声。呼噜声越来越响。

我看到狮子的耳朵朝我的方向转了转，但继续气定神闲地吃着。

一个狗脑袋在他的臼齿下咔咔作响，好像只是一颗核桃。

我再次发出呼噜声。

你好，狮子，我想和你交流。可以吗？

他的耳朵又朝我的方向转过来，终于注意到我了。他的黄眼睛很圆，发出一声低沉的吼声。

这是一个回答？毕达哥拉斯示意我继续。

我又重复了好几次我的信息，想到他跟我们也算是同宗同族，我直接就喵喵叫开了。

你好，汉尼拔。

他愣住了，仔细打量了我好一会儿，然后选了他身旁一条最小的、几乎还没啃过的死狗扔给我。

他一定以为我在跟他乞食。

谢谢。

我咬住礼物（但有蝙蝠果腹，我已经饱了）。

"再试试，"毕达哥拉斯坚持，"你必须成功。"

谢谢，汉尼拔，谢谢你救了我们。

　　我尽量用低沉的嗓音说话，肯定他听懂了我的话，但他继续头也不回地咔嚓咔嚓吃得震天响。

　　就在这时，从树丛里突然冒出二十几只饥肠辘辘的猫，看着我们，走过来，飞快地啃狮子吃剩下的狗肉。狮子打了一个饱嗝，轻蔑地看着这帮可怜的亲戚，然后转过身，就像他从雾中现身一样，走进雾中，消失不见了。

　　"这证实了我之前的想法，很多猫都躲在这里。"毕达哥拉斯指出。

　　"那安吉洛呢？"

　　"我上网查一下地图，看看他的GPS信号具体是从哪里发出来的。"

　　我闭上眼睛，集中注意力，看到装在他背上的手机屏幕亮了，出现了一些线条和彩色的区域。这应该就是他所谓的"地图"。一个红点在闪烁。我明白手机屏幕显示的是他所看到的东西。唯一的烦恼是，我不知道怎么去解读这些图像。

　　"他离我们不远，跟我来。"毕达哥拉斯睁开眼睛说。

　　我们绕开那群饥肠辘辘的猫，走进布洛涅森林。就在我们走进那片新领地的时候，雾散了，阳光透过树叶洒下来，照着树上几只奄奄一息的我们的同类。大多数猫都懒洋洋地趴在低矮的树枝上，爪子悬在空中。

"我明白它们为什么在这里了，"我的同伴叹息道，"森林是难得没有下水道口、排水口和地铁口的地方之一。"

我们越往前走，就越发现不是几十只，而是几百只猫散布在枝丫树叶间。

一股蘑菇、树皮、根茎、潮湿土壤的味道让我的鼻子痒痒的。我喜欢这个地方，身上的细胞仿佛回忆起我的祖先一直在类似的环境中生活。森林发出的波让我感受到生命的能量在盘旋，这里到处都充满自然的力量。我闭了一会儿眼睛，感觉一切都在发光。看到地上有蚯蚓、蚂蚁、鼻涕虫，在空中有蝴蝶、苍蝇和飞鸟。在我眼中，树木就像有着长长胳膊的巨人，邀请我爬到它们身上。一阵风吹来让树枝轻舞，让树叶歌唱。

你们好，大树们。

我停下脚步，在最近的树皮上磨我的爪子。

你好，枫树。

我又试着跟另一棵树说话，之后再是一棵。

你好，白蜡树；你好，白桦树。

我把所有树都挠了个遍，不过让我爪子感到最舒服的还是白桦树，因为它的树皮很软，很容易撕下来。

我看到草丛里有一朵雏菊，轻轻咬了一口。

你好，小花。

她的头掉了下来，流出白色的汁。这应该是她的回答。有趣的信息：植物是用液体语言来表达的。我舔了舔白色的汁水，发现味道是苦的，于是吐了出来。

真遗憾，小雏菊，我不懂你的意思。

毕达哥拉斯朝一群睡着的猫走去，我上前与他会合。

在他们中间，我找到了我的小橘猫。安吉洛正在吃一只黄眼睛黑母猫的奶。

我叫了他，但他看到我时，鄙夷地轻轻叫了一声，蜷在那只陌生母猫的怀中。我的沟通怎么会这么失败，我的孩子居然要这只陌生的母猫而不要他的亲妈？我发出呼噜声，他回答我的是一阵抱怨的哼哼唧唧。

我心想，娜塔丽留下的真不是我最好的孩子。

"您好夫人，我是这只小猫的母亲。"

"啊，太好了，我收留他是因为他太饿了。"

黑色的母猫把安吉洛朝我一推。

小猫不满地喵喵叫唤，我把乳头放在他嘴边，他终于闻到了熟悉的味道，总算有了兴趣。这让我马上放下心来，因为我的乳头被揪起来了。

"这个森林里都是些什么猫？"毕达哥拉斯问。

"大多数是失去人类仆人的家猫。在城里游荡了一段时间后，他们明白独自游荡是很危险的，于是聚集到这片看上去更安全的森林里。"黑母猫回答。

"我叫毕达哥拉斯，她是贝斯特。"

"很高兴认识你们，我是艾丝美拉达。"

"您是怎么来到这儿的，艾丝美拉达？"

"我的女仆是个歌手，我喜欢和她一起喵叫。当暴力蔓延到我们家时，我的女仆想跟我和我的小猫一起开车逃跑，但我们被一些充满敌意的武装分子拦住了。他们穿着绿色制服，留着大胡子。我的女仆和我的小猫都被杀害了，我幸存了下来，在城市的街道上游荡，遭到了鼠群的攻击。后来，我在找一个藏身之所的时候，听到了喵叫声，我发现一只饿坏了的小橘猫躲在一个排水沟里，我自然就喂奶给他喝了，之后他就再没离开我。我们遇到了其他同类，他们告诉我西边有一个流浪猫的社团。我决定跟他们会合。你们呢，你们有什么样的遭遇？"

"完全一样的遭遇。"我回答，为了长话短说。

安吉洛像往常一样咬我的奶头。这个小崽子不仅忘恩负义，还笨手笨脚的，但我沉浸在找回他的喜悦中，所以并不怪罪他。

幸亏昨晚饱餐一顿，让我恢复了体力，可能比这只瘦弱的黑母猫有更多的奶水。安吉洛虽然没有家庭观念，但还是更爱甘甜的乳汁。

"我们也受到了群狗的攻击，还好狮子汉尼拔救了我们。"毕达哥拉斯问，"您认识他吗？"

"认识，他让我感到害怕。这是他第二次攻击群狗了。他保护了我们，还给我们啃他吃剩的食物，但我想，如果到了没有狗可吃的时候，他肯定会毫不犹豫地吃掉我们。"

"你们在这里靠吃什么为生呢？"

"我们吃鸭子、青蛙、松鼠，尤其是兔子。以前这里似乎有很多小动物，但自从我们在这里猎杀，他们自然就濒临灭绝了。有时候我们也会吃蜘蛛和蟑螂。"

仔细端详，想必艾丝美拉达在和老鼠、狗狗和其他猫遭遇的时候一定吃了不少亏：她身上满是长长的伤疤。

"谢谢你救了我儿子。"我对她喵了一声。

"有些人认为黑猫会带来厄运，"毕达哥拉斯说，"但你是个相反的证明。"

该死！毕达哥拉斯这是在勾搭艾丝美拉达吗？这只不知道从哪儿来的母猫不仅抢了我的儿子，还要来抢我最心爱的公猫。这也太过分了！

我打断他们的对话，示意暹罗猫该在森林里找一个栖身之所了。艾丝美拉达告诉我们，湖边还有几个空着的树干。

我们真的在一棵栗子树上找到了栖身之所。但毕达哥拉斯似乎忧心忡忡，焦虑地摇着尾巴。

"应该组建一支猫军，从老鼠手中夺回城市。"他扬言。

"什么时候？"

"越快越好，每过一天都浪费一天时间。"

我不想讨论，太阳已经升得够高，让我觉得刺眼。我躺下来，美美地睡了，一边继续在奶我的儿子。这一天过得够惊心动魄了，虽然我非常敬重毕达哥拉斯，但我也不会满足于只听命于他。在沉沉睡去之前，我最后的想法是：如果他那么想组建一支军队去重新占领城市，那他去跟那位艾丝美拉达商量就好了，我肯定她一定愿意追随他……

20
瀑布上的演讲

我梦到艾丝美拉达像卡拉斯一样歌唱。

她充满魅力的声音吸引毕达哥拉斯也跟她一起歌唱，后来狮子汉尼拔也加入了他们，用低沉的声音唱着同样的乐曲。安吉洛也用他尖细的小嗓门喵喵叫唤。总是同样的音乐主题在回响。

"艺术让一切变得崇高，让投身艺术的人变得不朽。"毕达哥拉斯在梦中宣告，"卡拉斯虽然死了，但还继续在网络和我们的梦中歌唱。我们也要通过艺术变得不朽，创造我们的'猫艺术'。艾丝美拉达就要成功了，你听到了吗？"

我在梦中恼羞成怒，站在他们面前说：

"我啊，我不需要歌唱，我可以和所有生灵神交。这是我的能力，因为我是埃及古老的女神贝斯特转世。"

一坨鸟屎掉在我脑袋上，把我弄醒了。

我抬起头，看到二十几只乌鸦站在这棵树的枝头，他们很可能也是被老鼠一步步赶出来的。我不知道这些鸟都把他们的蛋藏在哪里，但我肯定老鼠可以找到并吃掉那些蛋。

我饿了，便爬到高处想抓一只鸟，但我刚抬起一只爪子，他们就一下子全飞走了。他们肯定跟我的同类们有过节。可惜我不会飞。

于是我开始梳洗，弄掉我皮毛上那坨乌鸦屎。夕阳告诉我已时至黄昏。我打了个哈欠，伸伸懒腰。安吉洛还在一旁熟睡，但毕达哥拉斯已经不在。

而且，仔细观察，周围很少有猫。这不正常。我冒险走出我们的栖身之所，想看看到底发生了什么。一些新的足印都朝着一个方向。我顺着这些足印走，发现自己置身在湖边的一群猫当中。

所有猫都看着高处的同一个点，一个岩穴突出的岩石上喷出一道瀑布。水哗哗倾泻下来，在底下溅起白色的飞沫。

我看到毕达哥拉斯在瀑布顶突起的岩石上，用两条后腿像人一样直立。我不知道他居然可以站得这么稳，而且可以站这么久。

他的第三只眼的紫色盖子吸引了所有人的注意。

我凑近去，我听到了演讲的结束语：

"……一支猫军去消灭城里所有的老鼠，鼠疫的传播者。"

一只长毛波斯猫要求发言。

"现在老鼠比我们更强大，"他提醒大家，"如果我们去环城大道的另一边，我们肯定会战败。我有一个更好的计划供大家参考。毕达哥拉斯，和你想的一样，我们的确不能永远待在这里，我们最终会缺少食物，那会让我们互相残杀、吞噬。在这一点上你是对的。但是……与其攻打城市或留在这里，我建议我们不如朝西出发。我和我的女仆，有一次，朝这个方向去过，我记得看到一大片水域，一望无际的碧波。我们在那里吃了很多鱼，那里一只老鼠都没有。"

"我怕水。"一只猫说。

"我也怕。"另一只猫也附和道。

"我也怕。"到处都是附和声。

"我知道，我知道。"波斯猫打断大家的议论，"过去我也怕水。但在老鼠和水之间，我想水更容易克服。到了那里，我们可以钓新鲜的鱼吃。我们都喜欢新鲜的鱼，不是吗？我们已经吃腻了骨瘦如柴的兔子和患病的乌鸦……值得一试啊！"

毕达哥拉斯等波斯猫说完，让现场再一次安静下来：

"你所说的'一望无际的水'，人类叫它'大海'。你们游览的城市很可能是多维尔。在那里，的确有沙滩，很多咸咸的水，很多鱼，可是……"

这些话引起了一阵小小的骚动，他拥有的知识的精确度令大家刮目相看。

"……我认为那些鱼不是那么容易抓的。如果你们想去多维尔，跳到冰冷的海浪里去抓沙丁鱼，我当然不能拦着你们，也不能反对我的竞争者提出来的建议。"

"你是怎么知道这一切的？"一只母猫问。

"我有获得知识的渠道。"

"什么'知识'？"

"人类的知识，关于时空的知识。"

"这怎么可能？"

"这些信息是从头顶你们看到的这个小东西传输给我的，这是我的第三只眼。"

他低下头，掀开紫色盖子，露出直通他大脑的长方形的洞。

"由于这个小零件，我知道你们甚至都无法想象的东西。"

四周又是一阵长长的沉默。

"我们都快要饿死了，"一只檐沟猫提醒大家，"如果不能填饱我们的肚子，你的知识就毫无用处。"

毕达哥拉斯恢复了四脚着地更稳当的姿势，然后解释说：

"只要行动起来，我们就可以重新掌控自己的命运。我们唯一的、真正的敌人——老鼠，要比你们想象的弱小。克服你们的恐惧，相信我，我们可以组建一支猫军，去攻打他们，战胜他们。"

"你到底是谁，你这只头上有洞的瘦不拉几的暹罗老猫？这里谁都不认识你。"

"我没有任何东西要向你们隐瞒的。我曾经是实验室的一只实验猫，但我说服了一个女科学家把我从牢笼里解救出来。她在我头上开了第三只眼，并教育了我。就这样，我了解了人类的历史，并选了他们当中我认为最有趣、最聪明的人的名字——毕达哥拉斯。"

这一次，一对对耳朵竖得更直了，大家对他越来越关注。

"你的名字是你自己选的？"一只虎斑母猫问道。

"那个毕达啥啥的是谁啊？"另一只母猫问。

"毕达哥拉斯是一个非常有远见的人，生活在2500年前。当时人类社会陷入危机，被暴力、愚昧和恐惧笼罩，他改变了人类的思想，让人类意识到自身的无知。他让他们发现了一个超越感官直接认知的世界，创造了'哲学'和'数学'这两个词，还创办了一所学校，教育学生，让他们都拥有聪明才智，这些学生再把知识传给后人。毕达哥拉斯引导人类走向和平和智慧，所以我选择了他的名字，希望用同样的方式引导我的猫族同类。"

大家将信将疑。和我一样，大多数的猫甚至都无法理解他用到的好几个字眼。毕达哥拉斯不会让自己陷入窘境：

"让我来分析一下你们的选择。第一个选择是恐惧你们无所适从的事件，你们既不知道这些事件发生的原因，也不知道它们导致的后果，靠翻垃圾堆和捕猎瘦骨嶙峋的兔子为生，幻想有朝一日一切会恢复'正常'，食盆里又有吃的，你们又有一个属于你们的家；第二个选择是把命运掌握在自己手里，组建一支军队，重新攻占这座城市。"

波斯猫再次发言。

"我叫纳布科多诺索尔①。我承认这个名字不是我自己选的，也不知道在我之前叫这个名字的人都做过些什么。我知道的是，如果我们听你的，毕达哥拉斯，我们会被鼠群打败。与其在这里饿死，或回到城里被老鼠咬死，

---

① 纳布科多诺索尔这个名字应该来自公元前605—前562年间迦勒底国（古巴比伦南部）国王的名字，那位国王使巴比伦王国成为西方世界的大都市，并占领了耶路撒冷。意大利歌剧家威尔第从这个故事获得灵感，创作了歌剧《纳布科》（Nabucco）。

我建议我们到西边去钓鱼。"

"纳布科多诺索尔，你建议去一个很远的地方，跟你去那里的猫恐怕还没等到把爪子伸到海里弄湿就已经饿死在路上了。多维尔离这儿有两百多公里呢！"

"不对，我去过，并不远！"

"你不是走着去的，而是坐汽车去的，对吧？所以你对距离没有概念。"

"你怎么知道的，毕达哥拉斯？因为你的第三只眼？"

"正是。多维尔离这儿有两百多公里！一只猫每小时可以跑五公里，所以不眠不休一刻不停得跑两天才能到。"

"我没有第三只眼，也不知道公里数和需要的时间，但我知道现在老鼠在数量上比我们多得多。你说要组建一支猫军？我是说这支军队注定要战败。"

"我们确实要从老鼠那里抢吃的，那里屯了好多粮食，我们可以敞开肚皮吃。我建议大家都饱餐一顿，不用跳到水里去抓鱼，也不用干等，不用跑那么远的路。"

这次，毕达哥拉斯的话说到点子上了。

"你什么意思？"虎斑母猫问道。

"我昨天发现了一个大粮仓，全是新鲜食品，没开封的，等着我们去享用。"

"在哪儿呢？告诉我们。"

"不远,大概离这儿几百米远。"

"不会是变质的肉、满是苍蝇和蛆的尸体吧?"

"是食物,有牛奶、金枪鱼和三文鱼罐头,如果我们去就能在那儿看到这些。"

又一次,所有的耳尖都朝演说者的方向竖了起来,有轻微的颤动,证明最好的动力毫无疑问是填饱肚子。

"你们可以美美地饱餐一顿。"毕达哥拉斯强调说。

纳布科多诺索尔依然不想放弃,他用坚定的语调喵喵劝说:

"对我而言,我宁可走远路去你所谓的'大海'捕鱼,也不想和老鼠战斗。"

"最简单的办法,就是让所有在场者做选择。谁准备跟我去找粮仓?"

由于没有人回应,我决定出头。

"听着,我叫贝斯特。我的名字也不是我自己选的,我也没有第三只眼,我也怕老鼠,但我了解毕达哥拉斯。根据我和他一起的所见所闻,我可以向你们保证,他说的向来都是实话,而且从来没有说错过。"

还是没有丝毫积极的反应。

"如果要我们跟你走,你得给我们更多关于粮仓的信息!"一只母猫叫道。

"好,听仔细了:人类在这个国家的领袖,共和国总统，有一个名叫'爱丽舍宫'的府邸，那地方有一个防原子武器的地下室，也就是说某种洞穴，里面藏有战略储备粮食。"

大家都被他精准的知识折服了。毕达哥拉斯趁热打铁，继续说：

"当鼠疫被检测出来后，总统和部长们并没有去这个防空洞藏身，而是乘飞机逃跑了。爱丽舍宫之后受到了一些武装团伙的洗劫，但他们没能找到进入防空洞的办法，那里由一个虹膜识别电子锁码系统控制。当鼠疫肆虐，人类一走，巴黎的街道就变得冷清了，而老鼠又打败了群狗。"

"这倒是真的。"一个遍体鳞伤的老猫证实道。

"老鼠赶走了乌鸦、蝙蝠、鸽子、麻雀，甚至让到处滋生的巨大的新型蟑螂闻风丧胆。结果，他们吃得好繁衍得也快，原来有十只老鼠的地方，很快就有了一百只，而所有老鼠都在传播鼠疫。"

"我可以证明，我见过鼠群攻击年轻人，让他们不得不四处逃窜。"脸上有疤的老猫补充了一句。

"再跟我们讲讲你的那个储备粮食！"虎斑猫发话了。

这正中毕达哥拉斯下怀。

"有一天，一只老鼠找到了进入防空洞的方法：

从通风口管道进去。他咬掉了滤网，发现了进入粮仓的通道。"

在场的猫都听得全神贯注。

"从那时起，老鼠们就排起队运粮食，但这样做太慢了，于是他们决定在铁门边的墙上打个洞。这就是他们现在在做的事儿。他们用门牙凿水泥，以进入这个巨大的粮仓。"

由于没有反应，纳布科多诺索尔趁机又接过话茬。

"你怎么想到会在网上搜这个话题的？"他问，始终一副狐疑的神情。

"我的女仆可以发信息，而我能接收到她的信息。"

"你是说她可以跟你说话？我们的女仆也跟我们说话，我们也明白她们的意思啊……"

"但你们只是大概明白她的意思，不知道具体细节。而我的女仆可以跟我说话，我能准确接收到她的信息，仿佛她是用猫的语言跟我说似的。她在去世前向我透露了这个城市最后的储备粮食的确切地址。她之所以知道，是因为她当兵的哥哥和总统一起工作。昨晚，我想起这件事。于是，在你们睡觉的时候，我用我的第三只眼去看了看那边有什么动静。"

"这怎么可能？"虎斑猫问，非常惊讶。

"还是多亏了那位当军人的哥哥，我的女仆给过我一个他们秘密部门的程序，让我可以利用监控系统。因此，我通过监视器，看到老鼠们通过通风管道把粮食运出来，也看到他们在挖水泥墙。"

"你的故事太复杂了，"纳布科多诺索尔回答，"你用了太多我们不懂的词语：你试图唬我们呢！我们不相信你。我宁可走两天的路，也不愿意和传播致命疾病的老鼠打仗。"

在场的猫开始聚集在波斯猫的周围。

"毕达哥拉斯是对的！"一个响亮的声音盖过了窃窃私语。

大家回过头，看到一只长着蓝毛的查尔特勒猫[①]。

"我叫沃尔夫冈，我的名字不是我自己选的，我也没有第三只眼。我就是这只暹罗猫提到的共和国总统的私家猫。"

他做完自我介绍后，大家都把注意力转到他身上。

"当战争规模扩大后，我的仆人宁可逃跑也不愿躲在防空洞里，慌乱中他忘了把我一起带走。"

周围响起一阵轻轻谴责声。

"他曾经是人类的领袖，过去一直对我很好，但害怕死亡。"

---

① 查尔特勒猫，也译夏特尔猫或沙特尔猫，据说由法国查尔特勒修士会培育，世界三大蓝猫品种之一。

有几只猫深有同感，因为他们也有贪生怕死的人类仆人。

"在一切太平的时候，他有一次曾带我去过毕达哥拉斯说到的那个装满粮食的防空洞，所以我见过里面是什么样子，的确都是质量上乘的粮食。"

沃尔夫冈也到了瀑布上头，站在毕达哥拉斯身边。艾丝美拉达很快也上去跟他们会合（这只母猫从不放过任何引人瞩目的机会）。

天空露出橙色，之后是红色，最后是紫色的晚霞。云朵变得五彩缤纷。太阳西斜，一颗星星在闪烁，微风吹拂着他们的皮毛，几只萤火虫也飞进这个令人叹为观止的画面。我不能只做一个普通的观众，于是也爬上那块突起的岩石，准备参加前往爱丽舍宫的征程。我喵喵说道：

"不管怎么说，如果不冒险，我们怎么能活下去呢？难道就留在这里，成天睡在森林里，吃得越来越少？我很讨厌碰到水，也讨厌消极等待，所以我要加入毕达哥拉斯的队伍！"

底下有一小群猫掀起了一阵短暂的骚动，有些加入了我们，另一些站到了纳布科多诺索尔那边。但大多数猫没有加入任何一边，宁可坐等也不做出选择。

"我们稍后出发，"毕达哥拉斯宣布，"从现在

开始到出发前，我建议你好好休息。如果你们当中有
贪生怕死的，我建议你们不要去，因为我们需要意志坚
定、奋战到底。"

我瞟了一眼艾丝美拉达。明天，趁着混战，我要想
办法除掉这个情敌，这样问题就解决了。

这个念头刚在我脑海中一闪，我就对自己说，毕达
哥拉斯之后肯定会恨我的，还不如做出成绩，让他对我
刮目相看。

怎样才能帮助他攻下总统的避难所？我绞尽脑汁，
最终想到一个办法。

汉尼拔。

如果可以得到一头狮子的增援，我们的胜算显然会
大很多。

我悄悄地从这一小群猫中间抽身，趁安吉洛一直在
树上熟睡，出发去找我们的救星。

我在离我们第一次见面不远的林间空地找到了
他。他正在消食，散发出很浓的野兽味。我犹豫要不要
打扰他，但想到形势危急，便决定在他右耳边上发出呼
噜声：

"您好，汉尼拔。我想和您聊聊，可以吗？"

我用不同的语调发出信号，狮子最终抬起眼皮，不

耐烦地嘟囔了一声。

好吧，谈话应该不会太顺利，不过我不想放弃。

"我们可以互相了解。"

他终于平静下来，然后又嘟囔了一句：

"你干吗烦我，小母猫？"

至少可以说，他不是用喵喵叫的方式来表达的，他发出来的每个音都震耳欲聋，但我们毕竟可以交流。

"汉尼拔，我们需要您帮助我们踏上寻找食物的征程。"

"我已经不饿了。"

"我知道，但我们这些猫饿。"

"你们去吃狗好了，那边应该还剩下几只。"

"我们已经把他们都吃光了，我们现在需要更多的食物，毕达哥拉斯找到一个新鲜粮食的仓库，在人类住房的地下室里。"

"好吧，说来听听。"

我尝试跟他以"你"相称。

"那个地方被老鼠侵占了。没有你，我们永远也战胜不了他们。"

"真遗憾。"

"请你帮帮我们，汉尼拔。"

他轻轻地摇摇头：

"在这里，谁都只想着自己，没有谁帮助别人。我不认为当前的危机会改变大家的行为举止，相反，这只会让大家越来越自私。"

"有时候，只要一个人变了，他身边所有人都会跟着变。从前，肯定有一条鱼从水里跳出来，才让陆地上成千上万的物种成为可能，比如我们。现在我们觉得这都是自然而然的事情，但这最初是少数人做出的抉择。"

"那什么时候……帮你们呢？我又能从中得到什么好处，小母猫？"

我在寻找一个策略：如何说服一个不饿的人花力气帮助别人弄吃的东西？

第一个办法：恐惧。

"如果你不帮我们打败老鼠，有朝一日，他们就会攻击你，他们数量会多到你最终招架不住。"

汉尼拔嘟囔了一声，根本不信。

"我不怕老鼠，我唯一害怕的是我想清静的时候被打搅。"

他露出一颗尖尖的牙齿，表示他生气了。他只要动一下锋利的爪子，我就毫无活命的机会了。

我们看到一群猫竖着尾巴从边上走过。

"他们怎么回事？他们这是要去哪儿？"狮子问道。

"这是纳布科多诺索尔和他的支持者，他们要西去大海捕鱼。"

"他们为什么不来帮助你们攻打鼠群呢?"

"他们宁可逃走,"我说,"总是有三种选择:战斗、逃跑还有……什么也不做。"

狮子叹了口气,示意我别再打搅他。

我很失望。

如果丝毫不能改变他的想法,能跟他进行对话又有什么用处呢?

但至少我试过了。

21
香榭丽舍大街的战斗

对我们猫而言，当夜幕降临，我们一天的活动就开始了。

是时候出发了。

毕达哥拉斯聚集了十几只志同道合的猫，我也在其中。我们离开森林，踏上了福煦大街，把布洛涅森林抛在身后。走了几分钟后，我转过身，发现有几只猫犹豫着加入了我们的队伍。很快，跑在我们身边就有二十几只猫了。对付城里的鼠群我们的数量显然还远远不够，但这已经是一个好的开头。

得承认我们猫和狗不一样，我们不会团结在一起过群居生活，天生就喜欢自个儿过日子，甚至自私自利。二十几只猫一起投身如此危险的冒险，这已经很不寻常了。

走在队伍最前面的是毕达哥拉斯，他背上和脑袋上嵌着奇怪的装备。艾丝美拉达走在他的右边，我走在他

233

的左边。

沃尔夫冈也在我身边，准备等我们快到爱丽舍宫的时候给我们指路。到目前为止，周围没有发现一个活人。

几只这么晚还没睡的狗在离我们这支斗志昂扬的队伍远远的地方低吼。如果我可以跟他们对话，我会对他们说，我们最好联合起来一起对付老鼠，但哪只狗能明白这样一个有创意的主张呢？

我思前想后，发现自己全想错了。狗和所有动物一样，他们也只会在恐惧、想要食物和想要清静的时候才会出手。

但也不能说得太绝对。

我肯定，狗群中也有一些"好狗"，也有一两只"贝斯特狗"或"毕达哥拉斯狗"，只是我们还没有遇见他们罢了。

同样，我们当中也有愚蠢至极的猫，就像纳布科多诺索尔，他多半要领着他的那队猫（比我们的队伍人数更多）踏上通往疲惫和死亡的旅途（我实在没法想象他们跳到水里去抓活鱼的样子）。

我们到了星形广场，还有一根柴火在继续燃烧，飘着一点有味道的烟。我想到菲利克斯最终的命运：那些不愿意冒险的猫最终都会是这个结局。

毕达哥拉斯一直走在队伍的最前面，信心满满，带领着这支为数不多的队伍。

艾丝美拉达待在他身边，我得承认，她迈着非常优雅的步子。为了不让自己被这个潜在的情场高手比下去，我慢慢追上毕达哥拉斯，扭着屁股走在他前面。

他不可能看不到我。

艾丝美拉达看穿了我的伎俩，但幸好没有跟我争风吃醋。过了一会儿，我回头想跟毕达哥拉斯说话的时候，发现我们的队伍现在已经有上百只猫了。

我们沿着香榭丽舍大街挺进，宽敞的街道上全是动不了的汽车。几盏路灯还在闪烁，让街上看上去阴森森的。有些大楼的门面墙全坍塌了，露出人类公寓内部的样子。要砸碎已经建造的一切，这种力量让我们当中的好几只猫惊呆了。我想起毕达哥拉斯的话："人类的进化是周期性的，向前三步，又倒退两步，再向前三步。"不管怎么说，这条荒凉的大街表明我们现在处在"倒退两步"的阶段。

我用中频发出呼噜声，艾丝美拉达很快也开始模仿，随后还有沃尔夫冈，最后，我们队伍中的所有猫都发出同样的呼噜声。空中回荡着我们发出的波，甚至连昆虫和植物也可以接收到信息：我们凝成一股新的力量。

我们的视线范围内还是一个活人也没有。毕达哥拉斯左转，又走了几分钟，到了爱丽舍宫对面。我们一个接一个越过门口的栅栏，全部聚集在总统府的院子里。

沃尔夫冈指着通往防空洞的捷径，我们跟着他。从楼梯下去，发现眼前是不计其数、密密麻麻的老鼠，正前赴后继地用门牙一点点啃水泥。看到我们，这些啮齿类动物愣住了，出现了恐慌。一些老鼠摆出了防御的架势，而另一些很可能溜去搬救兵了。我们摆出进攻的阵仗。

就像毕达哥拉斯说的那样，他们已经把墙壁挖掉了好大一块。

"不能在这里打仗，否则我们会被门前的这群老鼠和马上要从楼梯上下来的老鼠夹击！"毕达哥拉斯喊道，"到上面的平地去，在那里我们飞奔上树的优势才能发挥出来！"

他说得对。我传达了他的命令，我们的队伍原路折返，回到大街。我们在那里看到一堆红色的眼睛在暗处闪闪发光。增援的鼠群已经赶到，一百来只猫面对着至少两千只老鼠。

我们重新聚拢，摆出进攻的阵势，竖起毛，让我们显得更大，并龇牙咧嘴，发出吐唾沫的声音。

老鼠们也竖起毛，嘴里发出奇怪的声响。

"这叫磨牙，"毕达哥拉斯告诉我，"他们在用上排门牙磨下排门牙，为了让它们变得像剃须刀一样锋利。"

我依稀看到他们中间有一只更大的老鼠，他的磨牙声更低沉，应该是他们的首领。的确，每当他的牙齿发出格格声，其他老鼠便都做出回应，并整齐划一地移动。我在心里叫他"冈比西斯"，因为我觉得他就是当代想毁灭我们的敌人的化身。

我用尖厉的声音喵叫，他也发出呼啸声。

我们用各自的语言叫阵。

我注意到我们生气的时候，和别的物种交流会更顺畅。

我让喉咙颤动发出新的叫声。他也一样。

嘴里发出的声音赋予我们勇气和信心，但我们要以一敌二十，现在鼠群已经把我们包围了，我们已无处可逃。几只猫开始后悔自己的选择，试图逃到树上。

沃尔夫冈嘀嘀咕咕，我知道他很害怕。但艾丝美拉达摆出战斗的姿态，做好了扑向敌人的准备。

老鼠那边毫不示弱。

我朝毕达哥拉斯扭过头，毕竟他是指挥这一场战役的主帅。

"要让这场仗尽可能晚一点打。"他说。

我不明白暹罗猫的战术："这能改变什么？"

他闭上眼睛，开始使用他的第三只眼，最终宣布：

"凭借这些监视器，我知道我们很快会有一个珍贵的盟友。"

鼠群把我们围得更紧了，我在想毕达哥拉斯说的是什么意思。小小的红眼睛和锋利的门牙越来越近了，几千只爪子抓地的声音也越来越真切。

突然，一声吼叫划破夜空。

汉尼拔。

接下来的事情迅如闪电，狮子飞奔而来，鬃毛迎风飘扬。面对这样一个庞大的对手，鼠群没有时间摆出防御的阵势。汉尼拔这位英勇的战将，张着大口冲进灰皮球的阵线，每口都能咬死三四只老鼠，就像食草动物俯身吃花草一样。鼠群尖叫着，见识了狮子的獠牙后，又见识了他爪子的厉害。爪子在空中飞舞，所有被爪子碰到的都无一幸免。狗群都无法抵挡，鼠群更是一点生还的机会都没有。

"进攻！"我冲我的队伍发出命令。

我们趁汉尼拔制造的混乱也向鼠群冲去，向我们的猫科同类学习。汉尼拔面对不计其数的敌人英勇奋战，几只胆大的老鼠成功地跳到他的背上用牙齿咬，但狮子只要抖一抖身子他们就都掉下来了。

汉尼拔是个灵巧优雅地散布死亡的大怪物，他动作缓慢、精准、漫不经心却卓有成效，轻而易举地干掉了那些不把他放在眼里的老鼠。

他在舞蹈。

甚至鼠群也被他惊呆了，有一些稀里糊涂毫无抵抗地送了命。

汉尼拔浑身都是敌人的血，碾死脚下的老鼠就像踩烂熟透了的水果，吞吃老鼠就跟吃猫粮似的，吃饱了好有力气再杀死别的老鼠。他的血盆大嘴外还晃荡着几根老鼠尾巴，就跟长了触须。留在掩体里的老鼠现在也到了地面上，试图帮助同伙，但面对这样的对手他们也无计可施，但他们并没有放弃，而是抓住他的鬃毛，试图爬到他的背上，去咬他的尾巴根。

愤怒的汉尼拔对这些可怜的啮齿类动物来说简直就是地狱。

战斗持续了一段时间，似乎非常漫长。我在艾丝美拉达和沃尔夫冈身边战斗，保护毕达哥拉斯。他每隔一段时间就用跟监视器联网的第三只眼去查看鼠群援军的情况。

蓝眼睛的灰色暹罗猫在混乱中显得格外平静，仿佛在聚精会神地捕捉周围的所有信息。面对这样的紧张局势，他的超脱淡定显得卓尔不群。

汉尼拔：力量。

毕达哥拉斯：知识。

还有我：交流？

有我们仨就能无往不胜。

几只离群的老鼠找我的茬儿。他们大错特错了，所有想害我的人迟早都得完蛋。我不是一头狮子，但受到汉尼拔的鼓舞，我的战斗力在不断增强。我调整招式，用前所未有的方式战斗，撕咬、刺穿、碾压，每出一招，我都发出一声尖叫。一只老鼠紧紧趴在我背上，我朝地上一滚，抓住他，一口咬掉了他的头；另一只咬住我的尾巴，我把他朝汉尼拔的方向甩过，汉尼拔一掌就把他拍死了。

在我周围，所有的猫都跟打了鸡血一样。死老鼠越积越多，几百个敌人已经开始后退，他们的头儿冈比西斯，发出一声呼啸声，和之前的声音不同，所有老鼠都不约而同地重复了一遍。还活着的老鼠马上停止战斗，从相反的方向飞也似的逃窜。

"追！"我声嘶力竭地喵叫道。

我的部队听从我的命令，我们杀了落在最后跑得最慢的老鼠，慢慢逼近溃退的老鼠部队。

我看到他们的头儿也在队伍当中，我想抓住他，但我和他之间隔着太多猫和老鼠。最后，我们来到一个大广场上——毕达哥拉斯后来告诉我那是协和广场——冈比西斯离我的爪子只有几米远了。

我想取得这一胜利来坐稳我的位置。战胜鼠王的母猫当然可以被奉为猫女王。

我飞奔过去，想要他的命。

看到这一情形的艾丝美拉达，也在他身后飞奔。难不成她要在我前面抓住他？！

就在我快要抓住他的时候，鼠群改道朝一座桥跑去。还没等我做出反应，还活着的老鼠纷纷跳到了灰色的河水里。

我赶忙刹住，决不能弄湿自己，这是我的底线。同样，这也是我的大多数同伴的底线。几只冒失的猫跳到水里，游去追杀老鼠，却轻而易举地被我们水陆两栖的敌人弄死了。

我失望地叹了口气，但我为第一场战役没有落败而松了一口气。猫军取得了胜利。

大家都筋疲力尽。

汉尼拔，我们的英雄，受了几处小伤，但他被所有猫簇拥着，尤其是对他钦佩得五体投地的母猫，快乐地喵叫着，在他身上蹭来蹭去。

我发出呼噜声，其他猫也跟我学。

"我们赢了！"

甚至汉尼拔也发出低沉的呼噜声，让我们的胸腔产生共鸣。

我喜欢胜利。

一百来只之前犹豫不决、没有跟我们来的猫也赶来支援了，但战斗已经结束……

我本想赶他们走，但我们的队伍太需要壮大了。即使他们没有参加香榭丽舍大街的战役，我作为一只有威信的猫，还是本能地同意他们分享我们的战利品。至于我，我不想吃东西，过于激动让我没有胃口。

毕达哥拉斯朝我走来，把我稍稍拉到一边。

"你有患鼠疫的症状吗？"他问我，"头晕，发热，浑身颤抖？我们跟鼠群肉搏，也不知道我们大多数敌人携带的鼠疫病毒对我们是否有危害。"

我好好感受了一下我的身体，没有发现任何虚弱的征兆，我充满活力，血气在我的身上顺畅地流通。

"我自我感觉好得很。"我回答。

"要再等等，"他语气缓和下来，"不过，显然还有一个不容忽视的危险，我们也可能被传染上。"

"不管怎么说，就算我现在死了，我也经历了非同寻常的时刻，可以死而无憾了。"

在沃尔夫冈的带领下，我们到了防空洞，汉尼拔同意继续挖防爆门边的鼠群已经挖开的墙洞。

狮子用爪子挖几百只老鼠已经用牙齿啃过的水泥墙，他挥动爪子挖了好几下，灰色的墙就像混凝纸一样裂开了。洞口露出一间黑黢黢的房间。不用光线，光靠我们的嗅觉就够了。里面很干净，没有一丝死亡、疾病和腐烂的味道。相反，空气里飘着一股消毒水的味道，里面依稀有新鲜食品的味道。

一切都整整齐齐地装在袋子里、箱子里、盒子里、瓶子里。我张大鼻孔呼吸，借着指示出口位置的红灯微弱的光线，我认出一瓶瓶牛奶、一袋袋面粉、一罐罐肉酱。很快，所有猫都冲上去，拼命去开瓶瓶罐罐的盖子，盖子最终被打开了，他们开始大吃大喝。

不过，毕达哥拉斯并没有加入这场狂欢。

我们互相看着对方，我喵叫一声。

他明白了我的意思，于是我们互相蹭蹭脸，蹭蹭嘴，蹭蹭鼻子，抚摸和呼噜声过后，他好像突然对我有了兴趣。

"这边走。"他下定决心。

我们走上通往爱丽舍宫楼上的台阶，穿过好几个走廊和宽敞的房间（我多想自己也能跳到门把手上，靠自身的重量把门打开），看到一些金碧辉煌、到处有帷幔、挂了画、摆了精致家具的地方，地上铺着色彩绚丽、柔软的地毯。

毕达哥拉斯给我指了一个房间，里面放着一张铺着金色布幔的床。

"我在网络上看到过这个地方，我想在法兰西共和国总统有华盖的床上跟你做爱。"他向我表白。

我们在床垫上玩了一会儿，他滚到我身上，我滚到他身上，我们互相挑逗，像小猫一样互相轻咬对方。他邀请我钻到像窝一样的床单下，试着像人类一样吻我，把舌头伸进我嘴里。我忍住恶心的感觉，之后觉得还蛮舒服的。他又学人类抚摸我的乳头，用他的前腿拥抱我。

我任他摆布。

我把屁股露出来，但他没有骑到我身上，而是建议跟我面对面地做爱。他不停地像人类一样抚摸我、亲吻我。他唯一像猫的举动，是摆弄尾巴，把他的尾巴和我的尾巴缠在一起，编成一股灰、白、黑三色的辫子。

他舔遍并嗅遍我的全身。他的嘴每次触到我的身体，都让我浑身滚过一道电流。但最可恶的是他一点也不着急，把前戏变成了一种真正的折磨。

"快来！"我哀求他。

可是不，他继续逗我，抚摸我，舔我，嗅我，碰我却不紧紧地拥抱我。我的身体已经急不可耐了，他爪子的每一次轻轻触碰都美妙无比。

"现在就要我，马上！"我喵叫道。

他没有听我的话，好像很高兴折磨我。如果说菲利克斯总是忘记前戏，每次做爱都做得太快，毕达哥拉斯恰恰就是他的反面。我已经失去耐心了。

这一切在我看来进展得太慢了。但他还是按部就班。他要慢慢地把我自我保护的墙一一推倒。

他吻我的眼皮，把我按在床上。我再也受不了了。

终于，他进入了我的身体，或许是因为我等这一刻等得太久，也可能是因为这种面对面相拥的奇怪方式让我感到新奇，我感觉快感很快袭来。我的脊髓成了光之泉，泉水涌到头顶，散开来，就像流星雨。

我浑身战栗，如痴如醉，还沉浸在刚刚领略到的激情的眩晕中。

危险、战斗、汉尼拔、卡拉斯的音乐、战争带给我的恐惧和宣泄、幸存下来的喜悦、这张有华盖的床、这些金色的丝绸床单、漫长的前戏让我的神经兴奋不已，一切都让这一刻变得奇妙无比。我感觉到他的性器在我的体内，当他用力咬我脖子的时候，第二波快感涌来，比第一波来得更猛烈。我再也忍不住了，叫出声来。

我还从来没有过这样的感觉。

心醉神迷。

在我眼中，一切都变成了红色。

　　我忘了自己是谁。我忘了一切，完全和毕达哥拉斯融为一体，我成了毕达哥拉斯，他成了我。我们合二为一，在床单下是一个有两个头八条腿的生命。

　　之后，他又换了姿势，从后面骑到我身上，用"正常的方式"和我做爱。我感到和第一种非常不一样的快感。他咕哝着，更用力地咬我脖子的另一个区域，我喵叫得更响了，意识到毕达哥拉斯是人类世界和猫族世界的连接，这一点甚至在做爱的方式上也有体现。我们又做了好几次爱，每次高潮都来得更快更猛，把我带到了九重天。红色的帘子在我的眼皮底下变成了橙色、黄色、白色，之后是栗色，再后来是黑色。

　　就在那一刻，我有了一个感悟。

　　在我身体里，一切都是由虚无隔开的物质微粒。从本质上说，我就是由虚无构成的，是这股活力把微粒连在一起，让我成了我自己，让我有了具体的形状，而不再是弥散的浮云。

　　但把这些微尘在空间里组织起来的，只是……一种想法，一种我对自己的想法。

　　这种想法让我凝聚成一个别人能看见的物理形状。正是我对自己的想法让我可以在地上行走，而不至于淹没在大千世界的无数原子当中。

　　我是一种想法。我那么坚信不疑，以至于我最终说服了大家，我是不一样的存在。

我想我是一。

我想我是独一无二的。

于是我就是独一无二的。

所以说，我想自己是什么样……我就是什么样。

是的，正是，这一特殊时刻的感悟就是：

"我即我所想。"

我被我说给自己听的故事给困住了。

但就在这一刻，我的内心更加激荡了，第二个想法随之而来：

"我可以更上一层楼。"

如果我质疑这种信仰，如果我敢于去想象，如果我隐约看到我可能不"只是我"，如果我想我是二，一种毕达哥拉斯和贝斯特的合体，那我就提升了。我可以不断提升，直到明白我的身体不过是一个起点，一个有限的个体，但可以扩大成无限而囊括一切。我可以成为……整个宇宙。

第三个想法应运而生。

"我是无限。"

心醉神迷。这种想法给了我一种无比强烈的眩晕感，它刚在我脑海里闪现，我就把它推开，躲在肉体逼仄却让人安心的牢笼里。我的魂又回到了我身上，我的想法是受我的感官和我的身体控制的。我还没有准备好成为"无限"。我只是一个存在，的确如此。一只母猫，一只普普通通的母猫，一刹那间有了一个奇怪的感悟，美妙但短暂的一刹那。我回过神来，我只是……

"贝斯特……贝斯特！"

有谁在喊我，在跟我说话。我睁开眼睛。

"我吓了一跳，以为你死了。"毕达哥拉斯对我说。

"没……我只是……终于明白了一些东西。我有点被吓坏了，不知道居然会发生这种事，还没有准备好去接收一个如此震撼的信息。"

他凝视着我，但似乎没弄明白我到底在暗示什么。我们俩筋疲力尽，肩并肩躺在床上，露着肚皮，四肢微微颤抖。

"你的感悟似乎让你很感慨！你明白了什么？"

"明白了我们是由对自己的想法汇聚起来的虚无之躯。"

他深深地吸了口气：

"有意思。"

"想法给了'虚无'一个躯体，让它拥有成为自我的意识。我们以为有什么事情发生在某人的身上，而事实上……那只是一个想法。只要把自己看得比包裹我们的皮囊更大就可以成为无限。事实上，我们只是我们自以为是那样的样子。"

"你太让我惊讶了。"毕达哥拉斯坦白说。

"通常是你让我惊讶不已。"

"我们或许生来就是互补的?"

我听到沃尔夫冈和艾丝美拉达在隔壁房间做爱。

"我们给了他们灵感,"我示意他,"他们跟着我们上来了。"

"爱是一种传染病,"毕达哥拉斯说,"有人做,就有更多人的想做。"

隔墙传来艾丝美拉达的欢叫。

之后,隔壁的两个小伙伴过来跟我们会合。沃尔夫冈朝一个小橱柜走去:那是一台电冰箱。他抓住门把手打开,我们在架子上看到有好几罐东西。他选了其中的一罐,里面装满了一粒粒黑色的小东西。

"这是什么?"我问他,有些疑惑。

"是鱼子酱,"毕达哥拉斯回答,"是鱼卵。"

又小又圆又黑,我以为鱼卵是白色的。我谨慎地闻了闻:味道不错,便把爪子伸到小罐里,然后把爪子伸到舌尖上。我尝了尝,小颗粒在臼齿下裂开,释放出咸咸的肥美的汁水。这一食物带来的美食上的享受是全新的,甚至比脆脆的猫粮还好吃。我又吃了点,我越吃越喜欢这种非常奇特的味道。我从未吃过这么好吃的东西。

毕达哥拉斯看上去也吃得津津有味，我们很快就把这罐被人类当做奢侈食物的黑色鱼子酱狼吞虎咽消灭光了。

鱼子酱，我太喜欢了！除了它我什么也不想吃了。

我舔舔嘴唇。

我为自己是一只母猫并为自己的成就感到骄傲。

我为自己的顿悟感到骄傲：一切都是相通的，所有界线都是主观的信仰造成的。

当太阳升起的时候，我们四个蜷着身子依偎在一起睡着了，嘴里还残留着鱼子酱的味道，记忆中残留着香榭丽舍大街神奇的战斗景象。

我很幸福。

我爱毕达哥拉斯。

我爱我自己。

我爱鱼子酱。

我爱宇宙。

22
转移战场

　　一只爪子放在我的眼睛上。有谁在咬我的耳垂，但这并没有让我想醒来。然后有谁贴到我的乳头上，是安吉洛，像往常一样笨手笨脚的。我之前已经忘了这个小家伙了。应该是谁趁我们睡着的时候把他带到这里来的，好让他待在我身边。

　　我终于睁开眼睛，把他放在更舒服的位置，让他好好吃我的奶。

　　外面天黑了，我发现，这次，我没有在黄昏时分醒来。毕达哥拉斯已经起来了。他面对窗户，盯着爱丽舍宫的花园。

　　"我有一个好消息和一个坏消息，"他头也不回地说，"好消息是我们当中谁都没生病，由此我得出结论，这种对人类致命的新型鼠疫我们是免疫的，所以今后跟老鼠作战不用有顾忌。"

"坏消息呢？"我一边问，一边把安吉洛推开。

"我的手机电池没电了，这么一来我就没有网络了。我上次使用第三只眼的时候，战斗中幸存的老鼠已经重新集结去寻找援军了。从那以后我就不知道他们在做什么，有什么新计划。他们肯定会卷土重来。"

我走到他身边，感觉他有点高冷。

经过昨天发生的一切之后，我感觉跟毕达哥拉斯说话有些怪怪的。

我转来转去，在房间的大镜子里照着自己。

做女神就是这样，想到我就是"一切"，一切也都蕴含在我体内。做母猫，不过是只把自己局限在肢体器官里。

我揉揉眼睛——算了，我决定不再老想着我就是一切——还是跟暹罗猫正常聊天好了。

"这次惨败后，鼠群应该不敢再来这一带了。"

"他们敢的。"他硬邦邦地驳了回来。

"那我们就再打败他们，我们有汉尼拔。"

"他们的数量会更多，我们再也不能出其不意地袭击它们了。"

"但我们还是会胜利的。"

"不能再留在这里了。"他做出决定。

他似乎有些紧张。我明白，没有第三只眼给他提供信息，他现在就像瞎了一样，网络连接对他而言就像猫草对菲利克斯一样，是会上瘾的。

毕达哥拉斯在房间里踱来踱去。

"必须找到一家手机店去弄电池、数据线和电源，"他激动地说，"最好能找到一个太阳能充电的电池，这样就不用靠城市的电力系统了。电力系统已经慢慢开始瘫痪，或许已经瘫痪。"

"手机店？如果你跟我解释一下那是什么，或许我可以找到。"艾丝美拉达说，她刚醒就已经想帮忙了。

毕达哥拉斯指了指自己后背的装备。

"我知道哪里可以找到，在香榭丽舍大街上有好几家。"总统的猫发话道，他也醒了。

"我可以跟你们一起去吗？"我问。

"不，你不要去，贝斯特，我还需要你做别的事。"毕达哥拉斯态度很明确。他不再在房间里来回踱步，每五分钟就吐出一些毛球，这意味着他很不舒服。

为了不让他觉得孤单，我也学他样。

"一旦恢复网络连接，就要找一个安全的地方。现在我们有新的责任了，"他说，"我们要带领所有追随我们的猫。留在这里陶醉于我们短暂的光荣，那注定是要失败的。"

他好像一直都忧心忡忡。

"那我们回到森林里躲起来吧。"我建议道，并把昨晚剩下的一点鱼子酱递给他。

"我们很容易就会被大量的鼠群包围、夹击、淹没。"

"那带着储备粮食出城？"

"还不如到一个易守难攻的地方安顿下来，抵御鼠群的大举进犯。"

我们一晚上都在等艾丝美拉达和沃尔夫冈出征归来。当他们嘴里叼着器材回来时，我们四个马上就把线接上，给电池充电。经过几小时的漫长充电，毕达哥拉斯的第三只眼终于恢复了。

他马上沉浸在网络之中。我们在他周围转来转去，但我知道他此刻心已经不在这里，去了很远的地方，去了由人类制造的这个神奇的东西所赋予的广阔天地了。

"我找到了。"最终他宣布道。

艾丝美拉达、沃尔夫冈和我聚到他身边，不再躁动不安。

"我在巴黎找到了一个地方，那里既没有隧道，也没有地道、地铁和下水道。那是一个比较狭窄的地方，叫天鹅岛。"

"一个岛？"

"是的，河上的一个岛。"

"可我们不会游泳！"我大叫起来，想到四周要被水围绕我就很焦虑了。

"我们可以从桥上过去，然后会到达一个比普通街区更容易防守的地方。接下来有两个问题要解决：首先要找办法把所有的粮食都运到天鹅岛上，以便鼠群围攻我们的时候可以支撑下去；还需找一个懂爆破的人，我们一到岛上安顿好，就把桥炸掉。"

"看看我们不靠外力已经做到的这一切，你不认为不靠人类的帮助我们也能成功吗？"

"这个环节不行。很遗憾，我只懂接收数码信息，不懂爆破。"

"娜塔丽在一个工地上干活，我见过她炸毁房子。"

"太好了，那正是我们要找的人。"

"但我不知道她现在在哪儿。"

"我可以通过你的定位项链找到你的女仆，"毕达哥拉斯说，"它是和她的手机联网的，她的手机也有自己的GPS定位器。但愿她的手机还有电。"

他再度沉浸在网上，然后宣布说：

"猫在西边的森林组建了一个社区，人类在东边的森林——万塞讷森林深处也组建了一个社区。不过不是所有人类，大多数是父母在战争中死去的青少年。娜塔丽去了这个社区，那里似乎有网络。"

"你确定娜塔丽在那里？"

"你和她的交流到了什么阶段，贝斯特？"

"我开始可以跟她说话了。"我答道，为了继续让他对我刮目相看。

但这显然是个谎话。

"太好了，有她的帮助，我们就可以在天鹅岛上建一个避难所了。"

"我们没有人类的帮忙真的就不能成功吗？"沃尔夫冈坚持道。

"鼠群数量太多，而且繁衍的速度又太快，我们根本就不能把他们全部消灭。"

想到要从西边穿过整座城市去找我的仆人，我一点都高兴不起来。但我很清楚，尽管我发信息的能力和她接受信息的能力还很弱，我仍是完成这个艰难使命的最佳人选。

"你陪我去吗，毕达哥拉斯？我需要有人指引我找到娜塔丽的踪迹。"

"不行，我要组织我们的军队向天鹅岛迁移。"

我很震惊，在我们风雨同舟经历过这一切、互相许下山盟海誓之后，他居然并不是很想和我"生死相随"。

"那我之后怎么跟你们会合呢？"

"你只要沿着塞纳河走就好了。河上有三个岛：一个中等大小，是圣路易岛；大岛是西岱岛，还有一个小岛是天鹅岛。你不会弄错的。"

"我跟你一起去吧，"艾丝美拉达说，"我们俩一起应该更稳妥。"

"我也可以陪你去，"沃尔夫冈建议道，"三人行也不算多。"

"我一个人去！艾丝美拉达，如果你真的想帮我的话，我希望我不在的时候你可以给安吉洛喂奶。"

毕达哥拉斯朝我走过来：

"很好，那就把计划修改一下。艾丝美拉达和沃尔夫冈还有我们为数不多的猫军守在防空洞这边警戒，我陪你去万塞讷森林。"

这么说，我威胁说要孤身涉险他才肯陪我去……好像他完全忘了我们曾经的拥抱缠绵。

毕达哥拉斯让我困惑，我感觉他好像羞于对我做出让步，他是否还害怕自己坠入爱河。

我永远都不懂公猫们的心思，更何况我碰到的还是个爱"纠结"的公猫。

23
环城大道

我们一离开爱丽舍宫，冒险就开始了。

我过去的生活（有红色靠垫、猫粮、电视、饮水槽、菲利克斯……）在我看来是那么遥远。从今往后，毕达哥拉斯和我就要投身于新的挑战和新的环境中了。

我们在一个充满危险、惊奇和教益的世界中成长。我越来越多地被让我惊讶的一切和未知的一切所吸引。我感觉这丰富了我的精神，让心胸变得更宽广。

闻到的、听到的、遇到的、看到的、感受到的，一切新事物都让我欣喜。

这次前往东部森林的旅途，毕达哥拉斯倾向于走环城大道，原因很简单，整条环城柏油马路上既没有下水道口，也没有地铁出口和垃圾堆，所以，遭遇鼠群攻击的风险自然小很多。到了马约门附近，我们发现了几千辆废弃的汽车残骸。

　　"当鼠疫发生的消息在城里传播，恐慌席卷了所有人，"毕达哥拉斯向我解释道，"于是大多数人都闭门不出，也有一些人试图开车逃跑，准备从城西上A13高速公路。最早的一批车辆很轻松就上了高速公路，但路上很快就堵得水泄不通。求生大逃亡成了一场死亡之旅，想必是有些人想抢先上路，他们撞了其他车，结果都堵在那里了。"

　　"他们当中应该也有像纳布科多诺索尔那样的人物，怂恿他们去海边，这才会有那么多人选择了出逃之路。"

　　毕达哥拉斯继续他的解释：

　　"想必A13高速公路在很短的时间里就完全堵死。"

　　"依你看，在那之后发生了什么？"

　　"在这场大溃乱中，被困在汽车中的人类不得不步行西逃，谁知道是否有人成功逃离……"

　　毕达哥拉斯和我在废弃的汽车车顶上前进，这减少了我们遭遇爬行动物、人类、狗和老鼠的概率。从高高的车顶，我们看到有一些不幸的开车者趴在方向盘上，老鼠围在他们身边。

　　"既然现在老鼠已经吃过人肉，他们就更加无所畏惧了。"

　　仿佛是为了强调他说的话，他的声音在远处回荡。穿着橙色隔离服的人在一辆小卡车里遭到了鼠群的攻击，他们使用冲锋枪和喷火器自卫，但很快就被不计其数的老鼠淹没，慢慢地，噼里啪啦的枪声歇了，取而代之的是鼠群胜利的尖叫声。

"我们得赶快行动，"毕达哥拉斯说，"老鼠们还没怎么尝过猫肉的滋味，所以我们还不是他们的头号目标，但我们很可能会成为他们菜单上的下一道美味。"

毕达哥拉斯加快步伐，在金属车顶上跳跃的声音在我们四周回荡。我试着跟上他的节奏，不止一次差点滑倒，忙里偷闲瞥见下面已经有老鼠准备招呼我了。

应该集中注意力，看好我每一跳的落脚处。

天上盘旋着几只乌鸦，有时候，我们会穿过一群群小飞虫。

"别浪费时间。"我的同伴警告我。

毕达哥拉斯和我在车顶上飞奔，肩并肩，步调完全一致，甚至呼吸的频率都相同。

我蹲身、跳跃、着陆后继续。久而久之，我爪子上的肉垫热乎乎的。这一排汽车似乎没完没了，地上对我们感兴趣的老鼠好像越来越多。

尤其是不能失足滑倒。

跑了一小时后，毕达哥拉斯同意稍事休息。我们在一辆卡车里找到一个避难所。

在那里，我久久地凝望着他，再次产生对他独有的爱的冲动。我不敢请他跟我缱绻缠绵（那是我此刻在这世上最想做的事情），于是请他跟我继续讲述人和猫的历史。

他舔了舔一只爪子，让肉垫降降温，然后把爪子伸到耳朵后面挠了一下，认为我们有足够的时间，然后才从我们上次结束的地方继续往下讲。

"从20世纪90年代开始，猫不再和巫术联系在一起，而是成了自由的象征。黑猫成了无政府运动的标志，这一运动的激进分子把黑猫画在他们的旗帜上。"

"什么是'无政府主义'？"

"这是一种政治运动，旨在推翻现行的政府，过一种没有任何领导的生活。他们也反对警察、军队、宗教和任何形式的权威。"

"他们人数多吗？"

"不多，但都很极端，比如刺杀国王、部长甚至总统。"

"为了吃他们的鱼子酱？"

"为了颠覆各国政府，在萨拉热窝，无政府主义者刺杀了奥匈帝国的一个皇储，引发了第一次世界大战。"

"什么是'世界大战'？"

"指的是人类都被卷入了战争。"

"所有人无一幸免，地球上到处都是战争？"

"有些地区的冲突比其他地区更激烈。"

"那我们在这场战争中是什么情况？"

"1914年，英国人组建了一支猫军，负责检测毒气，以免人类在战场上中毒。"

"为了拯救人类，猫要为他们去死……他们成功了吗？"

"第一次世界大战造成了两千万人死亡，战争持续了四年，之后是二十年和平时期。"

"很长了。"

"这是不懂战争危害的新一代人出现所需的时间。第二次世界大战是由一个名叫希特勒的德国独裁者发动的。"

"他也讨厌猫？我似乎有这个印象。"

"的确，他有恐猫症。又有成百上千万的人卷入这场战争中。他们使用一些更具杀伤力的武器，造成了更多的伤亡。"

"这就是你前进三步后退两步的理论？"

"之后，又前进三步，直到下一次分崩离析。第二次世界大战造成了六千五百万人死亡。此后，苏联和美国多年不睦，但原子弹让他们不得不三思而行，所以没有正面冲突，大家选择了'冷战'。"

"这是什么意思？他们打雪仗吗？"

"他们利用第三世界国家去对抗，但两国并没有直接开战。1961年，美国军队决定造一只仿生猫去苏联大使馆搞间谍活动，他们在他身体里嵌入了电子设备。"

"有点像你这样？"

"只不过那个时候，电子技术还没有非常微型化。他们给那只叫凯蒂的猫做了手术，在他的肚子里安装了一个大电池，连接到装在耳朵里的传声器和尾巴上的金属天线上。那次任务被称为'窃听猫行动'，行动那天，科学家把凯蒂放在大使馆对面。凯蒂原本是被训练好进入指定大楼的，但他没有服从命令，又从大楼里出来了，负责监听的人听到一声巨响。"

"电子设备出故障了？"

"凯蒂被一辆出租车轧死了。但不管怎样，美国军方又在十几只猫身上做了同样的实验，把他们变成电子间谍猫，但没有一只猫完成使命。"

"他们应该用狗来做实验，狗更听话。"

就在我们聊天的时候，我看到一个受伤的人类朝我们这个方向爬来，直起身趴在风挡玻璃上，说了一些我们听不懂的话。他浑身都是绿色的肿块，我完全沉浸在毕达哥拉斯的故事里，没有分神理会他。

"冷战期间，1963年，一只名叫菲丽赛特的母猫被送上太空。她登上一艘法国火箭的太空舱，完成了一次长达十分钟的飞行，其中五分钟处于失重状态。她活着回来了。这是第一只宇航猫。"

我想象一只母猫孤零零在一艘宇宙飞船里，心想，换作是我，我也很乐意替她去太空。

"在那些著名的猫当中，我可以列举茜皮女士，她参加了第一次北极考察；斯塔布斯，第一只当选为美国阿拉斯加塔尔基特纳市市长的猫。"

我为自己是母猫而感到骄傲。

"目前，法国有一千多万只猫，欧洲一共有五千多万只，全世界有八亿多只猫。"

那个生病的人类试图爬上我们的卡车，之后放弃了，再次摔倒在地。

"那有多少人类呢？"

"人类应该快到八十亿了。"

所以人类的数量是猫的十倍。

"老鼠又有多少呢？"

"很难去统计，但看看大城市底下密布的下水沟、隧道和地铁就知道了，他们繁衍的速度惊人。"

"告诉我一个数字，哪怕不是精确的。"

"在网上，大家认为老鼠的数量至少是人类的三倍：大约有两百四十亿。"

"是我们的三十倍！"

我没有想到形势居然对这些可恶的啮齿类动物那么有利。

"事实上，他们的数量很可能更多，因为没有一个人类科学家敢到地底下去把他们弄出来数数，只是大概的估算。但我看到一个更令人担忧的研究报告，一个科学家发现，随着气温升高，老鼠变得越来越肥硕。高温提高了他们的繁殖率，也让他们身上携带的对他们自身无害的病毒数量激增。"

"会变多大？"

"研究者认为个头可能是现在的两倍大。"

"那我们完蛋了。"

"目前，人类的科技可以保护人类，同时也可以保护我们，但如果科学家们都被杀害了，如果人类忘了他们的科学成就，更愿意把精力放在党同伐异上，老鼠势必会成为他们的主宰。这只是一个时间问题。"

"在这里？"

"不仅仅在巴黎，还会在全国所有城市，之后是全世界。地球上他们无处不在，任何地方都一样，他们让所有人类和所有动物陷入绝境，以建立自己的霸权。"

如果老鼠胜利了，这个世界会变成什么样？人类和猫躲在森林和乡下，放弃大城市。冈比西斯和他牙齿锋利的战士会让世界充满恐怖。

尽管我感到自己和宇宙是协调的，但不知道为什么我把老鼠的力量看作一种黑暗力量，无助于精神整体提升。

既然现在我已经知道了危险，我前所未有地感觉到自己责任重大。

"我们怎么会沦落到这个地步？"我问暹罗猫。

"为了发展家禽家畜，很多野兽都被消灭了，人类尤其消灭了老鼠的天敌：老鹰、狼、熊、狐狸、蛇。"

"他们破坏了维持大自然和谐的脆弱的平衡。多么严重的错误啊！"

"建造下水道，人类简直给老鼠拱手送了一个不被打搅的安乐窝。但也要承认，老鼠非常聪明，而且适应能力超强。"

"但他们还是不如我们强大。"

"我们生活在人类身边，已经被麻痹了。老鼠为了填饱肚子而打斗，我们却坐享其成人类给我们的猫粮；他们每天都在拼命搏斗，我们却没有任何对手。猫的天敌是谁？"

我得承认，在现在的危机发生前，面对其他物种，我甚至都没有感到害怕过。我也从来没有不耐烦或恼火过，甚至从来没有意识到这种养尊处优的生活会让我的感官麻木。

"老鼠或许是下一个统治地球的物种，他们既聪明又合群，不能低估他们。"

"那么如何才能遏制他们？"

"我们要团结起来。人类需要我们，我们也需要人类。如果不能达成共识对付共同的敌人，我们就会被打败。这就是为什么我和你现在在这里的原因，贝斯特。来吧，别再浪费时间了，到达万塞讷森林前我们还有很长的路要赶。"

毕达哥拉斯真的相信我可以给人类发送信息，我不敢告诉他令人失望的真相。事实上，自从昨天神奇的顿悟之后，我感觉自己还无法完成我所肩负的使命。我迫不及待地想和他做爱，汲取他的力量，而他恰恰相反，似乎在想别的事情。

我们离开了卡车的驾驶室，继续在车顶奔跑。当毕达哥拉斯终于让我们离开环城大道、进入一片树林的时候，我几乎已筋疲力尽了。

万塞讷森林跟布洛涅森林很像。视线所及之处，没有狗，没有猫，没有老鼠，也没有人。

"你女仆的GPS定位器信号表明她就在那里。"他指着一条小路说。

我们在参天大树下前进，周围的环境对我来说似乎太安静了，甚至连我的胡须都没有探测到周围有任何动静。突然，还没等到我们做出反应，我们就被抛到空中，一个结实的网兜把我们网住了。

一个陷阱。

太迟了。我们徒劳地挣扎，我们被网住了，每挣扎一下，一个小铃铛都会叮当作响。我试图用牙齿把绳子咬断，但铃铛的声音更大了。

"别再动了！"毕达哥拉斯警告我。

我们待在那里，悬在天地之间，等待。我有一只爪子卡在网眼里，被勒得很痛。我最终闭上了眼睛。而毕达哥拉斯，他似乎已经睡着了。我困在网兜里很不舒服，我这才意识到自己是一个独立的实体，于是我鼓起勇气说：

"死之前，我想对你说我爱你。"

"谢谢。"

他让我恼火。为什么他不回答说他也爱我，他很喜欢我，我是他的一切呢？

"你好像对什么都没有感觉，毕达哥拉斯。但你得承认，我们缠绵恩爱的时候是多么美妙。"

"是的。"

他真让我来气，他真让我来气，他真让我来气。

"对你而言，什么是爱？"我忍不住继续问他。

"那是一种……非常奇特的情感。"

"你可以说得更具体一点吗？"

"很强烈。"

"和我在一起你有什么感觉？"

"怎么去概括呢？……要找到一个贴切的说法来解释这种独特的感觉。"

他轻轻晃了晃脑袋：

"对我而言，爱情就是当我和她在一起的时候，跟我独处的时候感觉一样好。"

他好像很满意找到了贴切的说法，用他的方式确定了这个概念。

"对我来说恰恰相反，爱情是我和他在一起的时候比我独处的时候感觉更好。"

他正准备开口说话，却改变了主意，只打了一个哈欠。

最终，我真的忍不住在想，他坚决不依靠任何人，这会不会只是一种自私的表现，他是否是一个只知道填饱肚子、以自我为中心的混蛋，就像所有的雄性动物一样？我怎么能那么天真，认为他与众不同，就因为他是暹罗猫，有第三只眼，在我看来更有学识？而且，我妈早就警告过我："他们都很软弱，令人失望，不会动真情，不懂真心去爱。"我怎么能指望他是个例外？

毕达哥拉斯轻轻晃着脑袋：

"很好……我承认我跟你在一起比我独处时感觉更好，贝斯特……"

让他重复一句我已经说过的情话似乎很费劲。他咽了咽口水，然后补充道：

"我跟你在一起的时候感觉更好，哪怕是在这个陷阱里……哪怕被网兜兜住挂在半空……哪怕我们之后的命运可能会很灰暗。"

啊！雄性动物。我再也不会犯傻了。他那么害怕承认他对我的依恋！害怕承认在我们的身体合二为一的时候，他和我一样得到启示。

说到底，只有我们雌性动物才敢付出深情，并大大方方地承认。

我不想成为雄性动物，否则我会感到自己在情感上有缺陷。

"昨天，多亏你，我产生了直觉。"我说，"我明白自己的预感一直是正确的——我并不受身体的局限。"

"很遗憾，"他承认道，"我还没到那个地步。"

我突然明白，可以联网、可以通过第三只眼看到并明白一切，让他天生的感觉，也就是直觉变得麻木了。

我呢，我不需要他的这些设备，我只要闭上眼睛迳想，跟在宇宙间流动的生命的能量连接，就可以获得宝贵的知识，或许比他获得的知识还要多。

"很抱歉，这一刻不能和你感同身受，"他叹了口气，"可是……这一次，我真的害怕死亡。"

我可不怕。

什么是死亡？自从我意识到我不过是飘浮在虚空中的尘埃，只是由我对我自身的想法而汇聚在一起的，死亡对我而言不过是这些微粒的"另一种"组合方式罢了。

明白了这一点，为什么我还要害怕状态的改变？说白了，死亡只是构成我的无数微小元素改变了组合方式而已。

不管怎么说，今天，我感觉自己比毕达哥拉斯更豁达，因为他想到要结束漫长生命就恐惧得发抖。化为虚空中的微粒在他看来是一场悲剧，因为他以为自己很重要，以为他在宇宙中是独一无二的。正是这种独一无二的感觉让他无法和我一样强烈地感受到我们的身心交融。

如果他意识到这一切，他就懂得真爱了。

他的视野被囿于肉身，进而和他者割裂开来，而我明白我是无限的。是的，我是无限和不朽的。我自我感觉很好，哪怕身体的正常结构可能会被打散，但我丝毫不担忧，我会以另一种形式继续活着。

我闭上眼睛，灵魂已经飞走，远离了我这副被网兜兜住的身体。

我梦到我是火箭上的菲丽赛特，朝月亮飞去。

24
落入陷阱

说话的声音把我吵醒了。

我们被一群拿着弓和矛的大男孩围住了。他们戴着防毒面具，其中有几个人拿着枪。他们很脏，衣衫褴褛。

他们用棍子打我们的时候，我们龇牙咧嘴表示反抗，但困在网兜里，反抗也没什么用。

一个大男孩似乎是他们的头儿，戴着一条老鼠骷髅头串成的项链。在他的命令下，一个男孩摆弄一根绳子，把我们放下来，几个人一起用长长的枝条把我们捆起来，爪子朝上倒吊着，然后把我们带到一个装满了刺鼻的液体的壕沟旁。我闻出那是在娜塔丽的工地上把我弄脏的黑色油污的味道。

"他们挖了这个壕沟，在里面倒满了石油，以保护他们的营地不受老鼠的攻击。"虽然姿势很不舒服，毕达哥拉斯还是开口说了话。

越过这个壕沟后，人类摘掉了他们的防毒面具。

我看到周围是一些充满敌意的面孔，有几个人似乎垂涎欲滴地看着我们。我们来到一块林中空地，空地中央燃着一堆熊熊篝火。在那里，哪怕是头朝下，我也能看到长棍的一头在火上烤兔子、狗和猫。

我们被放到地上。

"我想我们的任务还没开始就要结束了。"我叹息道。

"抱歉，网上没有关于这个社团的习俗的信息。"

这往往就是先驱者的下场。

"和你相识一场我很开心，毕达哥拉斯。"我对他说，一个人在削树枝，看架势显然是要把我串起来烤了吃。我原以为比菲利克斯强多了，到头来还是要落得跟他一样的下场。

"他们似乎没有注意到我的USB接口和我背上绑着的手机。"暹罗猫表示很吃惊。

"烤的时候他们会把手机拿走的，他们又不着急。"

毕达哥拉斯还闭着眼睛在找信息。

"你的女仆离我们不远，"他告诉我，"她应该就在某一个帐篷里。看你的了，把她叫过来！"

于是我开始大声地喵叫，但毫无结果。放手一搏吧，我开始发出低频的呼噜声：娜塔丽！快来，我需要你。

这时，奇迹出现了。

我先是闻到了她的气味，然后是她的身影朝我靠近。我看到她了，她也看到我了。

我的女仆和她的年轻同类激烈地争执，一边用手指着我，一边说出我的名字和我冒险之旅的同伴的名字。戴着老鼠骷髅头项链的大男孩似乎不同意，娜塔丽走开了，带着一个跟她长得很像的女人回来。

毕达哥拉斯马上就在网上搜了，告诉我说：

"那是她姐姐丝黛法妮，这群孩子都是她开的孤儿院里的孩子，是她带他们离开孤儿院到这里来的，后来又有其他孤儿加入了他们的行列。"

"他们为什么还在那儿说个没完？"

"对孤儿们而言，可能只有丝黛法妮才有足够的威信说服领头的孩子放了我们。"

娜塔丽指着暹罗猫的第三只眼，说话的语气非常坚决。于是那个大孩子改变了态度，听她解释，好几分钟后，终于同意下令把我们解开。

从捆绑中解脱，四脚着地，我就跳到我的女仆的怀中并舔她的脸颊（我知道这是狗的举动，但这一刻我太高兴她救了我的命，也就顾不上矜持了）。

毕达哥拉斯表现得比我矜持。

"贝斯特，现在你要完成你剩下的使命了。快，告诉她我们需要她的帮助，把天鹅岛变成抵挡鼠群的避难所。"

我发出呼噜声，我的女仆更加用力地抚摸我，亲切地对我说话，微笑着，重复着我的名字。

毕达哥拉斯以为她能听懂我的话。

"快，"他重复道，"把一切都讲给她听。"

"不行。"

"为什么不行？"

"我跟你撒谎了：我还不能明白无误地跟她说话。"

"你不知道如何把猫的想法发送到人类的意念中？你刚才发出的独特的呼噜声似乎能引起她的共鸣！"

"我试试。我可以让她安静，有时候，我能让她明白我想要什么。顶多也就这样了。"

好了，终于说出来了，现在他知道真相了。不管怎么样，说出来让我释然了，我不能永远瞒着他。

"我们跑这一趟算是白搭了，"他叹息道，"为什么你不早点告诉我呢？"

"应该有办法给他们发送信息的，我肯定！再给我一点时间。"

我用嗓子发出我能发出的各种频率的呼噜声。

白费力气，我收获的只有抚摸。

夜幕慢慢降临了。

再晚一点，娜塔丽就要到帐篷里睡觉了。我蜷在她的脚边，闭上眼睛，发出更低沉的呼噜声，让自己镇定下来。但我心里知道，由于我的错误，我们都要完蛋了。

为什么我不能让人类理解我？

我也睡着了。只有睡着了，我的负罪感才会减轻一点点。我想，我还需要取得长足进步，才能为周围的同类效力。

25
云中相会

我做梦了。

我还看到了人类的终结和老鼠的全面统治。

他们越来越肥硕，越来越多，越来越凶猛。

有什么东西朝我过来，是鼠王冈比西斯，六只小老鼠抬着他。

他像人类一样坐在宝座上，脖子上挂着一串小猫骷髅头项链。他一边用爪子剔牙，一边对我说："我也是，我也支持跨物种交流。"

随后，他阴险地笑了一下，说："我准备跟你交流了，贝斯特。我的第一个问题是：你想立刻被吃掉还是晚一点被吃掉？"

他发出一阵跟人类很像的笑声。

我惊醒了，揉揉眼睛，努力让自己再睡着，好梦到别的东西。

在第二个梦中，毕达哥拉斯对我说："我之所以能接收人类的想法，是因为我找到了优秀的信息发送者，也就是索菲。没有桥梁，但很可能在什么地方有一块小跳板。只须在人类当中找到那个能聆听你的男人或女人。找到正确的人就会奏效，贝斯特。既然你现在知道要找什么了，你一定会成功的。"

我又睁开眼睛。毕达哥拉斯独自在稍远一点的地方睡着了，但我确信是他托梦给我捎了这个信儿。这一次，我有了一个明确的目标：在梦中，在这脱离了正常世界法则的时空，找到能和我对话的人类灵魂。

我集中精力，闭上眼睛。在第三个梦中，指引我灵魂飞升的是一朵轻盈的云，它没有无限弥散，反而聚拢来，从我的脑袋旁边起飞，飞到高高的天上，升到森林上空，和一朵很大的云会合，在那里可以看到人类所有灵魂的模样。

我看到娜塔丽的灵魂，但她的灵魂闭着眼睛，和其他很多灵魂一样。

我的灵魂在这些人类熟睡的脸庞前飞过，他们的鼻子和嘴唇突起，眼皮闭着，眼睫毛就像一丛草。突然，一个倒影吸引了我的注意，它就像光滑的粉色水果，在扑闪扑闪的长眼睫毛中浮现。眼睛下面的嘴唇露出一个微笑，然后开口说：

"你好，'猫之魂'。"

我走过去，不由自主地回答：

"你好，'人之魂'。"

毕达哥拉斯说得没错。跟人类的灵魂交流是可能的，只要找到正确的接收者！他是怎么说的来着？"在什么地方可能有一个跳板。"我以前从未想到居然可以在梦境中找到它。

"我们真的可以对话吗？"

"当然。在这里，我们可以摆脱清醒的世界对身体的束缚。你肯定知道，否则你也不会在这里跟我说话了。"

"我这是第一次遇到这样的事情。"

"我可不是，我可以和所有动植物的灵魂说话。自从我明白这种交流是可能的，我就开始尝试了，现在我几乎每天晚上都体验。如果这对你来说是第一次，那么欢迎体验。你会看到这很有意思。"

我仔细端详，发现那是一张苍老的女人的脸，有点像索菲，但脸更圆，短发。

"你叫什么名字？"她问。

"贝斯特。"

"很高雅，应该是从埃及女神那里来的。"

"你呢？"

"我叫帕特丽夏。"

"你跟我说话好像一点也不吃惊，帕特丽夏。"

"我是一个迷人的女人，而你，贝斯特，是一只迷人的母猫。我们是我们这两个物种的使者，你我都知道我们的灵魂从身体里跑出来了，我们所拥有的这种天赋让我们与众不同。"

"我不知道居然可以这么简单。"

"我认为通灵猫很久以来就有了，但和人类相反，以前的事你们都不记得了。在我们这里，谁有法力，人们就会讲述他的故事，要么是口口相传，要么是通过书籍或电影……但是在你们那里，这一切都被遗忘了，因为你们没有记录记忆的载体。当你死后，贝斯特，下一只通灵猫也会认为他是独一无二的，他是第一只通灵的猫。"

见鬼，她说得没错。

我这一特殊的天赋与生俱来，只不过今天我才发现如何去运用它。我的灵魂天生就知道和一切交流，但不是在普通的世界，而要到像梦一样的平行世界。

"帕特丽夏，很多信息我都想跟你交流，不过现在有一个特别紧急的。"

"你说，贝斯特。"

"你的肉身在哪儿呢？"

"鼠疫警报拉响以后，我就幽居在一个公寓里，靠我储存的粮食过活。我还可以支撑几天。你呢？"

"我在万塞讷森林的一个营地上。你必须来跟我会合，把只有我们猫才知道的信息传递给人类。"

"你说。"

"我们组织了一支猫军，已经在香榭丽舍大街的一次战役中战胜了老鼠。我们在总统府防空洞里发现了一个宝藏，一个很大的粮仓。现在我们想在天鹅岛上为猫和人类建一个避难所。一个老鼠无法骚扰我们、你们，也不会感染鼠疫的地方。"

"等等，等等，把一切详详细细告诉我，并告诉我你想让我做什么。"

于是我把我们之前的经历讲给她听，帕特丽夏很感兴趣。我们的对话很自然，毫不费力，是灵魂和灵魂的神交。我在现实生活中一直希望和娜塔丽建立的交流，我在梦中跟这个通灵的女人做到了。

故事一讲完，我就问她：

"你养过猫吗？"

"没有，小时候我养过一条我很喜欢的狗。"她回答。

"从来没养过猫？"

"我总是觉得猫太……清高了。"

"我们'清高'？看到狗那么听话，而我们在你们眼中要独立得多，这令你们失望了？"

"抱歉，我从来不明白猫为什么不对人更友好一点。"

"'友好'？想想那些说要侍奉你却把你关在公寓里的人；想想那些说好要对你唯命是从却自作主张把你阉割了的人，他们只是为了不被你的味道和你的叫声打扰，还不允许你尽情展现你的天性。当你好心送他们一只死老鼠，他们居然连一声'谢'都没有。他们喂你吃猫粮，而你都不知道它们的成分是什么。"

"都是些碾碎混在一起的边角料。牛骨啊、猪眼啊、羊软骨啊、面粉啊，有时甚至还掺一点木屑。"她承认道。

"过分吧！想想，帕特丽夏，剥夺了你吃正儿八经的食物和拥有性生活的乐趣之后，他们还硬塞给你一个主人，一个名字，一个位置，而你们还觉得我们'高傲'！我啊，我倒觉得我们对这些说好要侍奉我们的人类并没有那么记仇。"

"是谁告诉你们人类说好要侍奉你们的？"

"他们是我们的……仆人。"

"不是。"

"你说什么？"

"大多数人都认为他们是你们的主人。"

我没听错？

"可是他们……"

"我想没有任何一个物种可以对另一个物种发号施令。地球平等地属于各种生命体，不管是动物还是植物。没有任何一个物种有权自称'高于其他物种'。人类不可以，猫也不可以。"

"但你得承认，帕特丽夏，人类不如猫灵活，他们能观察到的东西太少了，他们的感官都退化了，夜里看不见东西。"

"的确如此，他们只能看到有色光谱，听不到超声波，感受不到磁场和能量的转移。"

"是的，就是这样。"

"但这并不意味着我们就比你们低等，只说明我们是不一样的。事实上，我心里认为所有物种都是互补的，所以这颗星球上神奇的生物多样性总是让我赞叹不已。成千上万不同的植物、哺乳动物、鸟类、鱼类、昆虫在我看来是最需要保护的。"

"如果人类和猫不团结起来，生物多样性就会减少。老鼠要摧毁在他们看来有竞争性的物种，所以，既然现在你我可以顺利交流，帕特丽夏，请你把眼下的形势告诉你的同类，以便我们能成功地拯救那些可以被拯救的生灵。"

帕特丽夏同意了，答应我她一醒就采取行动。

我继续睡，带着完成任务的欣慰。

终于，尘埃落定。

26
森林里的外交

当我睁开眼睛，毕达哥拉斯就在我对面，仔细地观察我。

"我成功了！我找到了那块跳板，跟一个女人谈过话了，把一切都告诉她了。"

他似乎并不感到惊讶，舔了舔爪子。

"我知道，"他说，"他们都在这里议论。"

"啊，帕特丽夏来了？"

"是的。"

"她传达了我的指令？"

"差不多。"

"差不多？"

"你的帕特丽夏可能有一个可以和动物交流的灵魂，但她跟她的同类交流似乎有点困难。"

他把我带到一个可以看到帕特丽夏的地方。的确是她，她穿着一件有羽毛的彩服，浑身佩戴着浮夸的首饰，但张开嘴的时候，没有发出任何声音。

"她是哑巴。"毕达哥拉斯跟我解释道。

"我不明白，"我说，"在灵魂的世界里，她是……"

"她有一种在灵魂世界沟通的才能，因为她不能跟人类社会正常交流，人们称这种现象为'补偿'。在他们的世界，她的职业是……"

"通灵人。"

"不如说是'女巫'，我已经到网上看了人们对她的评论。就我的理解来看，她就像是新世纪的疯子，独自生活在一个孤零零的房子里，又聋又哑。人们来找她是想让她看他们的掌纹来预知他们的未来。她靠写字跟他们交流，但也有人说，她在几家精神病院住过好几次，已经有好几起控告她招摇撞骗的案子。"

"那么说，她是疯子？"

"不管怎么说，人们很难把她的话当真。"

我以为自己终于成功了，结果跟我交流的竟然是一个不能跟同类交流的女人！

"这么说是失败了？"

毕达哥拉斯并没有像我一样失望。

"不一定，帕特丽夏会手语，她可以使用手语，一个女孩再把它翻译成人类的口语。这比写字要快。她的话听着很有逻辑，引起了不少人的注意。"

"该死，这样辗转几次，我们的信息要传达出去还真是不容易！"

"你能成功地做成这件事情已经是个奇迹了。"毕达哥拉斯感叹道，对我眨了眨眼睛（又是他从人类那里学来的小伎俩）。

他只眨了一只眼睛，这挺让我惊讶的。我也尝试学他那样，但没有成功。我继续看帕特丽夏用奇怪的手语说话。

那帮野孩子最后都聚在一起开会讨论。戴着老鼠骷髅头项链的孩子王充满敌意，他用手指着娜塔丽和她姐姐，姐妹俩用更激烈的言语回复他。帕特丽夏和她的译者继续用手势交谈。人类的首领指着我，冷冷地笑了一下。

最后，一声令下，好几个人举起了手。

"他们在干什么？"我问毕达哥拉斯。

"投票。看看现在要做什么，大多数人的意见是什么。"

"那大多数人怎么说？"

"我不知道，他们似乎旗鼓相当。我感觉准备去天鹅岛的人数和不想去的人一样多。"

突然，钟声响了。全面警戒。毕达哥拉斯分析了局势，跟我解释说老鼠数量太多，它们牺牲了一百来只同类，越过了把营地隔开的盛满石油的壕沟。

老鼠敢死队！

最初的恐慌过后，大孩子们恢复镇定，开始组织反攻。他们戴上防毒面具，穿上隔离服。弓箭、步枪、手榴弹，只要能用来赶走侵略者的什么都行，密密麻麻的鼠群就像一条灰色的河流。

入侵的老鼠数量有增无减。

这次攻击敲响了离开万塞讷森林这个避难所的警钟，继续留在此地已经不可能了。

一群大孩子忙着收拾行李。

"你认为他们明白了应该去天鹅岛吗？"我问和我一起出生入死的同伴。

"不管怎么说，除了去那里我不知道他们还有什么别的去处。"

几个大孩子朝一片林间空地走去，把盖着卡车、小汽车、摩托车和自行车的树枝拿开。大多数交通工具都状态不佳，保险杠上有各种刮伤和擦伤，应该是从环城大道上捡回来的破车，修修补补凑合着用的。

毕达哥拉斯、我，娜塔丽姐妹和帕特丽夏，我们一起坐在一辆小卡车里，司机非常年轻。所有小汽车、卡车、房车排着队在一条小路上行驶。石油壕沟上建了一座桥，那是我们的必经之路。

娜塔丽叫着我和帕特丽夏的名字，我朝她扭过头，我想她是明白了我在灵魂世界中做了什么事。她的语调好像充满了钦佩，我意识到自己可能完成了历史性的大事。

但现在有更重要的事要解决：我们小卡车的发动机出了问题，突然停下来了。年轻的司机尝试重新启动，但是徒劳，车子开不动了。

老鼠跟在我们屁股后头紧追不舍，他们当中有一只成功地从车顶的一个大洞里钻进来。我扑上去杀死了他。不幸的是，那个洞太大了，我一下钻了出去，而就在这个时候，小卡车发动了。我傻傻地看着车子开远，上千只老鼠朝我飞奔而来。

我拔腿就跑，后面跟着一群老鼠。

突然，时间停止了，一切都在我周围定住了。

灵魂从我的头顶飘出来，看着眼前这一幕。

这个贝斯特，地上的这个，我灵魂的肉身，似乎再次危在旦夕：我的灵魂抛下她，这难道不是更好的选择吗？

27
在河边

我是谁？

我难道不是一只大难临头的母猫吗？

意识到我的思想有超强的能力，让我产生了灵魂出窍、消融于宇宙的念头。

这样好吗？这样不好吗？

我越琢磨这个问题，就越明白这是个馊主意。

如果不在"皮囊里"，我的灵魂就很难付诸实际行动。

鼠群赶了上来，但小卡车也减速掉头折回，开到我面前，后面的车门打开了。

"上来！"毕达哥拉斯叫道。

娜塔丽的手把我一捞，车门啪地及时关上了，没让一只老鼠有机可乘跳到驾驶室里。车子加速了，轻轻松松地把追来的老鼠甩在了后面。

"谢谢你没有抛下我。"

"我还需要你,而且我想你的女仆很在意你,要把你安然无恙地留在身边。"

的确,娜塔丽抚摸我,深情地重复着我的名字。我发出呼噜声,几乎没有注意到她的爱抚。

惊魂甫定,被人爱的感觉是一种宽慰,哪怕爱的方式和爱的人不是正确的那个。

我在后视镜里看了看自己的模样,发现我的皮囊还不错。我明白他们是特意折回来救我的。我真的很漂亮。

毕达哥拉斯说了什么?

"我还需要你。"

我相信宇宙有一个计划与我有关,这个计划每天都越来越清晰。当我忘记自己的使命的时候,总有一些生命在那里提醒我。

我们的队伍有二十几辆车,里面装着一百多个大孩子和装备:帐篷、武器和工具。

我们避开环城大道,沿着塞纳河的河边码头行驶。打头的是一辆越野卡车,保险杠上安装了一个巨大的三角形金属(毕达哥拉斯后来告诉我那是一个犁铧)用来开路,把沿途的汽车和瓦砾都扫到塞纳河的黑水里。

在队伍中我不喜欢殿后,总担心一旦出现问题,先头部队会排除万难继续前进，而没有发现我已经掉队。

我们的司机应该也和我一样担心，因为他一路超车，直到紧跟在开路的卡车身后。开路车很快就不得不停下来，因为路上的障碍物太多，把路给堵了。我们的小卡车一动不动，我不喜欢这样。毕达哥拉斯按了开窗的按钮，为了更好地观察情况。

就在我们不得不等待清除障碍的时候，我感觉周围的老鼠越来越多。

"中世纪的一个故事《哈梅林的吹笛手》讲到了老鼠，"暹罗猫告诉我，"那是根据1284年突然发生在德国哈梅林城里的真实事件创作的。在这个传奇故事中，城市遭到了几千只老鼠的突袭，他们在城里肆虐，破坏一切。人口在消减，粮食也开始紧缺。面对这些入侵者，居民们找不到任何有效的防范措施。一天，有个人毛遂自荐，说自己可以拯救城市，代价是要得到一千个金币。市长答应了，外乡人掏出笛子，开始演奏一支令人神魂颠倒的曲子，老鼠们被迷住了，跟着他走，他把他们引到河里，结果所有老鼠都溺死了。但是，尽管整个城市得救了，市长却拒绝支付之前答应的金币，哈梅林城的居民也忘记了外乡人为他们所做的好事，用石头赶他走，嘲笑他，还把之前老鼠的威胁说得云淡风轻。音乐家发誓要复仇。几天后，他又回到这个城市，趁着夜色，吹起了笛子，这次，笛声把城里所有的孩子都引到了河里，他们也和老鼠一样都溺死了。"

我得承认，因为有过我的小猫崽的不幸经历，这个故事让我听了很解气。我感觉这是一个报复那些忘恩负义之徒的好办法。

"人类代代相传的这些故事，能让他们记住过去他们曾面对怎样的灾难。"

"我很喜欢听你给我讲故事，毕达哥拉斯。"

"我喜欢讲故事，"他承认道，"或许我天生的使命就是把人类的故事讲给猫听……"

"从讲给我听开始？"

"你呢，你有一个优点：你懂得聆听，懂得欣赏，并不是所有猫都像你一样。"

的确，我又想到了菲利克斯，他很无聊，对什么都不感兴趣，没有任何抱负，因此对生活没什么要求，也没有什么收获。

为了清除路障，大孩子们搬出了毕达哥拉斯所说的巴祖卡①。道路在一声爆炸中扫清了，车队继续前进。

不久，我们和留在爱丽舍宫的同类会合了。

---

① 反坦克火箭筒。

这一次，安吉洛看到我很开心，我感谢艾丝美拉达替我照看他，并注意到在场的猫数量翻了一番，甚至纳布科多诺索尔也在他们当中。他应该听到了我们凯旋的风声，半路折回来和我们会合。

车队里的人类发现总统府防空洞的水泥墙和铁门后面的存货后，都难以置信。

他们打开罐头和瓶子，瓶子里装的是什么我们之前根本无从知晓。他们把整箱整箱的食物、武器、防护服和防毒面具（比他们使用的那些质量更好）搬上车，把子弹、药品、外科手术的器械也都一一带上，他们已经使用这些器械来治疗伤员了。

两三个小时过后，掩体里的东西都堆到了卡车上。车辆又排成队，我们踏上去往天鹅岛的路。安吉洛、沃尔夫冈和艾丝美拉达过来和我们一起坐在小卡车上，其他猫和狮子跟着车队一路小跑。

我警告汉尼拔，眼下最好不要吃人类的小孩，因为他们是我们抵御老鼠的同盟。

我估计我们现在大约有三百只猫和一百来个人。一支不错的小部队。

毕达哥拉斯黑进了城市监控摄像头，用他的第三只眼在查看鼠群聚集的情况。幸好，鼠群没有足够的时间重整一支胆敢和我们对抗的大军。

我们的队伍很快到达了河边。破冰卡车在废铜烂铁、断壁残垣中开道。

毕达哥拉斯也在观察外面的环境。

"我们离开很正确。"他说。

"他们蓄势待发，要攻打我们了吗？"

"他们从四面八方汇聚，数量越来越多。一只比同类硕大的老鼠用后腿站着在激励鼠群，我感觉在香榭丽舍大街的战斗中见过他。"

"鼠王？我叫他冈比西斯，我差点就要了他的命。"

"他试图联合更多的老鼠加入他的队伍。现在，一批批老鼠从郊区朝首都涌来，数量已经百倍于我们。"

"你认为我们还有多少时间？"

"继续赶路，走一步看一步吧！"

他的确说的是"数量已经百倍于我们"？

28
毕达哥拉斯

风很大，但我们的队伍还是在狂风中飞速前进。黑色的河水灰蒙蒙的，浪花拍打在河岸上，我们经过的时候会被浪打到。

我们继续向前，声势浩大，全副武装，目前谁也不敢挡我们的道。在我们左边，埃菲尔铁塔一圈圈地打着光束。

"一开始，我想过我们应该到那上面安顿下来，到铁塔的塔顶上去。"毕达哥拉斯说，"但鉴于我们的数量，我觉得那上面地方不够大。"

"而且如果鼠群攻击我们，我们也不能从那么高的地方跳下来。"我提醒他。

想到这里，我对自己说，我拥有理想的生活：每一天都有惊喜。

如果明天是另一个昨天，那活着跟死了也没什么两样。

如果早上就知道下午会发生什么，那活着跟死了也没什么两样。

如果不思进取只求安稳，那活着跟死了也没什么两样。

我选择让我的身体发肤接受各种考验，让我的灵魂得到提升。受到意外和失望的磨砺，灵魂会更了解自己，知道自己想要什么，能做什么，身心更加一致，我可以驾驭我的灵魂，把它当做身体的延伸。

毕达哥拉斯是对的，我的灵魂选择这种生活是为了拥有更多经历：考验可以让我学习和提升自我。

我的人生不是安稳和完美才精彩，恰恰是我看待人生的方式赋予了生活意义。

我不觉得自己在和任何人竞争。

我拥有属于自己的、唯一的、不可模仿的人生轨迹。

我……

见鬼，我成了一只哲学母猫了，都是受了毕达哥拉斯的坏影响。或许在问自己这么多存在主义的问题前，应该先解决迫在眉睫的问题。

我更仔细地观察环境。

有几只老鼠探头探脑在监视我们，但不敢靠近，至少目前不敢。

必须抓紧时间。

毕达哥拉斯终于告诉我们天鹅岛快到了。那是河中央一条绿色的"舌头"，依稀可见。我们踏上比阿盖姆桥，那里有一座楼梯，可以一直下到天鹅岛。大孩子们排成一排，把一箱箱的食物、工具和武器从车上搬下来运到岛上去。

艾丝美拉达躺在一张长椅上，她刚躺下来，安吉洛就过去吃她的奶。这个小崽子就知道吃！但我已经对她抢走我儿子不反感了。说到底，难道因为你生了他他就属于你吗？从我最近的种种历险看，我认为所有冲突都是由占有欲引发的。占有爱人、占有领地、占有我们的人类仆人、占有食物、占有自己的孩子。谁都不属于谁，生命不是物品。如果安吉洛想要两个母亲，那是他的选择。何况这倒让我省心了，我可以拥有更多属于自己的时间，不用每时每刻都给他喂奶。我觉得放弃占有欲的第一个好处是，我的奶头可以稍稍得到一点休息。

我出发去参观天鹅岛。

岛的东端有一个骑在马上举着剑的男人的雕像。

"这尊雕像叫复兴的法兰西。"毕达哥拉斯来到我身边说。

"在这里，在这个天鹅岛上，以前有过战争吗？"

我问。

"没有，这是一个1820年才建的人工岛。它太小了，所以没有成为任何人觊觎的目标。九百米长，十一米宽。岛上从来没有人居住，它只是作为从它这里经过的三座桥的支撑。"

我们在岛上长长的小路上奔跑，西边有另一尊更宏伟的雕像。

"这是纽约自由女神像的缩小版，"毕达哥拉斯告诉我，"本尊有四十六米高，这尊雕像只有十一米高。"

"这代表什么？"

"是一个女巨人，她的右手举着照亮世界的自由火炬，左手拿着记录群体需要遵守的规则的律书。"

"她是女神？"

"不是，并非所有的雕像都是女神像，这尊雕像只是一个象征人类自由的女人。"

这么说，我们的岛一端是男人，一端是女人。

周围，大孩子们忙着安营扎寨。娜塔丽很紧张，忙着在手机上按来按去（幸好她的手机装的是太阳能电池）。毕达哥拉斯闭上眼睛，我知道他又上网了。

"她在统计周围工地上的物资储备。"他轻声说道。

"哪一类物资？"

"水泥砖、水泥、油罐车、铲子、耙，还有最重要的……炸药。"

之后，我的女仆收好手机，叫了几个大孩子过来，跟他们说了一会儿话，随后他们就去执行任务了，想必是把附近的物资弄来。

一切似乎都安排就绪，只要帕特丽夏把我的信息和指令传达给了她的同类。

我正好看到那个女巫坐在一个角落里，吃东西，神色忧虑。事实上，她不停地吃东西，我感觉她是在用填饱肚子的方式来让自己的身体平静下来。

在这段时间里，大孩子们开始用一些箱子垒起一道道矮墙。狂风继续刮，灰蒙蒙的河水掀起浪花，拍打在岸上。毕达哥拉斯盯着河边，看是否有敌军来犯。我看出了他的不安。

"跟我讲讲人和猫后来的故事吧。"我说。

"抱歉，我没有心情讲。现在你来跟我说说你的故事。你是如何成功地向帕特丽夏发送信息的？"

"事实上，我一直认为所有有神经系统的生灵都有灵魂，而灵魂是可以出窍的。我一直有一种直觉，我们的灵魂就像空气一样，或者说就像云朵，或者更确切地说：一朵可以穿越一切、无限蔓延的云。"

"你这个想法是从哪儿来的？"

"从一个梦里。在梦中，我看到自己的灵魂就像蒸汽一样从我的脑袋上升腾，变得越来越大。一旦这团蒸汽到了我的头上，我就可以从上往下看到自己。我看到下面这只猫，这只被认为是我的猫，但我并不只是这只猫，我的灵魂比我的皮囊更伟大。"

毕达哥拉斯用别样的眼神看着我：

"你说得很玄，索菲在动物身上做过一个实验，证实了你所说的。她跟我说过，而且还演示给我看过。是用一种特殊的动物做的实验，不是一只猫，而是一条虫。一条涡虫。他有一个头，两只眼睛，一张嘴，一个大脑和一个神经系统。索菲抓了好几条涡虫，把他们放在迷宫里，有些地方有奖励，比如食物；有些地方有惩罚，会放电。他们在迷宫中行走的路线决定了他们会遇到食物还是被电击。"

"就像人生的历程？"

"正是。她让他们在迷宫里待了很久，然后把他们抓回来……割下他们的头。涡虫有一个特点，就是他们的身体会再生。"

"甚至是头？"

"是的，甚至是头。被砍了头的虫过了一会儿头又长出来了。索菲把这些长出了新的头、新的大脑的虫放回迷宫，他们会直接去有食物的地方，避开被电击过的地方。"

我简直不敢相信自己的耳朵。

"这证实了我的假设：灵魂不在脑袋里。"我喃喃道。

"我在网上搜索的时候，也有这种感觉，觉得自己是一个畅游在无限非物质世界的灵魂。这也是我这么喜欢上网的部分原因。"

"你呢，你有网络可以让你灵魂出窍，我呢，我有梦。没有了时空障碍，灵魂和灵魂就可以相逢。"

毕达哥拉斯一直用他大大的眼睛盯着我看，那双蓝眼睛在灰黑色的毛皮中那么突出。我觉得这一刻，他被我镇住了，就像我过去被他的历史故事镇住了一样。

"你在'众灵平等且可以互相交流的梦的世界'里看到了什么？"

"我隐约看到了娜塔丽的灵魂，但它是封闭的，我想我永远也无法和她交流。"

"哪怕你能跟她说话，她也无法和你交流，"他承认道，"对她而言，你只是一个会喵喵叫的毛绒玩具。"

他说得没错。

"我原以为她当初选择我，是因为她预感到了我是谁。她给我取名贝斯特，你又跟我解释了这个名字的寓意，更让我这样想。"

"不过你找到了正确的跳板——你的通灵女巫。"

"帕特丽夏是我在人类世界的替身，她也认同这个看法：我们不是关在皮囊里的灵魂。她也希望和动植物交流，她也是个先锋。"

就在我说话的当儿，一个奇怪的念头在我的脑海一闪而过：我和帕特丽夏在梦中通过灵魂交流，是不是比我和说同一种语言的毕达哥拉斯的交流更顺畅？

那将是悖论的极致：无声胜有声，哪怕是和另一个不同的物种！

毕达哥拉斯凑到我身边，用脸蹭我的脖子。我以为他看穿了我的想法，想通过另外一种方式，用发肤接触来亲近我。

我们离开了大部队。

毕达哥拉斯示意我跟着他朝自由女神高高的雕像走去。我和他一起爬上了旁边的树，从那里可以利用最近的树枝跳到雕像的基座。我们来到了青铜女神像的脚下，女神像衣服的褶皱正好让我们的爪子抓住，我们顺势爬到了她的头顶。

我们在顶上坐好，环顾四周。

"那是广电大楼，人类就是从那里发出交流的电波，电视，广播。"

"网络？"

"也许吧！我不是很肯定。不管怎么说，这里的信号很好。"

我深深地吸气。

"看上面。"

"星星？"

"还有行星。我曾经有过一个想法……我们这些猫不是地球上土生土长的，但我不知道我们是从哪儿来的，也许是从我们祖先居住的另一个星球。很久以前，他们发射了一个有猫宇航员的火箭，在这里着陆。"

"像菲丽赛特一样搭乘火箭？为什么我们偏偏来了这里？"

"也许我们是来这个星球殖民的，当初这个星球上住着智力低下的动物。"

"那我们为什么会忘记自己是从哪儿来的？"

"因为我们注重智力，却没有关注记忆。我们不会读书写字，这样一来，我们就没有牢靠的办法把信息记录下来。时间一长，我们的记忆就没有了。可能最初来这里的先驱把他们的故事讲给了他们的孩子听，他们的孩子又讲给他们的孩子听。讲过太多遍之后，故事肯定会有一点点走样，在它变成一个普通的童话或传说前，甚至会受到质疑，之后就被所有人遗忘了，所有不能记录在可以长期留存的载体上的信息都一样。"

这个想法让我好奇，我尾巴梢在动，暴露了我的兴奋。

"故事应该没有被完全遗忘，因为贝斯特和印度、中国、斯堪的纳维亚猫首或猫身的男神和女神都受到过膜拜。"

"关于我们的来历，有些人类记得比我们清楚，因为文字和书籍让人类能保留发生过的事情的痕迹。这是他们最大的优势，也是我们最大的劣势。写下的记忆是文明永久不衰的密钥，没有书籍，所有的真理都可能被质疑，已经取得的成果都会被慢慢遗忘。"

我舔舔自己，毕达哥拉斯动了动耳朵。

"我试图想象一个星球，那里的猫掌握了非常先进的科技，可能拥有比装甲车更小但速度更快的车以及可以飞得更高的飞机。"

"像鸟一样灵活。"我插嘴补充道。

"我想象这些装甲车都穿着衣服。"

"穿着鼠皮？"

"可能甚至有两足猫。"

每次他一有新想法，我就想做一点补充。

"一些正在吃肥鼠肝的猫。"他建议道。

"肥肝是什么？"

"是人类很迷恋的美味，就像鱼子酱一样。"

"我想尝尝你说的肥鼠肝。"

他继续沉思，眼睛盯着群星，风把胡子吹到我们脸上。

"一些有矮小的人类做宠物的……猫？"我趁机添油加醋。

"不，只有地球上才有人类。"

"你确信，毕达哥拉斯？我倒是很乐意看到巨大的猫穿着节日的盛装，抚摸光着身子、喜不自胜的矮小人类。这些猫给他们准备食物，清理他们的窝。"

毕达哥拉斯和我开始吹嘘一种可能的猫族文明，但我担心我们的想象局限在我们在人类仆人那里的所见所闻。后来，我们睡着了，蜷着身子依偎在一起。

我睡着了。

我做梦了。

我的灵魂离开了身体，变成一朵小小的猫灵之云，加入所有有意识的生物之灵汇聚成的大云朵里。

我又一次看到一些睡着的人脸，眼睛闭着。我又看到了帕特丽夏的脸，睁着眼睛，像上次一样，她的灵魂在接受信息。

"你好，贝斯特。"

"帕特丽夏，我不知道，你曾经是……"

"以前，我是大学里的历史老师。我觉得自己有点胖，于是就吃药减肥。但这个药有副作用，我开始常常头晕且表达困难。当我意识到这是吃药造成的后果时，已经太迟了。我跟药厂打了一场官司，我胜诉了：药被禁了，但恶果已经种下。日子一天天过去，我一天天丧失了接受和发送信息的能力，听和说的能力。我越来越自闭，封闭在自己的小脑袋瓜里，只想一个人独自待着。这是一种很奇怪的感觉。丧失了两个重要的感官，我就把另两个感官发挥到了极致，作为弥补，既让自己远离尘嚣，又和外面的世界保持联系。有人说眼瞎是最糟糕的残疾，但对我而言，最糟糕的是耳聋。耳聋了，就不能判断自己所处空间的大小，因为耳朵也可以给予这样的信息，你知道吗？"

"因为你'把自己关在你的小脑袋瓜里'，所以你成了通灵女巫？"

"就像你说的，我把自己关起来了，我在找出去的门，而且……对聋哑人来说也没有很多'正常'的职业可做。我的灵魂在寻找一个存在的方式。生活中，我认为一切都是能量守恒的，所有的残缺都会以特殊天赋的方式得到平衡。"

"不管怎么说，你太棒了！成功地把我的信息传递给其他人了，"我说，"祝贺祝贺。"

"你很棒，贝斯特，多亏了你的部署我们才来到了这里。"

"跟你全说了吧，这不是我的部署，而是我的同伴毕达哥拉斯的部署。是他无所不知，组织了这一切，找到了天鹅岛。是他有第三只眼，我只是他的……弟子。"

"毕达哥拉斯？你知道这是古希腊的一个名人吗？他非常聪明和智慧。我做老师的时候，是专攻这段历史的，我对跟你的朋友名字相同的那个历史人物非常感兴趣。在我看来，他是地球上有史以来最有才华的人。"

帕特丽夏的确令人刮目相看。

"你想更详细地了解他的生活吗？"

"当然。"

"他母亲以为自己不能生育，于是去德尔斐找皮提亚①，女祭司预言她会生一个十全十美的孩子，于是她给孩子取名'毕达哥拉斯'，意思是'皮提亚宣示的'。毕达哥拉斯约于公元前570年出生在希腊的萨摩斯岛上，父母是珠宝商。"

"少年时期，毕达哥拉斯就已经非常英俊非常矫健。十七岁时，他不仅精通竖琴和笛子，而且在当时的奥运会上，所有角斗、拳击比赛他都能胜出。有一天，他父亲让他去埃及送货，把孟斐斯神庙的祭司预订的精

———————

① 皮提亚是德尔斐城阿波罗神庙中宣示阿波罗神谕的女祭司。

雕细琢的手镯送过去。"

"崇拜贝斯特的埃及祭司？"

"有可能。他利用在孟斐斯的这段时间学习了埃及宗教的秘密。"

"他应该有一只猫。"

"就在他接受埃及祭司教导期间，这个国家遭到了波斯国王军队的攻击……"

"冈比西斯二世？"

"这个故事你已经知道？"

"这是所有的猫都应该知道的常识……"

"年轻的毕达哥拉斯无奈地目睹了神庙被劫，前法老的民众被施以酷刑，祭司和贵族被处死。"

"还有他们的猫？"

"的确，猫也遭到了屠杀。还好毕达哥拉斯及时逃到犹地亚，也就是今天的以色列。在那里，他受到了希伯来教士的接待，又学习了犹太教。"

"他是个大旅行家。"

"是的，这在当时还是很少见的，因为旅途非常危险。但犹地亚也遭到了侵略，入侵的是巴比伦王国，也就是今天的伊拉克。他被士兵俘虏，带回巴比伦做了奴隶。"

"他太不幸了。"

"不能这么说，因为在监狱里，他遇到了在色雷斯被捕的一些信奉俄尔甫斯的教士和一些迦勒底的教士，于是他又学习了这些宗教。之后，在这些教士的帮助下，他成功地逃跑了，逃往东方，印度。"

"远吗？"

"很远。在那里，他又学习了印度教。学成后他回到德尔斐，在那里和新的皮提亚有了一段情缘，受到了神庙女祭司的教诲。之后他去了故乡萨摩斯岛，但因为希腊处于暴君的统治之下，他宁可继续西行，在意大利南边的克罗托内安顿下来，说服了城里的居民让他创办一所学校。作为交换，他毛遂自荐肩负起管理城市的政治和经济事务的职责。这所学校不仅教体育，也教医学、几何、诗歌、天文、地理、政治、音乐，甚至还推行素食主义。"

"我知道，'哲学'和'数学'这些词语是他创造的。"

"你上的课的确都记住了。"

我让帕特丽夏继续说，她完全被这个人物的传奇人生给迷住了。

"他挑选新生很严格，不只看学生的才智和勇气。进这个学院还要求每一个新生都能抛下一切。但毕达哥拉斯学院也是第一所接受女性、外国人和奴隶的学院，这在当时是无法想象的。"

"学院有多少名学生呢？"

"两百到三百之间，不会更多。除了上课之外，还有研究和分析工作坊。毕达哥拉斯穷其一生都在试图建立灵性和科学之间的桥梁，他在数字当中找到了一条道路。第一年，他的学生们学习数字"1"和宇宙归一；第二年，学习数字"2"的奥秘和男／女、日／夜、冷／热的二元性；第三年，毕达哥拉斯教他们数字"3"的力量和身–智–灵三位一体；第四年，学习数字"4"和四种基本元素：气、水、土、火。"

很奇怪，这一切在我心中引起了共鸣，我感觉这些我早就已经懂了。

"毕达哥拉斯认为有两种看宇宙的方式：通过我们可以接触到的简单物质和通过数字。他认为物质是虚空中通过数学规律组合在一起的无数微粒组成的。"

天啊！这完全符合我的预想。

"他发现了度量的一些基本规则，像毕达哥拉斯定理，之后所有建筑师都用来作为测量规则。他还发现了决定形式的和谐美的黄金分割率。他的格言是'万物皆数'。最后，他还通过一根弦在一块有刻度的木板上发出的音确立了第一个音阶。"

"一个人可以在那么多领域都有那么多发现吗？"

"450年，克罗托内城的一个贵族库隆，因为没有考上毕达哥拉斯学院而心生失落，挑唆民众起来反对这个学院。他指责毕达哥拉斯派是文化精英主义者，没有把知识传授给所有人。还造谣说学院里有一个宝藏。当地居民攻打学校，把学校烧了，还杀死了想捍卫他们的精神导师的师生。"

"一个人的嫉妒就足以摧毁他苦心经营的一切？"

"毕达哥拉斯被杀害了。那年他八十五岁。他所有的手稿都被付之一炬，但他的思想通过弟子们流传了下来，这些弟子通过回忆录记录了他的发现和他的教学。毕达哥拉斯哲学最有名的传承者当中，有希腊人苏格拉底和柏拉图，还有罗马建筑师维特鲁威。"

"你认为我的猫帅哥毕达哥拉斯会是古人毕达哥拉斯投胎转世的吗？"

"你的问题让人心动，因为毕达哥拉斯（可能是因为在印度待过）相信投胎转世一说，他说他还记得他所有的前世，不管是做人还是做动物。此外，他还有好几只心爱的猫。"

"我的毕达哥拉斯声称，他的名字是他自己选的。"

"我有一天想，我热爱这个希腊哲学家，可能是因为我是和他一起在学校的火灾中遇害的其中一个弟子转世。没有受过教育的野蛮人和受过教育的文明人之间的这场战斗是超越时代的。"

"我的猫伴侣毕达哥拉斯也这样想，他认为，无知者出于嫉妒总想杀死那些有知识的人。"

"我认为应该教育所有的人，但要做到这一点，首先必须让心灵做好受教育的准备。如果他们的心灵没有准备好，他们的理解方式就会有偏差，就会以用知识为工具去摧毁而不是去建设，把真实的信息篡改成谎话，以更好地奴役同时代的人。'没有良知的科学只是灵魂的废墟'，拉伯雷，文艺复兴时期法国一位伟大的人道主义者如是说。"

我感觉我们现在在天鹅岛上经历的一切就像是历史上发生过的很多危机的回声。我明白自己参加的这一场战斗不是一场争夺领地和生存空间的战斗，而是一场文明对抗野蛮的战斗。历史上有过冈比西斯二世攻击贝斯特的祭司的战斗，库隆攻击毕达哥拉斯学生的战斗，狂热的恐怖分子攻击世俗学校的战斗。现在是对抗老鼠的战斗。

"我害怕下一场战斗。"我说。

"我也是。如果我们的文明毁灭了，需要等很长时间才可以重建。"

"帕特丽夏，我还要向你提一个有点特殊的请求。打仗的时候，你可以让大孩子们放一首特别的音乐吗？"

之后，我们决定回到各自的身体里，准备在物质世界醒来。

我灵魂幻化的银色的云朵恢复了球状，重新盘踞在有点逼仄的小脑袋瓜里。

29
天鹅岛

我抬起眼皮，眨了眨眼睛。

日光渐渐褪成紫色的云霞，夜色弥散开来，星星亮了。

毕达哥拉斯也醒了。我们从雕像上下来，去营地和人类会合。

一些得知我们存在的个体主动加入我们的行列。一些弹尽粮绝、绝望的人类，各年龄性别的都有了，还有一些饥肠辘辘的独行猫，为了活下去最终下定决心接受集体生活。

娜塔丽派出去执行任务的大孩子们开着装满工地器材的油罐车和载重卡车回来了。在她的指挥下，大家都忙着在比阿盖姆桥、从岛上经过的区域地铁桥和格勒纳勒桥下安装炸药，这三座桥都与岛相连。最后，他们把卡车全部停到桥中央，靠近格勒纳勒桥台阶附近。

我的女仆指挥这次行动。她一声令下，连接帕西的第一段桥梁在一阵爆炸声中坍塌了。人类纷纷鼓掌，猫喵喵叫好。之后是空中的地铁桥。比阿盖姆桥的两段桥梁很快也遭遇了同样的命运。

从今往后，除了岛，再没有任何东西可以不弄湿自己到河对岸去了。现在，我们和一切都切断了联系，被灰蒙蒙的河水围绕着。

狮子汉尼拔吼了一声，高声表达了大家的感受：我们有了天然屏障，但也成了岛上的囚徒。

只有毕达哥拉斯似乎没有一丝不安。

他闭上眼睛，用第三只眼去汲取我的眼睛和胡须无法察觉的信息。

"老鼠又集结了，"他宣布道，"他们随时会发起进攻。大家都应该回到自己坚守的岗哨去。"

我也闭上眼睛。

不用做梦，我看到我的灵云在扩大，感觉周围都跳动着生命。

我看到一些胆小的人类，躲在对面岸边的房子里，从窗户后面观察着我们；我看到鸽子在天上飞，对天鹅岛周围的骚动感到好奇。

最终，我接收到了在河对岸窥视我们的鼠群的能量，甚至可以听到他们爪子挠地的声音。

我和我的女仆娜塔丽会合，她抚摸我，用她的语言轻声对我说话，重复着我的名字。

我发出呼噜声，变换波长的频率，告诉她我不害怕，让她也不用害怕。

娜塔丽哭了。我舔着她的泪水（我越来越喜欢它们咸咸的味道），紧紧地依偎着她。跟心有灵犀的生灵一起会让我们想超越自我，而另一些生灵则会拖我们后腿，汲取我们的能量，让我们以为他们对我们很重要（就像她的男人托马一样）。

安吉洛、毕达哥拉斯、娜塔丽，还有认识不久的帕特丽夏都是我需要的生灵。或许有一天沃尔夫冈、艾丝美拉达和汉尼拔也会走进这个圈子，但目前我希望这个圈子小一点，我不能太过分心。

在我们周围，大孩子们用从工地上带回来的材料修岗哨和棚屋。配备了望远镜、喷火器和冲锋枪的哨兵各就各位。

我看到他们情绪激动。

焦躁中带着明显的不安。

我感到自己的呼吸加重了。

我感到心跳加速。

我感到死亡临近。

30

爪子和牙齿

等待很煎熬。

安吉洛、艾丝美拉达和沃尔夫冈在一堆篝火边和我会合。

沃尔夫冈喵喵说道：

"所有这些事件都让我深思。我的仆人，也就是共和国总统，抛下我自个儿跑了。看到人类自相残杀，我得出以下结论：我不再爱人类了。"

总统的猫用不带感情的语调说出这番话。

"我也是被我的女仆撇下的，"艾丝美拉达回忆道，"但我不怪她，毕竟是非常时期。"

"我呢，我找回了我的女仆。也许有朝一日，你们也会找回你们的仆人。"我说。

"我越想越觉得，如果老鼠战胜了人类，之后又战胜了我们，那是因为他们比我们优秀，更配统治世界。"沃尔夫冈继续说。

安吉洛在我们周围瞎转悠,准备让我们陪他玩。

"我们不能在危急时刻去评判一个物种,"我说,"我呢,我不惧怕未来。我以前过着舒适的生活,现在遇到一些'暂时的困难'也很正常。我认为如果各种生灵都在骚动,在交流,那是为了对抗真正的敌人——无聊。"

"是吗?你认为如果不无聊,所有物种,每个个体都会待在他原来所在的地方?"沃尔夫冈问。

从这里,我似乎瞥见丢在河边的汽车后面有几只老鼠。他们想必很失望,因为不能从地道或桥上过来偷袭我们。他们不得不游过来。

我回想起鼠王和大批老鼠是如何从水上逃走的,而我们却不能乘胜追击。

我希望娜塔丽在她的防御方案中考虑到了这一点。

由于焦虑,猫拼命吃东西,我们已经吃完了所有储藏的鱼子酱和猫粮,开始吃材质和颜色都很不自然的奇怪食物,人类的食物。并不是所有的食物都不好吃,也有一些惊喜,比如被毕达哥拉斯称作蛋黄酱的东西,我太爱了,每次都吃得胡须上都是。

安吉洛没有找到玩伴,他和一只蜗牛玩了起来,但后者似乎一点也不乐意。我有时候羡慕这小家伙无忧无虑，就像有时候我宁可不知道毕达哥拉斯教我的关于我们这个物种的所有历史，一会儿受人类的宠爱，一会儿又受他们的迫害。

当天空从橙色变成紫色时，一只猫发出警报：

"他们进攻了！"他朝四周发出喵叫。

汽车的喇叭马上按响了，警报继续传递。汽车喇叭巨大的声响完全盖过了我们对手磨牙的声音。

汉尼拔发出一声怒吼。

我跑去趴到自由女神像的顶上，因为在那里可以环顾四周。

我们的敌人抱团跳入水中，他们有几十只、几百只、几千只、几万只，或许甚至有几十万只！

塞纳河的河面几秒钟前还泛着灰色的波浪，现在覆盖了一层褐色的毛毯。

我们这边，大约有六百只猫和两百个大孩子，我们严阵以待。

毕达哥拉斯似乎一直都不紧张，他还在网上，黑进了监视器，用他的第三只眼监控着人的进展。

娜塔丽大声发出命令。大孩子们在油罐车周围行动起来了，扳动油罐车的操纵杆，把粗粗的管子放进河里。

我的鼻子里充满了一种熟悉的味道，让我感觉痒痒的。

面对第一波很快就要抵达天鹅岛河岸的鼠浪，所有猫都摆出了战斗的架势。

仗着数量多，老鼠从岛的四面八方同时发起了进攻。

我从自由女神像上下来。安吉洛看到了危险，没了玩兴，惊恐万分，四肢发抖。我命令他躲到汉尼拔身后，并小心别被他踩到。然后，我前往我认为最早一波老鼠可能登陆的地方。

突然，空中传来卡拉斯的歌声，崇高又充满力量。

看来帕特丽夏成功地让大孩子们播放音乐了——很可能是从网上下载的——并且从所有汽车的高音喇叭中播放出来。

当乐声响起，围攻的老鼠也越来越近了。

对岸，还没有跳到水里的老鼠发出更大的磨牙声，为冲在前线的先头部队打气。有一些老鼠甚至一边游泳，一边磨牙回应。

即使不会说老鼠的语言，我也能看穿他们的心思，总结成一个字就是："杀！"

我忍不住打了一个寒噤。

卡拉斯的歌声是我力量的源泉，我从中汲取力量。

我的牙齿也格格作响，这是一场以牙还牙的战斗。

我要用爪子撕破他们的皮。

河里的老鼠密密麻麻，形成了一片褐色的波浪。

突然，一队老鼠开始借助这条波动的毛毯，踩着同伴的身体飞奔而来。一群啮齿类动物朝我们冲过来。

娜塔丽把手指放在口中吹响口哨，十几个背着弓的大孩子把箭头放到火盆里，然后同时朝四面八方射出燃烧的箭。

天鹅岛周围一下子烧了起来。

河水照亮了黑夜。

这种特殊的气味的确是石油的气味。

娜塔丽忙着举起喷火器，朝最近的进攻者发射。

河上亮起了一道巨大的火墙。鼠群陷入恐慌。有一些试图撤退，大多数依然向前冲，迎接他们的是怒气冲冲的猫或机关枪的一阵阵扫射。

空气中弥漫着汽油和烧焦的皮毛的味道。

尽管老鼠的攻势受到了削弱，但他们的数量太多，还是有几千只老鼠不屈不挠成功地登上了我们的小岛。

在河中央的鼠群当中，我看到一个巨大的身影。

冈比西斯！

他的一部分毛皮还冒着烟，但看起来很勇猛。

艾丝美拉达也看到他了，但我在她还没来得及做出反应前就冲过去了。不能再让她抢了我的战功！荣誉面前，我还是有一点私心的。

不到二十秒，我就到了这个劲敌面前。他烧焦的毛散发出胡椒的味道，胡子卷曲，黑色的眼睛充血。我们互相扑向对方。

肉搏战。我们用爪子、指甲、牙齿打斗，在河边高高的草丛中打滚，他长长的门牙咬在我的肩头。痛！

和灵魂相比，这就是身体的弱点，它会发出痛苦的信号。我咬紧牙关，忍住不叫出声来。为了报复，我也咬住了他的背，血涌进了我的喉咙，我尝到了它的味道，还不错。我使劲咬下去。

他长长的尾巴重重地抽打我的耳朵。我的外耳非常敏感，所以嘴上一松，他趁机扭转了战局。现在我处于下风。

艾丝美拉达过来帮忙。为了震慑对方，她像两足兽一样，用两条后腿站立起来，借助身高的优势，扑到鼠王身上，一口咬住他肥肥的右后腿。

鼠王尖叫一声，松开我。

我们就像是复仇女神附身。

卡拉斯激越的歌声继续在空中飘扬，伴随着烧着的河上的浓烟。

受伤的鼠王犹豫着是否要再次向我们俩进攻。

我看到他心中的怒火。为什么会有这种暴力，由来已久？

我坚信我们可以摆脱这种对抗的关系，便试着跟他说话：

冈比西斯，我不恨你，别继续在我们周围散播死亡了。试着找一个和平共存的相处模式。

我不认为他能接收到我的信息。只见他咬紧牙关，吐了一口唾沫，几只同类已经过来掩护他撤离了。

我甚至都没想过要去追他。他跳到河里，在大批被烧死的勇士的尸体组成的浮桥上跑远了。河面上的火还没有熄灭，但这也没能阻止他。他朝着火海奔去，在火焰中穿梭，消失不见了。

不管怎么说，我知道如果我坚持追捕，漂浮的鼠桥承受不了我的重量。

艾丝美拉达来到我身边。

"好吧，谁都不能百战不殆。"她承认道。

她舔了舔我的一处伤口。

有一个这么友好的情敌真是一件苦恼的事情！我由着她舔我，说到底，她救过我儿子，保护过他，养育过他，还跟我一起并肩作战，在我和冈比西斯决斗的时候，她还救我于危难，而且我落败后她甚至都没责怪我。她应该不是一个坏人。不管怎么说，我想我能原谅她之前在我面前做出的那些莽撞的举动了。

在我们周围，战斗还在激烈地进行，一边是几千只成功爬上天鹅岛墙垛的老鼠，另一边是几百只猫和大孩子们组成的盟军。

是时候再次投入战斗了。

艾丝美拉达和我赶紧张牙舞爪投入混战。我看到远处的娜塔丽，喷火器用完了，现在在用一把刀迎战。

在她身边，几个人类有时候只用脚踩。汉尼拔一直身处群鼠中央，是一台无与伦比的杀鼠机器。我也奋勇杀敌，捍卫我们神圣的岛屿的勇气把疲惫一扫而空。

天亮了，我不知道战斗持续了多久。卡拉斯的歌声不停地在循环播放。我们周围再没有一点动静。

我还在喘着粗气，心跳得很厉害，感觉到伤口的刺痛。我已经蒙了，我没有了时间的概念。

天鹅岛上的战斗持续的时间比香榭丽舍大街的战斗要久得多，死伤的人数应该也多得多。

我慢慢地冷静下来，毕达哥拉斯走到我身边。

"将来有一天，肯定会有一些老鼠是可以和我们对话的，不过更难找到罢了。大多数老鼠还生活在对暴力的崇拜中。对他们而言，弱者就应该被全部消灭，暴力是一种能震慑弱者的沟通方式。老鼠会了结鼠群当中老弱病残的老鼠的性命。"

我定了定神，然后一字一句地说：

"你不是告诉过我，没有坏的物种，只有一些无知和恐惧的个体？"

"但父母会教给后代不同的价值观。蚂蚁教育后代要互助，而老鼠则教育后代把竞争和排除异己摆在首位。"

"所以想和老鼠和平共处是毫无指望了？"

"有朝一日我们或许可以和他们和平共处（就像我们成功地和人类和平共处一样），但这只有在他们放弃统治所有和他们不一样的物种的野心之后。我们是不能和野蛮的侵略者一起和平共处的。"

我看着毕达哥拉斯，在这样一个重要的问题上我还没有很清晰的观点。但这些问题让我感觉自己和当下有了一个距离，可以在一个更宽广的时空视野下去思考。我过去害怕老鼠成为世界的主人，现在我思考的是如何让他们融入大家庭，和所有动物和平共处的问题。

或许我太天真了？

人类统治世界的时候，事情更简单。现在他们自身难保，我想任何一种动物都可以提出他们眼中理想的未来是什么样子。

静默在延长，漂满烧焦的老鼠尸体的河浪拍岸的声音也对它几乎没有影响，我直起身，用两条后腿站立，朝天空伸长脖子，仿佛从内心最深处发出长长的喵叫。我用卡拉斯一样的颤音把声音拉长。很快，所有的猫都学会了，加入到喵叫的合唱，有点像我梦中的情形。

　　和我们一起并肩作战的大孩子们也唱起了同样的音符，甚至娜塔丽也开始学猫叫了。我探索跨物种对话取得了奇妙的进步：虽然我没有学会说人话，但我成功地让人类学猫叫了。

　　汉尼拔最终也加入了大合唱，但他的音调要低沉得多，让所有低音区都变得很浑厚。安吉洛也加入了进来，用他尖尖的细嗓子歌唱。

　　大家一起，形成了一个声音的海洋，抒发我们的喜悦之情，我们战胜了比自己数量多得多、凶残得多的敌人。

　　毕达哥拉斯看着我。我感觉在这短暂的片刻，这个平日里貌似无动于衷、那么压抑情感的同伴，对我越发刮目相看了。

　　我又回想起他对我的教诲。

31
毕达哥拉斯的智慧

"无论我经历了什么，都是为了我好。

"这个时空就是我的灵魂选择投胎转世的地方。

"我在前进道路上遇到的敌人和阻碍都是为了考验我的耐力和战斗力。

"种种问题会让我更好地了解自己。

"我选择了我的星球。

"我选择了我的国家。

"我选择了我的时代。

"我选择了我的父母。

"我选择了我的身体。

"意识到周围的一切都源自我自身的欲望的那一刻起，我就不再抱怨，不再感到不公平。

"我就不再感到自己被误解了。

"我只能试着去理解为什么我的灵魂会选择这些特

定的考验来进化。

　　"每天晚上，在我睡着之后，这个信息会以梦的形式提醒我，这样我就不会忘记。

　　"我周围的一切都是为了让我成长。

　　"我所经历的一切都是为了让我变得更好。"

32

两步向后，三步向前

我尝试像艾丝美拉达一样用两条后腿站立。我站了起来，找到了支撑点，走了几步，以找到更好的平衡。用两条腿走路并不像我一开始想象的那么困难。

毕达哥拉斯看着我。

"如果我们不能建立一个更好的世界，摧毁旧体制就毫无意义。只要还没有创建一个新世界，我们就不应该离开这个地方。"他坚定地说道，"天鹅岛应该成为一个受到保护的实验室，我们要在这里把'共同生活'的理念落到实处。"

远处岸边有狗群在吠。

我猜是帕特丽夏使用了她的通灵巫术，在狗群中也找了一个"跳板"，把他的同类引到了这里。继狗之后，鸽子、麻雀、蝙蝠也飞来栖息在岛上仅有的几棵树上，也用啁啾鸣叫来表达他们的支持。

我继续保持站立姿势。毕达哥拉斯也直起身，用后腿站立。

"这不能一蹴而就，要一步步来，不能急于求成，否则我们的成果会毁于一旦。"

他摸摸脑袋，又喵喵说道：

"我们需要一个传播知识的场所。"

"就像克罗多纳的毕达哥拉斯学院一样？"

"你是怎么知道的，贝斯特？"

一直用两条后腿站立，让我开始感到有些酸痛。我坐下来，我的同伴过来挨着我坐下。

"我也有我自己获得信息的方式，你继续说，"让他惊讶的感觉真不错，我问，"你打算怎么运营你的'学校'？"

"目前，我们先组成一个小社团，学习一些新知识。这些课程成熟后，可以培养一些猫，或许还可以培养一些狗，把我们的知识传播到这个岛以外的地方。"

"鼠王冈比西斯逃脱了，他肯定会卷土重来。"

"重整一支跟上次战役牺牲的军队同样规模的大军需要时间，而且老鼠当中肯定也有逃兵和反对派。没有人愿意追随打了败仗的首领。"

"鼠群那边会发生什么？"

"首先，最强壮的那些公鼠会向鼠王挑战，因为他们会认为鼠王的领导没有成效。他们要选一个更坚定的新首领来取代他，摧毁我们，因为从今往后，我们就是可以和他们对抗的明证。"

"这么说这一切还会重来？"

"他们推崇力量和数量的文化，目前不会让他们有别的想法，除了打败我们。但在他们征募新兵的这段时间，我们可以加强物种之间的联盟，猫、狮子、年轻人、狗、鸽子、乌鸦、蝙蝠，或许还有马、牛、猪……所有害怕老鼠的物种都会来和我们会合。只要在这里坚持住，尽量撑久一点，再教育那些可以向无知者传播知识的生灵。"

"我们的毕达哥拉斯学院要建在天鹅岛，因为整座城市主要还在老鼠的控制之下。我们还有足够的食物支撑下去吗？"我问了一个很实际的问题。

"显然我们得在天鹅岛上开始耕种，不过这些半生不熟的老鼠尸体就够我们吃一阵子了，我们不会缺蛋白质，甚至还可以用他们来沤肥。"

就在这时，安吉洛过来吃我的奶，但我没心思照顾他，便把他托付给艾丝美拉达，示意毕达哥拉斯我希望到一个更清静的地方继续谈话。

我们又爬上了自由女神像的顶部。居高临下，敌军的溃败景象更加惊人，一片冒烟的尸体看着让人心慌。

这就是战争的后果。对所有参战的生灵而言，生命一下子就终结了。

"哲学家皇帝马可·奥勒留[1]自称是毕达哥拉斯思想的继承人，谈到准备入侵罗马帝国的野蛮人时，他曾说：'要么教育他们，要么做好准备忍受他们。'"

我凝视着塞纳河上漂浮的老鼠尸体，心想，这一切是否真的只是教育糟糕的问题。

"鼠疫最终会消停的，我们共同的未来取决于文化。该让人类最后的智者把他们最先进的知识教给其他物种了。"

我表示怀疑。

"我们这个大家庭现在有480只猫（我们在战斗中还是牺牲了120个同类）和180个人（他们的死伤少一些，因为他们害怕染上鼠疫，所以只和老鼠远距离作战）。我不太清楚人类要怎样教育猫，现在只有你，毕达哥拉斯，可以通过你的第三只眼获取他们的知识。"

"我会先培养十几只猫，然后引导他们各自再去教育十几只同类，以此类推，我们的受众就会越来越多。"

"这永远单向的，只能从人类到猫？"

―――――――――

[1] 马可·奥勒留（Marc Aurèle，121—180）：罗马帝国最伟大的皇帝之一，不仅是一个很有智慧的君主，还是一个很有造诣的思想家，有希腊文写就的《沉思集》传世。

"通过帕特丽夏，你也可以创建反方向的交流，但我不确定这是否必要。"

显然，他小看了我的才华，高估了自己的能力。这恰恰就是雄性动物的思维模式。

"然后，至关重要的是记忆。光接收和传递信息还不够，因为这些交流模式是短暂的，所以必须记录。我们要把获取的知识记录下来，免得依赖科技。网络需要天线、缆绳和电，而这些都是人类提供的，他们自己就杀害了很多科学家。在不远的未来，在接下来的几个月或几个星期，网络很快就会停止运作。当电力系统不再运作，网络就会瘫痪，网上所有信息都会一下子没了。"

这个想法让我浑身发抖。

"五千年的知识就会像被风卷走的尘埃一样消逝……"

"只有一个办法。"

"什么办法？"

"书，这是最好的记忆媒介，唯有它可以经得起时光的消磨。"

为什么他那么看重书呢？我见过书，在我看来，那只是些写满人类文字和图画的纸张，我不明白为什么毕达哥拉斯赋予它这么崇高的地位。

"我们都不会读书识字！"

"总有一天，我们不得不学会读书认字，否则我们所建立和经历的这一切都毫无意义。"

"毕达哥拉斯，你认为有朝一日人类会像恐龙一样灭绝吗？"

我舔了舔爪子，挠了好几下耳朵。

"你在担心什么呢，贝斯特？"

"人类确保给我们舒适的生活，供我们吃住，多亏了你说过的人类特有的一个概念……"

"'工作'？"

"可以说到目前为止，人类都在为我们工作。从事农业和畜牧业的人类想办法提供做猫粮的肉和粮食。但是，如果人类消失了，我们要学会像他们那样生活……技术、科学、机器、农业、畜牧业、文字、书籍……"

"是的，怎么啦，有什么让你觉得别扭吗？"

"这意味着我们必须……轮到我们去（这个词我总是念错）……'工作'？"

毕达哥拉斯发出一种打嗝的声音，之后是"哈哈哈"的声音。我想是我谈到这个对我而言至关重要的问题时，让他发出了一种新的声音——笑声！

他喉咙里发出越来越奇怪的声音，他用爪子捂住眼睛，仿佛不想看到自己突然失态的样子。他笑抽了，有一刻我甚至怕他喘不过气来，但他继续发出奇怪的打嗝的声音，于是我继续坚定地说：

"我无法想象自己早起，和一堆同类挤地铁去上班，去造这个造那个；我无法想象自己去写书，去种地；我无法想象自己……流汗！总之，我认为对猫而言，屈尊像我们的仆人们一样劳动是不体面的。"

毕达哥拉斯终于恢复了正常的呼吸。

"那你想怎样，贝斯特？"

"如果人类可以逃过鼠疫这一劫（我记得你跟我说过，每次鼠疫都会死很多人，但不会让整个种族灭绝），那就应该恢复原来的秩序。"

毕达哥拉斯摇摇头，一脸怀疑。于是我继续说：

"你跟我说过，人类的数量有八十亿，我们有八亿，是这样吧？就当这次危机会让他们的人数，就算……减少一半吧？"

"更确切地说会减少四分之三，不过你继续说。"

"他们的数量还是会比我们多。还是把工作岗位留给人类吧，让他们管理城市和乡村，同时照顾我们，我们猫族则去引领一种让人类进步的精神风尚。"

这个想法似乎并不能吸引他，于是我继续说：

"看看这些和我们并肩作战打老鼠的大孩子们，他们尝到了上几代人犯下的错误的恶果，并知道要付出的沉重代价。他们也看到我们团结一致可以取胜，我们已经让他们改变了，他们会改变他们的同类。从这里，从我们的学校开始，建立在人类和其他物种和平共处原则上的新世界就从这里开始。"

"贝斯特，你是在对我说你还想信任他们？"他惊讶地问道。

毕达哥拉斯一边思索，一边伸出一条后腿，从耳后绕了一下。我感到必须把自己的想法说清楚：

"我们会帮助他们。你呢，你可以在网上监督他们的所作所为，我和帕特丽夏通过梦境去影响他们。"

我看到娜塔丽正在远处和通灵女巫讨论，女巫在教她手语。

"可如果他们再犯同样的错误呢？"

我沉默了，让他的问题悬在潮湿的空气中。

人类开始围着篝火跳舞，踩着比卡拉斯的歌声欢快很多的曲子。

"这是什么音乐？"我问毕达哥拉斯。

"维瓦尔第的《春》。经过严冬的考验，好日子自然回来了，世界是有轮回更替的，这就是这支协奏曲所要表达的寓意。一切都有轮回更替，不需要担心，只要等到……"

"……两步向后，接着就是三步向前。"

我们看着人类跳舞，他们优雅地旋转。

毕达哥拉斯直勾勾地盯着我的眼睛，问："你认为人类爱我们吗？"

我很惊讶他在这个时候问我这种问题。

"以他们的方式爱我们，是的。不管怎么说，他们认为他们是爱我们的。"我回答。

"那么你呢？你爱我吗？贝斯特？"

他终于离不开我，对我产生"依恋"了？

"我啊，我就是有点累。我需要自个儿待一会儿，好'收收心'。"

暹罗猫不明白我的意思，但他知道这时候不应该死缠不放。

于是我在自由女神像的头上换了一个更舒服的姿势躺着。我看到埃菲尔铁塔，它的光束在旋转，照亮了人类的城市；我看到安吉洛在底下吃艾丝美拉达的奶；我看到娜塔丽和她的同类围着篝火跳舞。

我的灵魂慢慢回到脑袋里。我感觉很舒服，真的很舒服，和周围的气场很和谐。我仿佛找到了自己在宇宙中的位置，不再害怕未来。

我不再有任何缺憾。

从今以后，什么才会让我感到真正的快乐？

就这样简简单单地继续活着，每天都有新的发现，新的惊喜。

我深深地呼吸了一口气。流水终于带走了所有尸体，要不是我的脑海中还清晰地记得战斗的场景，说真的，或许我会怀疑那一切是否真的发生过。这条河就像流逝的时间，它会带走一切：战败者的尸体，战胜者的希望，一切都会消失、被遗忘。

毕达哥拉斯说过，有一个办法可以抵挡时光的流逝。

一本"书"？……

但我的想法如何才能落到纸上，变成一部作品？

我想了想，相信自己已依稀看到了答案。为了让我的所思所想"成形"，我要在梦中把发生过的一切都讲给帕特丽夏听。

我要原原本本把我看到的、经历过的故事讲给她听，还有我的感受，我得出的结论。

现在我就把一切详详细细地说给她听。

之后，她会把我的回忆写成文字，将来，其他人就能知道到底发生过什么。

显然，并非所有人都会相信，但读者当中肯定有一些人会理解，或许会想把我的故事说给他们的孩子听。

这样，多亏了这本书，我的思想抵挡了时间的流逝，而我也没有白活一场。

后 记

附言1：在写作这部小说的过程中没有任何动物遭到虐待或受伤（哪怕是在战斗、追捕和惊险的场面中）。

附言2：我支持人道对待动物协会[1]，该协会致力于改善动物在我们社会中的地位。

附言3：我想向作家克洛德·克洛茨（其笔名为帕特里克·考文，这个天才作家写出了诸如《$E=mc^2$，我的爱》）表达敬意。当年我作为记者到他家去采访他的时候，他的猫无处不在，当时我就想："这就是我梦想的生活，在家安安静静地工作，你的猫看着你，并给予你灵感。"

附言4：谨对我的图卢兹邻居，兽医让-伊夫·戈

---

[1] 也称善待动物组织（People for the Ethical Treatment of Animals），简称PETA，是全世界最大的动物权利组织。

歇表示感谢，他发明了猫呼噜治疗法，研究出猫打呼噜时发出的低频声波（20—50赫兹）有治愈疗效。它的声波不仅仅对耳膜起作用，同样对环层小体、位于皮肤表面的神经末梢都有切实的镇定作用。此外，猫的呼噜声还会刺激血清素的生产，而血清素是一种作用于睡眠和情绪的神经递质，因而可以缓解压力，加快伤口愈合。

附言5：Wamiz网站（http://wamiz.com）让我获益良多，网站上有一些有趣的证明，还描写了猫的一些不同寻常的行为举止。

附言6：最后，用一个简单的问题作为结束：如果你被一个身高是你的五倍，而你又无法和他交流的生物所控制，他把你关在房间里，而你又够不到门把手，你只能由他来喂食，你甚至不知道自己吃的是什么，你会怎么办？（请注意，好好想想，孩子们也是如此。不过对他们而言，那只是人生的一个阶段，只持续一段时间，不是吗？）

写这部小说时听的音乐

贝多芬的奏鸣曲，林铉静钢琴演奏。

《圣洁女神》，文森佐·贝里尼创作的歌剧《诺尔玛》中著名的咏叹调。

《圣哈辛托》，《彼得·盖布瑞尔》专辑里的曲子。

维瓦尔第的《四季》，由乔·塞奇尼演奏（电吉他硬摇滚版本）。

《和鲁奇一起放轻松》，让-伊夫·戈歇为他的杂志《沸腾的科学》录制的一小时连续不断的猫打呼噜的声音（最好是和维瓦尔第的音乐一起听）。

"罗塞塔之石"和人类的未来

（代译后记）

一

打开法国作家贝纳尔·韦尔贝（Bernard Werber，1961— ）的官网，整个页面宛如一片幽深的海水，中间又仿佛水天相接，蓝色波纹渐渐羽化成团团絮絮的白色云朵，看见光，或者是诱惑我们迷失在外太空的白色深渊，仿佛混沌初开，万物还没有形状，不知道恐惧，也不知道无数的微尘是在飞升还是在坠落，一切在变化，可以很快，也可以很缓慢……画面下有一行小字，系统提醒我："您是第 8 227 039 只来这里散步的小蚂蚁。"

相信很多人跟我一样，对这位作家的阅读是从"蚂蚁三部曲"(《蚂蚁》《蚂蚁时代》《蚂蚁帝国》)开始的。《蚂蚁》是作家的处女作,贝纳尔从中学会考结束就开始酝酿,直到1991年出版,整整花了12年时间厚积薄发,据说正式出版的书内容只是初稿的四分之一。随后,1992年出版了第二部《蚂蚁时代》,1996年出版了第三部《蚂蚁革命》。这套书成功了,但作家却抑郁了,甚至想过自杀。一出手就用力太猛,"身体(大脑)被掏空",他很担心自己以后再也写不出更好的作品。"蚂蚁系列"在全球累计卖出了五千万册,被译成三十几种文字,在韩国的发行量甚至超过了法国。比起自由散漫的法国人,重组织守纪律的韩国人或许更容易读懂蚂蚁散发出来的费洛蒙吧!

"蚂蚁三部曲"获得了"科学与未来"读者奖,也奠定了韦尔贝日后的创作基调和风格:去人类中心主义,乌托邦情结,体裁杂糅(科幻小说、多学科知识、哲学随笔、侦探小说、童话寓言、百科全书等等),痴迷于探索起源、科学、灵性和生死等终极问题。

二

稍稍了解一点作家的童年和成长经历,就不难理解他为什么会写出像"蚂蚁三部曲"这样另类的作品,以及他的一招一式是如何修炼出来的了。韦尔贝最早的文学创作可以追溯到1968年，7岁的他写了第一篇短篇小说《一只跳蚤的历险》：跳蚤在一个人身上蹦跶，一路从脚蹦到头，在裤子、内裤、衬衫下潜行，一会儿掉在肚脐眼里，一会儿迷失在腋毛丛林里，历尽艰难险阻好不容易爬到头上，正准备"会当凌绝顶，一览众山小"的当儿，被一根手指碾死了。语文老师很惊讶这么小的孩子居然已经懂得制造悬念，推波助澜，并设计了一个出其不意、戛然而止的结局。但让老师笑疯了的，却是小朋友在作文里闹的一个笑话，因为不知道词义，小贝纳尔根据构词法把跳蚤（puce）的爸爸和妈妈写成了处男（puceau）和处女（pucelle），而小朋友认定那就是公跳蚤和母跳蚤的拼法。

8岁的时候，他写了第二篇短篇《神奇的城堡》，在写这个把来访者统统"吃掉"的城堡时，他开始琢磨读者心理。读到第X行的时候，读者应该会以为凶手是Y。9岁的时候，他在第三篇短篇《多班调查》中第一次尝试密室杀人主题，他承认受到了埃德加·爱伦坡的影响，挖空心思让多班一次次在不可能的绝境中出其不意地顺利脱身。10岁的时候，他写了第四篇短篇《狮子眼中的丛林狩猎》，视角的改变产生了一种幽默新奇的效果。

除了语文，其他科目成绩平平，贝纳尔说自己从小就记忆力差，记不住历史年代、河流、首都的名称，中学阶段的兴趣爱好是电子、轻木飞机模型、玛雅文化和复活岛上居民的文化，尤其关注图卢兹天文中心对太阳黑子定期进行的研究。虽然热爱科学，文理分科考试贝纳尔没有考上理科班，结果去了文科班读经济，个性越来越孤僻，为了不被人打搅，常常一个人躲在卫生间看书，一看就是几个小时。这个阶段他迷上了儒勒·凡尔纳，认为《神秘岛》是无与伦比的杰作。

高中时期贝纳尔为了和小伙伴法布里斯·戈杰创办一份校报，不仅学习了胶版印刷和打字，还专门拜图卢兹的制香师亨利·贝尔杜为师学习了香水的制作。因为《欣悦》不是一份普通的报纸：内容不是很特别，30%是写学校生活的文章，70%是连环画，连环画还配上专属的香氛和音乐来阅读，让眼、鼻、耳同时得到愉悦和享受，自然香水是主编大人DIY的。这期间，法布里斯让他发现了美国20世纪60年代的科幻小说和19世纪的巴洛克奇幻小说。

1978年高中会考过后，贝纳尔开始写《蚂蚁》，一开始只是为连环画配了7页的故事梗概：一群蚂蚁生活在锡箔纸里，蚁后决定革命，改变蚁群的精神状态。但他很快意识到，蚂蚁这个奇怪的选题给创作带来了很多不可思议的可能性。从那时起，他就决定把蚂蚁写成一本大书，每天早上写4小时，雷打不动，与此同时开始了书中书的创作，也就是"蚂蚁系列"中如假包换的《相对且绝对知识百科全书》。

三

《蚂蚁》的创作旷日持久，因为贝纳尔不仅在写作，而且随时在学习和校准自己的写作。几位美国科幻作家是他学习的榜样："基地系列"作者阿西莫夫的机智，《沙丘》作者赫伯特的神秘，《高堡奇人》和《流吧，我的眼泪》作者菲利普·K.迪克的疯狂……尤其是思如泉涌、不吃不眠不休连续创作的迪克，贝纳尔认为他已经突破了科幻小说的范畴，到达了哲幻小说（哲思-科幻，philosophie-science）的高度。另一个让他高山仰止的作家是法国19世纪的福楼拜，其精雕细琢的文字和画面感十足的描写，与迪克井喷式的创作风格截然不同。

依然每天早上写4小时，雷打不动，4年时间，整部小说重写了18稿，每一稿的情节、人物和编排都不一样。为了不混淆，贝纳尔给每一稿都标了字母和数字，字母变了表示情节做了改动，如果数字变了则表示风格和编排做了调整。到1982年9月，"蚂蚁-P63"稿已经超过了一千页，他用几何图形和箭头研究小说的架构，仿佛用文字砌筑起一座大教堂。在图卢兹犯罪学学院的学习让他兴味索然，期末考试连连挂科，1982年他转入巴黎高等新闻学院学习新闻。

1983年3月，贝纳尔获新闻基金会最佳新人奖，得到资助，和勒鲁教授去科特迪瓦追踪报道非洲黑蚁。非洲之旅无疑为他的创作提供了宝贵的第一手素材，回国后他给各大报纸投稿靠挣稿费过活，一边继续创作《蚂蚁》，他在单间公寓里弄了一个蚂蚁窝，方便观察和激发创作灵感。与其从科学书籍中拾人牙慧，不如亲自观察来得生动真切。看多了，贝纳尔几乎连每只蚂蚁都认识了，但他当时的女朋友受不了："蚂蚁？！太恶心了！万一它们爬到我们身上？"结果有一天，蚂蚁真的咬破纸盒逃出来了，他们花了一天时间把蚂蚁用小勺子一只只捉回去，蚂蚁吓坏了。

在《新观察家》杂志做了7年的科技记者之后，他写的报道《新加坡，电脑之城》获年度最佳作品奖，结果遭到领导的嫉妒，他被开除了！失业后他开始学习电影编剧，就在他打算放弃《蚂蚁》的创作时，出版社慧眼识珠，建议他给稿子"减肥"，把最后一稿"蚂蚁Z-53"从1463页删减到350页出版。描写、对话、剧情统统缩水，地窖密室杀人的悬念牢牢抓住读者的好奇心，点缀了书中书——《相对且绝对知识百科全书》的科学和历史常识，并采用了电影中平行蒙太奇的手法，把蚂蚁世界和人类世界的两条故事脉络并置。之前12年的所有学习和准备都在《蚂蚁》这本书中得到了体现，甚至是催眠技术，"主要用在地窖的故事里，人物不只是下到一个地窖里，也是下到自己的地窖里，自己的无意识里。"

1991年3月，《蚂蚁》由阿尔班·米歇尔出版社出版，大多数巴黎记者都以为这是一位美国老作家的作品，因为奇幻文学似乎是英美文学的专属。《蚂蚁》描绘的是一个迫在眉睫的未来，跟当下的现实生活相仿，与通常动不动就是火箭、机器人和外星人乱飞的科幻小说不太一样，而这也折射出作家独特的创作审美和动机：通过描绘地球上另一物种的生活来反思人类，探讨人类在钢筋水泥森林里生存的其他可能性。之所以写续集《蚂蚁时代》和《蚂蚁革命》，是因为作者不想总被人当做一个蚂蚁专家去介绍，写蚂蚁不是为了谈论昆虫，而是为了谈论人类的境遇，这也是为什么从第二部开始，哲思的味道更浓了。亚伯拉罕说"万物归一"，耶稣说"一切皆是爱"，马克斯·韦伯说"一切皆归于经济"，弗洛伊德说"一切皆为性"，爱因斯坦说"一切都是相对的"，那么，然后呢？……这才是"蚂蚁三部曲"真正关心并思考的问题。

四

"蚂蚁系列"之后，韦尔贝又写了"天使系列""诸神系列""科学探险系列""第三人类系列"，不论语言风格还是故事架构都和"蚂蚁系列"一脉相承，此外他还写了一些单部头小说和短篇小说故事集。《猫语者》出版于2016年，读者在书的开篇题词里一眼就能瞥见一个熟悉的名字——无处不在的科学家埃德蒙·威尔斯，而整本书的谋篇布局也是典型的韦氏风格，或者说套路。叙事同样以三条平行线索展开：猫的世界，人的世界，公猫毕达哥拉斯为母猫贝斯特讲述历史。故事一开始是母猫贝斯特在窗口看到马路对面的学校里发生了一起恐怖袭击，隔壁家搬来一只高冷的、头上有"第三只眼"（一个可以连接电脑和网络的USB接口）的暹罗猫毕达哥拉斯。贝斯特很快爱上了无所不知的毕达哥拉斯，并开始接受公猫对她的教导（从45亿年前地球形成开始到第一只进入外太空的宇航猫），而人类世界的恐怖袭击也很快升级为不可避免的宗教冲突和战争。与此同时，巴黎发生了鼠疫，老鼠迅速繁衍，变得越来越强大。为了对抗鼠群，猫族和人类联合起来，在塞纳河的天鹅岛上组建了一个"共同生活"、延续文明的毕达哥拉斯学院式的理想国。

从小就立志实现"跨物种对话"的母猫贝斯特终于找到了理想的"跳板"，通过梦境和通灵人帕特丽夏完美沟通。这不禁让人联想到"蚂蚁系列"中的"罗塞塔之石"，一台翻译机，可以破译蚂蚁的嗅觉语言并转换成人类的语言，从而让两个物种、两种高度发达的文明之间建立沟通桥梁成为可能。不过《猫语者》中的通灵人帕特丽夏更进一步，她可以通过梦境和所有生灵神交，不论是动物还是植物。小说结尾，母猫贝斯特准备写一本书，把她的经历和所思所想记录下来，以抵挡时光的流逝。在《蚂蚁革命》的最后，24号蚂蚁王子也写了一部费洛蒙小说，如果读者喜欢，他还要继续写《手指时代》和《手指革命》，"第一部小说讲的是蚂蚁和手指两个文明的接触，第二部的内容则是双方的冲突。最终它们谁也不能消灭谁，于是最后一部小说就讲两个种族之间的合作。"在他看来，"接触、冲突、合作，两种不同的思维模式相遇，这是必经的三个阶段。"他甚至对故事如何展开已经有了非常明确的想法："小说将建立在三条平行的故事线上：一条线写手指，一条线写蚂蚁，第三条线则是对两个平行世界都有所了解的一个角色，比方说103号。"在《猫语者》中，103号对应的就是"实验猫"出身对猫族和人类都有所了解的暹罗猫毕达哥拉斯。

书的最后还罗列了作家写这本小说时所听的音乐，而我觉得，这世上最美的音乐（之一）应该就是一只猫四仰八叉地躺在你怀里，有恃无恐地打呼噜的声音。

五

难得有法国当代作家热衷于阅读《易经》《道德经》，喜欢中国历史，在自家空荡荡的客厅里打太极拳，甚至还天真地幻想过来中国生活，因为"法国的税非常高，交税交得我们已无法生活了……"，并且还看过老舍的《猫城记》。

《猫城记》是老舍在"九一八事变"后次年发表的长篇小说，描述了飞机失事坠落在火星，"我"（飞机上的技师）误入火星上最古老的猫国，看到猫国遭邻国入侵而惨遭城破灭族的故事。"我"在猫城结识了形形色色的喵星人：有权有势的政客军官兼诗人大蝎，世事洞明却行事敷衍的小蝎，只抢迷叶与妇女的猫兵，守着八个小妾的公使太太，杀人不犯法的外国人，打老师的学生，卖文物的学者，不做实事只会瞎起哄的党棍，奴颜婢膝抢着投降的军阀……与其说这本极具"恶托邦"风格的作品是现代中国早期的科幻小说，倒不如说它是一部超前的魔幻现实主义作品，借由火星上一座荒诞的猫城，用讽刺辛辣的笔触，老舍真实刻画了中国20世纪30年代初的社会现实，并预言了即将爆发的战争和民族灾难。

和老舍的《猫城记》一样，《猫语者》也是一部非典型的科幻作品，有一点奇幻，但折射出来的更多还是我们身处当下和即将到来的危机四伏的现实。我们无处逃避，而人类的未来又在哪里？或许，"罗塞塔之石"是重建通天塔的另一种尝试。只有两足兽不再自私自大地只从自身所谓的幸福繁荣去考虑问题时，人类才可能有未来。明天，或许是猫，或许是鲸鱼，或许是三叶草，是猴面包树，是夏威夷蜗牛……会带给我们不一样的答案。

译者2019年5月于南京和园